城事 | 杭州
City Legend | Hangzhou

杭城风月

卢 群 著

上海三联书店

目录

辑一 爱的自由

辑二 拥抱孤独

辑三 此恨绵绵

辑一

爱的自由

最爱西湖蝶

有一位现代作家黎烈文，写过一篇《湖上》，文章告诉我们，一天清晨，他在西湖游船上，面对漾漾清涟，心底涌起一股情愫，真想这样叫道：

那呻吟的风，叹息的芦苇哟，
你那熏香了的天空的微芳哟，
所有听到、看到、嗅到的东西，
一齐说吧：他们曾经相爱哟！

黎烈文吟着这样的诗句，让船夫划着小舟，载着他绕湖心亭、三潭印月兜了一圈，再摇到里湖放鹤亭上岸。他回到寄寓的湖畔山庄，隔夜约好同登北高峰的一位朋友还没有起床，听见他从外面进来，朋友在床上翻了个身，迷迷糊糊地说道："真是好梦！"随后又揉了一下眼睛问他道："你到哪里去了？"黎烈文往床上一倒，也迷迷糊糊地回答道："我也做了一场梦啊！"

黎烈文在西湖做的"梦"，其实是湖上的景色以及由此而引起的想象，使他恍若置身梦中，那么，他梦见的定然是与相爱有关的人和事。

兴许那天清晨，西湖边有的是双双对对的彩蝶。

那就很有可能，黎烈文"梦"见了化蝶的梁山伯与祝英台。

祝英台是浙江上虞县祝家庄祝员外之女，美丽聪颖，慕班昭、蔡文姬的才学，恨家无良师，一心想往杭州访师求学。祝员外虽然将这个独生女视为掌上明珠，平日里对她百般宠爱，但女儿的想法有悖世俗，所以还是予以拒绝了。祝英台求学心切，伪装卖卜者，对祝员外说："按卦而断，还是让令爱出门的好。"祝员外听了，正在犹豫，英台"咯咯"笑了起来，露出了真相。祝员外见女儿乔扮男装，一无破绽，因不忍使她失望，只得勉强同意。

英台女扮男装，远赴杭城，途中邂逅会稽（今绍兴）书生梁山伯。巧的是，梁山伯也是前往杭城求学的，要去的又正是祝英台看中的书院。梁祝二人一见如故，相谈甚欢，在草桥亭上撮土为香，义结金兰。

二人来到杭州城的万松书院，拜师入学。从此，同窗共读，形影不离。而西湖碧波上，也就经常能看到有两位年轻书生，课余在这里荡舟赏景。万松书院在凤凰山东麓，凤凰山北近西湖，梁祝来西湖是很方便的。那时书院先生很开明，并不一天到晚逼着学生死读书，而是留出较多的课余时间让他们自由活动。祝英台一放学就会拉着梁山伯往西湖跑，沉浸于湖上荡舟，因为，她心底萌发了春情。

晚明文学家袁宏道写过一系列西湖记行文章，涉及划船部分很有妙趣，他是这样写的：

> 棹小舟入湖，山色如娥，花光如颊，温风如酒，波纹如绫，才一举头，已不觉目酣神醉，此时欲写一语描写不得，大约如东阿王（曹植）初遇洛神时也。

在这样的环境是很容易培植起爱的花蕾的。英台显然希望山伯在莺飞草长、春风柔拂的西湖，像她似的，让轻轻划动的桨，不光是搅皱一池清漪，更可荡出别样的情愫。虽说她一直保守着女儿身的秘密，但毕竟不可能遮掩得天衣无缝，山伯和她朝夕相处，难道一点蛛丝马迹也发现不了？如果发现了，他一个年轻健康男儿，难道是泥胎木偶的化身？

事实上，梁山伯也曾差一点儿就窥知了英台的破绽。有一天，两人晨起漱洗，山伯忽然盯着英台看了又看，看得英台脸上火辣辣的，心头如小鹿怦怦乱撞。山伯问：“贤弟，你耳垂上怎么有耳环痕的呀？”英台忙掩饰道：“那是小时候人家看我肤色粉嫩，像个小姑娘，让我在庙会上扮观音，在我耳朵上打了洞戴珠子。”三言两语，说得山伯深信不疑，这个梁哥哥呀，真是老实人。哦，应该说是正人君子才恰切。

如果世界上确有正人君子，梁山伯就是，否则，他与祝英台同窗三载，怎么会从未看出这位结义贤弟是女扮男装的？也正因为梁山伯具有这样的品质，祝英台悄悄爱上了他。英台深爱山伯，但山伯却一以贯之只知兄弟之情，不作其余遐想。英台有时候恨起来，暗暗骂他是个呆头鹅。骂过了，就更觉得梁哥哥可爱了。

祝员外思念爱女，每年都捎几回信来，要英台回去探亲，英台一是怕回去了出不来，二是舍不得离开梁山伯，所以一再找理由推托，如今三年已过，父亲催归甚急，英台再难拖延，只得仓促回乡。临走前夜，英台不顾羞涩，向师母揭开了自己的秘密，道出了自己爱慕梁兄之心，拜托师母做媒。师母说不定早就察觉出了祝英台的真面目，但不横加干涉。非但不干涉，实际上还很希望这一对年轻人能成佳偶。对于英台的请托，师母一口应允。

祝英台不得不与她的梁兄分别了，梁山伯自然要送她，两人难舍难分，一送送出了十八里，后来以梁祝为题材的戏剧《十八相送》始终是脍炙人口、令观众百看不厌的一个折子。在十八里相送途中，英台不断借物示喻，递送爱意。

山伯忠厚纯朴，不解其故。英台遥指着山上的樵夫，问山伯："他为谁起早落夜辛苦打柴呀？"英台希望听到山伯回答说：为他的妻儿嘛。那样，话题就能延伸，就能扩充了。可是，山伯只是注意到了"辛苦"，点头说："是呀是呀，打柴度日也艰难呀。"英台还想启发他，问："梁兄啊！他为何人把柴担？你为哪个送下山？"山伯说："他为妻儿把柴担，我为你贤弟送下山。"桥归桥，路归路，妻儿和贤弟各归各。英台摇摇头，换题目。

过一条独木桥的时候，英台借口胆小心慌，要山伯扶她过桥，说这好比牛郎织女渡鹊桥。听见狗叫，英台故意躲到山伯身后，说狗若咬人，不咬前面男子汉，偏咬后面女红妆。路过一口井，英台把山伯拉到井旁，说井底两个人影，一男一女笑盈盈。到了观音堂，英台拉山伯跪下，说观音大士媒来做，我与你梁兄来拜堂。凡此种种，山伯一概木知木觉。山伯一点儿也不往别处想，只当是兄弟调皮，在玩游戏。英台拿他一点儿辙都没有，只能祭出最后一招了。

英台说："你我就将分手，我想问梁兄一句话，你家里可有妻房？"山伯说："你早就知道愚兄尚未婚配，今日为何相问？"英台说："因为小弟想替你做大媒。我家有个小九妹，和小弟是双胞胎，家父嘱我选个乘龙快婿。梁兄，你意下如何？"山伯当然高兴，一迭声说："多谢贤弟来玉成，多谢，多谢！"英台叮嘱道："我约你七巧之期，梁兄到我家来，与家父见过面，以便尽早花轿上门。"

梁山伯送走祝英台，回转书院，师母笑眯眯告诉他，什么小九妹呀，小九妹就是英台。师母拿出祝英台隔夜留下的定情之物玉扇坠，如此这般，一五一十，向他道破了机关，梁山伯才如梦初醒，大喜过望。从这天起，天天扳着指头算日子，一天几趟跑到门外看太阳，埋怨金乌落山迟。好不容易熬到七月初，赶紧向先生请了假，直奔上虞。这一路上，梁山伯小跑一阵，疾走一阵，汗淋如雨，不肯多歇。他心里乐滋滋的，不时自言自语："英台，你这个媒呀，做得好！贤妹，你这个日期呀，约得好！"挑着担子拼命追他的小书童四九，气喘吁吁问："相公，只听你说好好好，好在哪里呀？"山伯用折扇轻轻敲了小书童头顶一下，含笑道："七夕鹊桥会，不是个好兆头么？"

梁山伯真是个书呆子，想事情一根筋，他只想到牛郎织女相会在鹊桥，意味着夫妻团聚，却想不到这对夫妻被王母拆散在天河两岸，不是吉兆。梁山伯更不会想到，上虞县祝家庄上，等待他的是个无法忍受之重！

原来，祝员外严词催促英台回家，是他已将女儿许配给了马太守之子马文才。梁山伯到了祝家庄，方知美满姻缘，已成泡影。这个打击让梁山伯垮掉了，他和恢复了女儿妆、即将成为他人妇的祝英台泪眼相向，哽咽无语。英台能说什么呢？她是奉父亲之命前来相劝梁兄的，否则连见一面的机会也不可能给她。梁山伯又能说什么呢？他一介清贫书生，争得过有财有势的马家么？摆在这对心心相印恋人面前的，唯有绝望。

绝望也是催化剂，催化出了梁山伯和祝英台的决绝，与这个容不下他们爱情的世界决绝！于是，凄然而别之际，二人立下誓言：生不能同衾，死也要同穴！

梁祝的誓言，让人想起了汉乐府的《上邪》：

上邪！
我欲与君相知，
长命无绝衰。
山无陵，
江水为竭，
冬雷震震，
夏雨雪，
天地合，
乃敢与君绝！

梁祝的誓言和“上邪”生死不渝的爱情，以及对待爱情磐石般坚定的信念，是一脉相承的。

小别重逢，楼台相会，祝英台万念俱灰，淌下了淌不完的泪；梁山伯心如刀绞，喷出了大口鲜血。梁山伯挣扎着踏上了回家的路，这回轮到祝英台来送他一程了。就在这相送途中，祝英台叮嘱梁山伯：你若有三长两短，就把坟筑到胡桥镇上，立两块坟碑，黑的刻“梁山伯”，红的刻“祝英台”。祝英台不劝她的梁哥哥保重身体，好生静养，她知道梁哥哥没有了她，肯定是活不成了。英台接受了这个残酷的事实，英台是最懂山伯的。梁山伯明白了，胡桥镇是马家迎娶祝英台的必经之路，立这么两块坟碑，英台已抱定了殉情的宗旨。山伯也不劝他的贤妹继续活着，好好活着，他也接受了这个令人断肠的事实，山伯也是最懂英台的。

梁山伯回到会稽自己家里，一病不起，不久身亡。英台闻山伯噩耗，誓以身殉。英台被迫出嫁时，坚持白衣素服，绕道去梁山伯墓前祭奠，否则一头撞死在马家迎亲的花轿前。英台以命相搏，震慑了所有企图阻拦的人，她终于争得了哭坟的权利。在吴桥镇，英台飞身扑向山伯墓，凄厉地呼喊着情人的名字，上苍也为之感动。被英台哀恸所感应，天气陡变，方才还晴朗的天空，瞬间变得乌云四起，漆黑一团，飞砂走石，风啸四野，风雨大作，电闪雷鸣。狂风过处，迎亲队伍被刮得一个个东倒西歪，马文才也差点给掀翻在地，说不出地狼狈，道不尽地惊慌。这时候奇迹出现了，只听得震天动地一声巨响，坟墓爆裂，裂成两爿，英台一刻未迟疑，纵身跃入坟中，墓复合拢，又是个完整的墓了，顿时风停雨霁，五色云彩悬映在碧青的天空，梁山伯坟头有一对美丽的蝴蝶翩翩起舞，相互戏逐。

梁祝传说是一侧凄婉动人的爱情故事，与《孟姜女》《牛郎织女》《白蛇传》并称中国古代四大民间传说，而其中又以梁祝传说影响最大，无论从其文学性、艺术性和思想性来说，都居各类民间传说之首。梁祝故事，凡中国人没一个不熟悉的，观看《梁山伯与祝英台》这出戏时，两人的悲剧结局观众都已清楚，因此，在悲剧的幕布揭开之前的最后一轮爱情火花的迸溅，就加倍强烈地在人们心头做了巨大震撼的铺垫，为剧终时雷电交加下祝英台纵身跳入崩裂的梁山伯墓预伏了可歌可泣、神愁鬼骇的艺术效果。而这一切，都是在西湖这个环境中渐渐酝酿起来的。

西湖，不妨把它喻作爱情的浴池。

千百年来，在西湖产生了太多太多的爱情，恰因为其中有了梁山伯与祝英台的爱情，西湖边的爱情故事就染上了别样色彩。仿佛爱情在西湖浸一浸，将会更浪漫、更纯洁、更真挚、更坚贞。梁祝的爱情，便是这种模式的爱情。“沧浪之水清兮，可以濯我缨；沧浪之水浊兮，可以濯我足。”俗浊的身子和心灵，或许世上尚有清冽的泉水和清淳的风气能够洗濯，但能使爱情升华的甘露，只有到西湖来觅取了。沉溺在爱河中的情侣，如果到西湖荡一阵桨，回想一下当年梁山伯与祝英台的爱情是如何萌发的，是会有莫大收获的。

钟敬文教授在《梁祝文化大观·序》中，这样评说梁山伯与祝英台的故事：“千百年来，它以反抗封建礼教崇尚爱情自由的鲜明主题，受到人民群众的深深喜爱，老幼皆知，传颂不息。可以说，中国的每一地区，每一民族，都传流这一美丽动人的故事，传流地区的历代人们为了纪念他们，又兴建了众多梁祝读书处、墓、庙，许多如今成了旅游佳地。

梁祝故事在朝鲜、越南、缅甸、日本、新加坡、印度尼西亚等亚洲地区也广为传播，并影响到欧美，被誉为东方的‘罗密欧与朱丽叶’，因而也是世界文化的珍贵遗产。”

梁祝故事传流之广，影响之大，造成了各地抢认老乡的现象。据著名作家《啼笑姻缘》的作者张恨水考证，梁、祝的籍贯就有十处之多：一、浙江宁波，有庙，有墓；二、江苏宜兴，有读书处，有墓；三、山东曲阜，有读书处；四、甘肃清水，有墓；五、安徽舒城，有墓；六、河北河间，有墓；七、山东嘉祥，有墓；八、江苏江都，有墓；九、山西蒲州，地方戏中对白表明，梁祝为蒲州人氏；十、江苏苏州，同样是地方戏中对白表明，梁祝为苏州人氏。

有的地方还以志书为凭，可算拿得出“过硬证据”，如宜兴就在《宜兴县志》有记载：“阳羡（宜兴古称）善权寺，相传祝英台宅基，而碧鲜岩者，乃梁山伯读书处也。”又如曲阜，明代张岱《陶庵忆梦》记有：“己巳至曲阜，谒孔庙，买门者门以入。宫墙上有楼耸出，匾曰：‘梁山伯祝英台读书处’，骇异之。”各地那么热衷拉梁祝入籍，除了想吸引游客的经济目的，更多的是出于对忠贞爱情体现者梁祝的仰慕之情，因为任何地方也不会偏要认秦桧、魏忠贤之流为乡亲的。

其实，梁祝的籍贯之争并无多大意义，须知梁祝传说归根结底只是个传说。这个传说有个发展过程，现存最早的梁祝传说的文字材料，见于宋代张津《四明图经》所引初唐梁载言的《十道四蕃志》。晚唐张读的《宣室志·义妇冢》，梁祝传说开始有了基本情节。梁载言和张读都是唐朝人，由此可推断梁祝传说至迟不会晚于唐代。而明代徐树丕《识小录》则称："按，梁祝事异矣，《金楼子》及《会稽异闻》皆载之。"《金楼子》是梁元帝萧绎的著作，那就一下子将梁祝传说提到南朝时期了。

据专家研究，梁祝传说形成与发展大体上分为三个阶段。第一阶段为东晋至唐，是传说的形成期，主要表现为口头传说，流传于会稽、上虞一带；第二阶段为宋至民国初年，是传说的发展期，传播形式转变、发展成为文字记载和文学作品，流传地域也跃出会稽一带中心区域，辐射至全国大部分地区，并流入日本、朝鲜、越南等东北亚、东南亚地区；第三阶段为民国晚期至当代，是传说的成熟期。就传说的内容看，这一阶段淘汰了故事中一些封建迷信情节，突出了祝英台殉情内容，强化了爱情悲剧主题，形成了相对稳定的故事情节结构。

第二阶段最重要的贡献是清道光年间邵金彪的《祝英台小传》，这里出现了化蝶的结局："英台乃造梁墓前，失声恸哭，地忽开裂，坠入茔中。绣裙绮襦，化蝶飞去。""山中杜鹃花发时，辄有大蝶双飞不散，俗传是两人之精魂。今称大彩蝶尚谓'祝英台'云。"这段文字材料非同小可，甚至可以说，如果梁祝传说不曾最后飞出一双蝴蝶来，这个传说或许还不能算个顶级的传说。

梁山伯是在誓言的鼓舞下走向死亡的，他带着对祝英台刻骨铭心的相思，守望在胡桥镇上，期盼着他们爱情的终极形式。没有人不认为，这对蝴蝶就是梁山伯与祝英台的化身。

“昔者庄周梦为胡蝶，栩栩然胡蝶也。自喻适志与！不知周也。俄然觉，则蘧蘧然周也。不知周之梦为胡蝶与？胡蝶之梦为周与？”（《庄子·齐物论》）这是中国读书人很津津乐道的一个故事，庄周梦蝶的故事。先秦时期这个叫庄周的人，有天坐在藤躺椅上看野景，暮春的太阳晒在身上暖烘烘的，非常惬意，不知不觉就懒洋洋的，身子往后一靠睡起午觉来。迷迷糊糊中，朦朦胧胧间，睡前看到的花呀草呀都跑到他的梦里来了，更奇妙的是，他忽然变成了一只蝴蝶，飞到花丛，与花接吻，与草拥抱，开心得不得了。庄周的身心从来没有像现在这样活泼，这样放松，他都忘记自己是个四肢发达、会说话、食五谷的人了，仿佛生下来就是这么一只自由自在、没有任何烦恼的蝴蝶。他愿意永远做一只无牵无挂、快快乐乐、与大自然亲亲密密的蝴蝶，他不去妨碍谁，谁也不要来干涉他。可是，庄周终究还是睡醒了，花草仍在四周，蝴蝶却不复存在。庄周擦了擦眼睛，瞧瞧自己，很沮丧地发现自己还是原来的那个自己，一个名叫庄周的家伙。庄周着实伤了一番脑筋，思索刚才的梦，半晌，喃喃问道：是我梦见了蝴蝶呢，还是蝴蝶梦见了我？搞不清，真搞不清。

庄周最后一问，问出了哲学上一道可以无休无止讨论的命题：庄周与蝴蝶，谁是真正的自我？这个题目让哲学家去研究去争吵吧，我们要说的是，庄周梦蝶是一种摆脱，摆脱了一身皮囊，也就摆脱了压抑、繁琐，也就获得了最大限度的自由。而梁祝也是一种摆脱，摆脱了生命存在期间追求自由爱情的障碍，便获得了死后继续追求爱情的自由。梁祝化蝶比庄周化蝶的动人之处恰恰在此。

自由爱情的精神，孕育出了爱情自由的象征。

梁山伯与祝英台的故事，于是成为人类情爱的一部经典。西方也有类似的经典，那就是《罗密欧与朱丽叶》。追求自由的爱情，享有爱情的自由，古今中外相爱之人无不崇尚。所以，我们说梁祝传说是中国的，又是世界的。梁祝传说应该不囿于国界，不限于时代。何占豪、陈钢采用越剧《梁山伯与祝英台》的音乐素材创作的小提琴协奏曲《梁祝》，在世界一流的维也纳音乐厅演出，大获成功，令不同民族不同肤色的人为之倾倒，便是明证。

梁祝化作了彩蝶，念念不忘他们爱情的生发地杭城西湖，于是便从胡桥镇双双飞到了西湖，给所有来到西湖畔酝酿爱的琼浆的人们送上他们的祝福，这是一句中国人的古老祝辞："愿天下有情人终成眷属！"

终成眷属，朝朝暮暮甜甜蜜蜜生活在一起，难道这不是爱到最深的人最愿意得到的结局么？

所以说，西湖彩蝶是最爱。

西湖的形象代言人

西湖是美的渊薮。

这样的一个地方，需要一位形象代言人，1500年前，也就是南朝时期，西湖就有了这么一位，名叫苏小小。

南朝乐府收录有《钱塘苏小歌》，词曰：

妾乘油壁车，郎骑青骢马。
何处结同心？西泠松柏下。

乐府是那个时代的朝廷音乐官署，它的主要任务是采集各地民间诗歌和乐曲。这里面的作品，真实地反映了当时的社会生活、风俗民情，《钱塘苏小歌》也不例外，它让我们认识了苏小小这个不同凡响、出类拔萃的女孩子，知道了这个女孩子并非传说中人，而是一个真实生命。

这个女孩子真够聪明的，从她自己设计的油壁车就足以证明这一点。这是一辆做工精致、小巧秀丽的香车，车四围垂有幔幕，故名油壁车。苏小小家住西泠桥畔，最爱作西湖游。西泠到西湖，一路松杉，逶逶迤迤十余里，若是步行，未免疲累。苏小小心想："男子往来可以乘骑，我一个年少女儿，策马而驰会遭非议，我得另辟蹊径。"于是，请人按她画的图纸制造了这么一辆独一无二的香车。古人曾有一首《临江仙》词描述苏小小的油壁车："毡裹绿云四壁，幔垂白月当门。雕兰凿桂以为轮。舟行非桨力，马走没蹄痕。望影花娇柳媚，闻声玉软香温。不须窥见已销魂。朝朝松下路，夜夜水边村。"你想象一下吧，在春日明媚的一泓碧水之畔，载着一位二八佳丽，缓缓地行进在青翠松柏间的蜿蜒小径上，该是怎样曼妙的一幅画面！

坐在油壁车里的苏小小，身穿广袖襦、白纱曳地裙，高髻垂鬟，髻间横贯一支一寸来长的"簪珥"，珥珠轻轻晃动，晃出了多少韵味！苏小小又是那么的活泼，不时撩起竹帘，目光顾盼流转，欣赏着远处黛影、近处涟漪，一高兴，还唱歌："燕引莺招柳爽途，章台直接到西湖。春花秋月如相仿，家住西泠妾姓苏。"歌声是那么婉转，似乎还有隐隐的一缕缕香味随着歌声飘向蓝天白云、繁花绿茵。歌声间歇时，这女孩子探手摘一枝柳条，盘成环状戴在头上，又捋一片柳叶，卷起来做口哨，贴近唇边一吹，酷似清淳的笛吟。由此可见，苏小小是很有音乐天赋的。

苏小小父母早亡，她是怎么长大的，又是如何坠落平康的，我们不得而知，我们只知道西湖山水将她滋润得性慧心灵，姿容绝伦，还知道她虽不曾从师受学，却无师自通，出言吐语，辄成佳句，随意挥洒，便是妙画。苏小小还有很高的写作才能，据说有一首词的上阕出于苏小小的手笔：

妾本钱塘江上住，花落花开，不管流年度；
燕子衔将春色去，纱窗几阵黄霉雨。

有人考证，南齐时尚未出现词这种文学形式，这首词不知是哪一朝的佚名词人伪托的。但是，人们还是愿意相信这是苏小小写的，乐于受“骗”，因为在世人心目中，以苏小小的才气，绝对能够创作出任何绝妙好辞，苏小小不会输给历朝历代任何一名才女。

苏小小是个歌妓，这是个吃青春饭的职业。所以，有人劝她趁年轻赶快从良，免得变作明日黄花，到那时再想找个归宿就大大地掉价了。当然，从良必须找个有钱有势的男人，如果嫁给寻常人家，粗茶淡饭，布衣茅屋，也没多大意思。对于这事，苏小小有自己的看法，她说：“倘入侯门，河东狮吼，纵不逞威，三五小星，也须生妒。”那么，还不如以己之貌，“一笑一颦，誓必享秦楼之金屋”；以己之才，“一笔一墨，定当开楚馆之玉堂”。苏小小明明白白告诉大家，我是个不爱受拘束的人，假如我为了生活的安定富足，以我的条件，完全可以把自己的一生交托给某个王孙公子，可是，这样的大户人家，姑且不论大老婆能否容人，还有一项也是很令人头疼的，那就是恐怕他不会没有若干小妾，小妾之间不会没有争风吃醋的风波，让我夹在中间，我岂不活得太吃力太无聊了？我不想入这样的樊笼，不如仍做我的歌妓吧，虽然也有屈辱的时候，但我懂得充分利用自己的资本，能够保持欢场翘楚之席，总算尚留有几分自由，可以继续遨游在西湖的两峰三竺之间。苏小小这番话，应该说是把世事人情看得非常透彻的。

苏小小活得光彩照人，死的时候，也是辉辉煌煌的。一年夏秋之交，苏小小赏荷夜归，兴致仍不稍减，又独自坐在露台上观赏夜景，直到很晚很晚，不当心就受了凉。凉气侵骨，病疴染身，竟至一病不起，眼看就要夭亡了。她的姨妈守在病榻前伤心落泪，她却笑道：“我生于西泠，死于西泠，埋骨于西泠，这才不负我的山水知己。”姨妈哭泣道：“你年纪轻轻就要走了，太可惜了。”苏小小说：“不，这不是倒霉，而是福气，一个人能在最风光的时刻离去，留给人的将是永远美好的记忆。我可不愿像败花残柳一样活在人间。”

苏小小玉殒香消之日，据后人考证，大约芳龄十九岁。

青春年少，一个如花如玉的女子，就已走到了人生的尽头，一般人都是要深感惋惜的，但是，苏小小自己另有诠释，她诠释出了一种难得的洒脱，罕见的豁达。这是对生命质量的最动人的见解。即便今天的人，也很难做到这一点。这是一种境界，宁肯自自在在光光彩彩活一阵子，也不愿蝇营狗苟窝窝囊囊度一辈子的人生境界。确实不简单，确实令人感佩。

苏小小带着灿烂的笑容走进了她的墓冢。于是，西湖就有了一座供人千古凭吊的苏小小墓。

最起劲的当然是文人墨客了，历代文学史上有一席之地的诗人，有好多就留下了写给苏小小的诗歌。其中名头最重的当数唐代白居易，他的一首《杨柳枝》写道：

苏州杨柳任君夸，更有钱塘胜馆娃。
若解多情寻小小，绿杨深处是苏家。
苏家小女旧知名，杨柳风前别有情。
剥条盘作银环样，卷叶吹为玉笛声。

刘禹锡读到了这首诗，立即来了兴致，写了和诗《白舍人自杭州寄新诗有柳色春藏苏小家之句因而戏酬兼寄浙东元相公》：

钱塘山水有奇声，暂谪仙官领百城。
女妓还闻名小小，使君谁许唤卿卿。
鳌惊震海风雷起，蜃斗嘘天楼阁成。
莫道骚人在三楚，文星今向斗牛明。

唐代的另一位大诗人李贺，也写过一首《苏小小墓歌》：

幽兰露，如啼眼。无物结同心，烟花不堪翦。草如茵，松如盖。风为裳，水为佩。

油壁车，久相待。冷翠烛，劳光彩。西泠下，风雨吹。

向苏小小献诗呈词的风气，在文人中一直延续着，元代有个很有名的元遗山，就写有《题苏小像》：

槐荫庭院宜清昼，帘卷香风透。美人图画阿谁留，都是宣和名笔内家收。

莺莺燕燕分飞后，粉浅梨花瘦。只除苏小不风流，斜插一枝萱草凤钗头。

明代文学家、书画家、戏曲家徐渭，也以他的《苏小小墓》诗加入了这个行列：

一抔苏小是耶非，绣口花腮烂舞衣。
自古佳人难再得，从今比翼罢双飞。
薤边露眼啼痕浅，松下同心结带稀。
恨不颠狂如大阮，欠将一曲恸兵闺。

当代著名文人邓拓也有《苏小小墓》诗：

沦落风尘恨不平，恶之欲死爱庄生。
西泠埋骨应无憾，赢得千秋吊古情。

可见苏小小在文化人中的影响有多大，这个可爱的女孩子，能引得历代名诗人折腰，且通过他们的歌咏流芳百世。人们在书起苏小小参考书的时候，总是忽略了她的身份，只记得她的美。这就是苏小小的魅力。

关于苏小小的故事、小说，更是层出不穷。南宋罗烨《醉翁谈录》就收有话本小说《钱塘佳梦》。清朝代古吴墨浪子《西湖佳话古今遗迹》，是一部以西湖为背景的短篇小说集，其中一篇《西泠韵迹》，写的便是苏小小。小说一开头就对苏小小极为标高："《诗》云：'出其东门，有女如云。'又云：'出其闉阇，有女如荼。'由此观之，青楼狭邪其来久矣。然如云如荼，不过形容其脂粉之妍，与夫绮罗之艳已耳，未有称其色占香奁，才高彤管，可垂千古之名者也。故衾绸色美，仅供片时之乐；而车马一稀，则早入商人之室矣。此其常也。孰料有其常，而邀山水之灵，则又未尝无其变，如南齐时钱塘之苏小小也。”而明代的冯梦龙，在他选辑的《情天宝鉴》中，甚至还记下了一段宋代一个名叫司马才仲的书生与苏小小的人鬼恋：

司马才仲初在洛下，昼寝，梦一美姝，牵帷而歌曰：“妾本钱塘江上住，花落花开，不管流年度。燕子衔将春色去，纱窗几阵黄霉雨。”才仲爱其词，因询曲名，云是《黄金缕》。后五年，才仲以苏子瞻荐，应制举中等，遂为钱塘幕官。为秦少章道其事，少章为续其后词云：“斜插犀流云半吐，檀板轻敲，唱彻黄金缕。梦断彩云无觅处，夜凉明月生南浦。”顷之复梦美姝迎笑曰：“夙愿谐矣。”遂与同寝。自是，每夕必来，才仲为同僚谈之，咸曰：“公廨后有苏小小墓，得无妖乎？”不逾年，而才仲得疾。所乘游舫，舣泊河塘，柁公遽见才仲携一丽人登舟，即前喏之，声断，火起舟尾，仓忙走报其衙，则才仲死，而家人已恸哭矣。

有人说这个故事太过荒诞，其实不然，依我看来这是中国少有的一件浪漫作品，它告诉人青春永驻，情爱的跨时空，生死界线的超越。这是怎样的一个美轮美奂的故事呵！

关于苏小小，后人为她编的故事很多很多，而且都是相当美化她的故事。

清乾隆时有个杭州人陈树基，编了一部短篇小说集《西湖拾遗》，其中有篇“苏小小慧眼识风流”，颇具代表性。陈树基笔端十分善待苏小小，不在“妓”字上大做文章，而着重指出：“古来美人不奇，美人有才则奇；美人有才尚不奇，美人有才兼有识则更奇。”定了这个基调，才轻轻一笔带出“而且出于青楼，则奇绝矣”，交代了苏小小无法回避的身份。为了将苏小小推向至美的地位，故事首先安排了一名护花使者阮郁出场。阮郁是当朝宰相之子，风流倜傥，骑一匹金鞍玉镫青骢马，到西湖赏景，遇上乘油壁车漫游的苏小小，两人一见钟情。这样的巧遇不知惹动了多少后人的艳羡，宋代康伯可的《西湖·调寄〈长相思〉》最能说明问题：“南高峰，北高峰，一片湖光烟霭中，春来愁杀侬。郎意浓，妾意浓，油壁车轻郎马骢，相逢九里松。”阮公子有的是钱财，千金买下了苏小小的初夜，后来的一段日子，两人影形不离，西湖画舫中天天有他们恩恩爱爱的身影，直到阮郁的父亲在朝中有了急难，阮郁不得不挥泪离去才画上句号。苏小小比她的姐妹幸运，她不曾遭遇到被毫无品味的暴发户、老官僚强行“破瓜”的屈辱，故事作者给她送来了一个出身名门、怜香惜玉的白马王子，苏小小把自己的身子连同自己的心一起交给了这样一名男子，成就了一段佳话。

接下来，故事作者又给苏小小献上了一个个光环。光环之一是苏小小救助穷书生鲍仁。苏小小仍是乘着她的油壁车，从西泠桥头出发游赏西湖美景，途中看到一个书生，衣衫虽褴褛，眉宇间却有股英气。苏小小的一双慧眼，一下子就看出了这个书生日后前途无量，于是主动邀请鲍仁到西泠家中，问："我能为先生做些什么吗？请不要客气，讲吧。"鲍仁倒也老实，说自己早就仰慕苏姑娘，已在西湖边守候多日，本想装作与她邂逅的样子，慢慢骗得她的同情，看看能否从她手里讨些上京赶考的盘缠。谁知姑娘这般热情大方，在下若不实情相告，就太不像话了，不如直截了当讲出自己的心思为好。苏小小听了很感动，拿出自己的积蓄，说先生你是个有志的人，也是性情中人，我很喜欢，像你这样的人，我愿意扫榻亲荐枕席，但不想让你认为我今日以身相许，是图谋日后可为依傍。这些银两，还望先生笑纳，我也不多留你了，你抓紧赶路吧。就这样，苏小小慷慨解囊，两人清清白白的，坦坦荡荡交往了一回。鲍仁靠着苏小小的救助，赶考得中功名，最后官至滑州刺史。后人建了个"慕才亭"，亭柱上题了一副"湖山此地曾埋玉，风月其人可铸金"的楹联，就是为的纪念这件事。今天这个"慕才亭"仍在杭州孤山之畔的西泠桥边，供人瞻仰。

苏小小对待落魄书生是这个样子，对待权势人物却是另一个样子，故事作者给苏小小戴上了又一个光环。上江观察史孟浪，闻得苏小小如何如何有貌有才，路过钱塘时特地逗留一日，在西湖摆宴，命人去唤苏小小来陪酒。孟浪以为自己官位不低，召个歌妓还不是探囊取物么？谁知苏小小久久不来，孟浪大发雷霆，怒道："青楼女子竟敢如此放肆，给我锁了她来，羞辱羞辱她！"一旁的县官着了慌，悄悄遣人飞奔到西泠，劝苏小小青衣蓬首前去请罪。苏小小淡淡一笑，非但不把自己搞成一副可怜相，反而刻意打扮，光光鲜鲜地出现在了孟浪的酒席上。孟浪见了凌波仙子模样的一个苏小小，哪里还记得生气，打算处罚她的念头早已抛向了爪哇国，只知一股劲地奉承苏小小了。苏小小凭着对嫖客心理的透彻了解，将道貌岸然堂堂一个观察史，变成了一个风尘女子不畏权势的反衬角色，用当代作家余秋雨的话说，这是"她不守贞节只守美，直让一个男性世界围着她无常的喜怒而旋转"。

苏小小这个西湖美人，美到怎样的极致？《西湖游览志馀》辑有金末元初文坛领袖元遗山《题小娟图》，词曰："绿荫庭院宜清昼，帘卷香风逗。美人图子阿谁留？都是宣和名笔内家收。莺莺燕燕分飞后，粉淡梨花瘦。只除苏小不风流，斜插一枝萱草凤钗头。"一句"只除苏小不风流"，岂不已把苏小小无与伦比的美形容得最是贴切了？

苏小小就这样一朝朝一代代被人传颂着，名气就像滚雪球越来越大，大到了连贵为天子的康熙也感兴趣了。活的苏小小康熙皇帝当然见不着，苏小小又不曾留下画像，康熙只有看看她的墓冢聊以自慰了。所以，康熙南巡到杭州，刚一驻跸行宫，接见地方官吏时，就以闲聊的口吻问道：听说你们这儿出过一个苏小小，白居易都写过诗赞她，还有不少有名的诗人也写过她，朕打算到苏小小的墓上看看，这个墓还在吧？地方官忙说：在在在，历朝历代这么多大诗人咏吟过的人，我们怎会不把她的墓保存得好好的呢？皇上要看，明天就能看到。其实苏小小墓历经风雨，早已圮废了，但这点小事难不倒大清朝的巧宦乖吏，浙江巡抚一道手令下去，府台县令忙个屁滚尿流，一夜工夫，西泠桥头重新出现了一座齐齐整整的苏小小墓，旁边的“慕才亭”也修葺一新。康熙皇帝第二天在群臣簇拥下前往视察，遥想当年美人风采，非常开心。这真是“死小小哄悦活皇帝”，苏小小的名头又添加了重量级的一颗砝码。

康熙走了，苏小小墓便得不到官府照拂了，幸亏又来了个乾隆，苏小小墓再次堂皇起来。

乾隆是康熙的孙子，处处事事想与皇爷爷比肩，康熙南巡，乾隆也南巡，康熙到杭州想起苏小小，乾隆到杭州也要眷顾苏小小墓。清代沈三白的《浮生六记》有记载：

苏小墓在西泠桥侧。土人指示初仅半丘黄土

而已。乾隆庚子，圣驾南巡曾一询及。甲辰春，复举南巡盛典，则苏小墓已石筑其坟，作八角形，上立一碑，大书曰："钱塘苏小小之墓"。以此吊古骚人，不须徘徊探访矣。

可是，乾隆皇帝又不在了呢，苏小小墓还能保持如此气派吗？倒是文人的一些做法，更能于平等的层面上永久纪念苏小小。也是清代，有个大才子袁枚，特地刻了一方"钱塘苏小是乡亲"的图章，盖在自己的诗稿上馈赠友朋。有位官至尚书的道学先生很看不惯，教训袁枚不该甘与一个低贱的妓女为伍，袁枚冷笑一声，反驳道："苏小小在我看来，一点不低贱，我敢断言不消百年，人们只知道世上曾有个西湖苏小小，而不会知道你的大名！"

袁枚所言不谬。袁枚的预言，是建筑在世人对苏小小的普遍认同的基础上的。

苏小小确实是青春永葆、生命灵动的象征。

苏小小的一生，风风光光爱过一个男人，豪豪爽爽帮过一个男人，驾轻就熟嘲弄过一个男人。她所爱的男人阮郁一去便是泥牛入海，她一不怨怨艾艾，二不自叹薄命；她救助过的男人鲍仁后来也没有回来报答她，她也不曾耿耿于怀，发什么好人做不得，应该接受教训之类的感慨；被她征服的男人孟浪很乐意以自己的权势给她许许多多好处，但她再也不会从记忆里把他打捞起来。苏小小把这一切都看成一种经历，她的豁达是少有的，只要有西湖的山水伴着她，苏小小就心满意足了。好像她就是为西湖山水而来到这个世上的，西湖山水就是她最忠实的伴侣，她则是西湖山水的知己。

现代著名记者、作家曹聚仁，把苏小小说成茶花女式的唯美主义者。我们以为，比作茶花女是多此一举，苏小小是个独立的形象，不需要拉个名女人来抬举她。不过，说苏小小是唯美主义者，倒也使得，这个女孩子，似乎确是为美才到这世上来走了一遭，她短暂而灿璨的一生，凝聚的恰也是一个“美”字。将苏小小定格在以美的化身的资格，千百年来作为西湖之美的代言人，并不夸张。

白娘子要撬翻什么

南宋有个祝穆，是一个对地理、名胜有所研究的文人，他写的《方舆胜览》一书，首次提出了“西湖十景”。祝穆写道：“西湖山川秀发，四时画舫遨游，歌鼓之声不绝，好事者尝命十题，有曰：平湖秋月，苏堤春晓、断桥残雪、雷夕落照、南屏晚钟、曲院风荷、花港观鱼、柳浪闻莺、三潭印月、两峰插云。”西湖十景景目，从此流传至今，其中“雷峰夕照”已不存在，按理大家是要感到很惋惜的，谁知恰恰相反，1924年雷峰塔倒塌之时，兴奋的大有人在，包括徐志摩和鲁迅。

徐志摩特地写了一首诗，叫作《再不见雷峰》：

再不见雷峰，雷峰坍成了一座大荒冢，

顶上有不少交抱的青葱；
顶上有不少交抱的青葱，
再不见雷峰，雷峰坍成了一座大荒冢。

为什么感慨，对着这光阴应分的摧残？
世上多的是不应分的变态；
世上多的是不应分的变态，
发什么感慨，对着这光阴应分的摧残？

为什么感慨：这塔是镇压，这坟是掩埋，
镇压还不如掩埋来得痛快！
镇压还不如掩埋来得痛快，
发什么感慨：这塔是镇压，这坟是掩埋。

再没有雷峰，雷峰从此掩埋在人的记忆中：
像曾经的幻梦，曾经的爱宠；
像曾经的幻梦，曾经的爱宠，
再没有雷峰，雷峰从此掩埋在人的记忆中。

这首几乎可说是咬牙切齿的诗，徐志摩写于1925年9月，雷峰塔倾圮刚好一年。

鲁迅比徐志摩的反应更为迅疾，雷峰塔一消失，他就于

1924年10月28日专门写了一篇杂文，叫作《论雷峰塔的倒掉》，文章称，雷峰塔倒掉了，“试到吴越的山间海滨，探听民意，凡有田夫野老，蚕妇村氓，除了几个脑髓里有点贵恙的之外”，没有不高兴的。

鲁迅和徐志摩是截然不同的两种文人，思想意识上有点格格不入，却在对于雷峰塔的倒塌这件事上，惊人地表现出一致的情绪，这很说明问题，有道是“人同此心，心同此理”，正是如此。

那么，为什么当时的人对于雷峰塔的倒塌大多抱着如愿以遂的态度呢？这就和白娘子有关了。

白娘子是《白蛇传》的主角。白娘子是蛇的化身。华夏几个主要民族都经过以龙蛇为图腾的原始社会，据闻一多《伏羲考》说，作为中华民族象征的“龙”的形象，是以蛇为主体，加上兽类的四脚、马的头、鬣的尾、鹿的角、狗的爪、鱼的鳞和须拼凑起来的。中华民族的始组女娲和伏羲都是人面蛇首或人首蛇身，《山海经》中的神人如共工、烛龙、盘古也有人首蛇身的特征。故而，《白蛇传》的研究者把白娘子的源缘，一直上溯到远古的神话传说、原始图腾。

唐人传奇《李黄》是《白蛇传》的起源，南宋时的《西湖三塔记》是《白蛇传》原创意义上的蓝本，从中可以看到《白蛇传》有着较长时间的演变过程。到了明代由冯梦龙根据南宋话本加工、收入《警世通言》的《白娘子永镇雷峰塔》，则是最早最完整的定本，可视作《白蛇传》发展、演变史上一个重要的界碑。因《白娘子永镇雷峰塔》着眼于风月情事，“风月话本”之说于是流传坊间。清代初年黄图珌的《雷峰塔》（看山阁本），是我们现在所知最早的《白蛇传》戏曲。清朝乾隆年间，方成培改编的《雷峰塔传奇》（水竹居本），大体完成了《白蛇传》故事的主线框架。而这出戏的本子，在乾隆南巡时被献上，因此有乾隆皇帝御览的招牌，使得社会各个阶层的人，没有人不知道《白蛇传》的故事了。清代中期以后，《白蛇传》成为常演的戏剧，以同治年间的《菊部群英》来看，当时演出《白蛇传》是京剧、昆曲杂糅的，但以昆曲为主。嘉庆十一年（1806），玉山主人创作了中篇小说《雷峰塔奇传》。嘉庆十四年（1809），出现了弹词《义妖传》，《白蛇传》故事在民间就有了更广泛的受众，白娘子这位有情有义的女性也更为大众所接受。

人们喜爱《白蛇传》，于是，在口口相传的民间传说和话本、小说之外，戏剧也大量出现了。元代杭州人郸经最早涉及这个题材，他把《西湖三塔记》搬上了舞台。明、清两代更有多种此类剧目在各地上演，其中刊于乾隆三十六年（1771）的水竹居本影响最大。这个剧本的作者方培松，删去了先前梨园脚本中渲染白娘子“妖性”的情节，加强了她的人性，把“蛇妖”提升为“蛇仙”，又增加了“端阳”“盗草”“断桥”“祭塔”等关目，使白娘子的形象越发光彩感人。

后代凡“白蛇”的改编本，大体都未脱离水竹居本的框架。近代田汉创作的京剧《白蛇传》，令白娘子彻头彻尾地人性化，达到了审美的高境界。田汉以后，各剧种演出的本子基本上都以这个本子为范本。

《白蛇传》为何如此久长地受到人们欢迎呢？我的看法是：因为白娘子是女性世界横空出世的一根杠杆！

让我们来简要介绍一下《白蛇传》的情节。

三月清明，春光明媚，西湖花红柳绿，游人如梭。白娘子和她的情同胞妹的丫鬟小青青兴致勃勃游湖方罢，上了渡船，摆渡到对岸欲待回家。船到岸边，忽然一阵骤雨降下，白娘子不禁犯起愁来。凭白娘子与小青青的道行，一挥手便能驱散满天雨云，但众目睽睽之下，总不能作法暴露了身份吧？这时，有个后生悄悄递上一把雨伞。

这个后生姓许名宣（许仙），二十出头年纪，自幼父母双亡，在一家生药铺做伙计。许仙宁愿自己给淋成落汤鸡，却将雨伞让给了素昧平生的白娘子，显然很有怜香惜玉之心，但许仙又并不眼睛骨溜溜打量对方，可见心无半点邪念。这后生叫白娘子不由心头一动，便将地址留给了许仙，请他翌日前去取伞。

第二天，白娘子和如约登门的许仙自然免不了有了较深入的交谈，两人都添了爱慕之意。接下来感情与日俱增，终于许仙接受了白娘子的建议，一起到苏州山塘街开了个“保和堂”药店，两人也结了秦晋之好。由于“保和堂”治好了很多疑难病症，而且给穷人看病配药还分文不收，所以药店的声誉越来越好，生意越来越红火，苏州百姓提起白娘子，都跷大拇指。

白娘子、许仙婚后恩恩爱爱，小日子过得挺滋润。谁知半路上冒出个镇江金山寺法海和尚，撺掇许仙，说你的老婆是蛇精，迟早会吃了你。许仙一听，非常气愤，说：娘子心地善良，对我的情意比海还深，你休胡说！法海说：是老僧胡说，还是你糊涂，让你老婆露出真身就知道了。若要验她真身，可在五月端午将雄黄偷偷放入酒中，骗她喝下，你就知道老僧的话不假。许仙这才将信将疑，心想：老和尚所言虽然荒谬，但听了未免有些心惑疑疑，照他的话试一试也无妨，弄清楚了可以放心。到了端午节那天，许仙真的就试了这么一试，白娘子真的也就显出了原形，许仙给生生地吓死了。

白娘子酒醒后，为救丈夫，冒死上昆仑山盗取仙草。这仙草就是灵芝，但又不是一般的灵芝，而是南极仙翁所植，有起死还生之效。南极仙翁的两名徒儿鹿童鹤童负责看守仙草，有人擅自来摘，当然要制止。白娘子一再陈诉，希望两位仙童念她救夫心切，行个方便，让她摘取，二童都还未成年，不懂情为何物，因此不为所动，只管叫她速速离开，否则就要强行驱逐。两下里谈不拢，唯剩硬抢一途，于是开打。

鹿童不是具有千年道行的白娘子的对手，三个回合未满，就败下阵去，鹤童顶了上来。鹤是蛇天生的克星，白娘子差点给鹤童啄死。就在这紧要关头，南极仙翁及时出现，喝住了鹤童。南极仙翁俗称“老寿星”，白发童颜，面目慈祥，拄一根高过头顶的弯曲拐杖，走路步履蹒跚。莫看他模样老态龙钟，法术大得不得了，伸一个指头便能叫白娘子顷刻殒命。不过，南极仙翁不是来要白娘子性命的，他掐指算出白娘子的来意，出于同情，非但搭救了她，还赠送了她一支灵芝。

白娘子谢过南极仙翁，驾云返回苏州，用仙草熬的汤汁灌许仙，许仙一条命给从奈何桥拉了回来。重获生命的许仙心有余悸，竟然再次听从法海怂恿，跑到金山寺去寻求庇护。许仙也真是窝囊，他的这种行为甚至有点猥琐。我们有时候不禁要想，如果白娘子碰到的不是许仙，而是一个顶天立地男子汉，她会那样多受许多磨难吗？可是，叫白娘子到哪儿去寻更好的男人呢！从总体上讲，中国的女性都比男人素质强，白娘子也只好将就了。许仙差虽差矣，好歹还忠厚、善良，白娘子舍不得放弃他。

白娘子带着小青青到金山寺去要回丈夫，苦苦恳求法海，法海却是口口声声大骂孽妖，表示要叫许仙皈依佛门，免得日后在她肚子里弄出个小妖精来。白娘子此时已怀有许仙的孩子，经此辱骂，忍无可忍，召来虾兵蟹将，掀起长江巨浪，逼迫法海交出许仙。本来白娘子是稳操胜券的，不想腹中婴儿受了惊动，便要早产，搅得她腹痛如绞，无心恋战，只能落荒而走，由小青青掩护着逃到了断桥。

断桥也是西湖十大景观之一，叫“断桥残雪”。历代留下不少咏吟断桥雪景的诗词，我们随手拈上几首：“望湖亭外半青山，跨水修梁影亦寒。待潘痕边分草绿，鹤惊碎玉啄阑干。”（宋代王洧）“澄湖晓日下睛湍，梅际冰花半已阑。独有断桥荒藓路，尚有残雪酿春寒。”（明代杨周）“宝石山前雪欲睛，西泠西去少人行。葳蕤竹柏丹梯路，南坡犹见冻云平。瀛洲屿近香风满，不待攀林酒易倾。”（明代汤焕）“高柳萌长堤，琉疏漏残月。蹩躠步松沙，恍疑是踏雪。”（清代张岱）读这样的诗，你能感觉到雪的素洁，或许还能产生联想，这素洁的雪正是白娘子品格的映衬。“断桥残雪”这道风景，也许可以看作专为白娘子而设置的。

继续来讲《白蛇传》故事。许仙躲在法海的袈裟后面，目睹了白娘子不顾生死维情夺夫的一场战斗，不由便又忆起往昔夫妻的情义来，再说他也放不下白娘子肚里自己的那个亲骨肉，于是，悄悄踅出寺院，溜下了山，寻找妻子。许仙在苏州“保和堂”未找见妻子，就来到了杭州西湖。他想，自己是在这里和娘子结识的，娘子会不会跑这里追寻旧梦呢？许仙不曾猜错，白娘子为何别的地方都不去，偏偏跑西湖来了呢？这是因为她也在考虑，如果丈夫心中还有她，必定忘不了当初两人初识的场所，她要看看他到底忘与未忘，所以，她在这里等他。

许仙沿着西湖寻找，行至断桥，撞见了白娘子和小青青。小青青一见许仙，气不打一处来，仗剑便要杀他，要他为辜负姐姐而付出代价。白娘子虽也怨恨丈夫耳根忒软，太容易听信挑拨之言，为了自身安全竟然不念多年伉俪情深，但是，许仙既然来了，说明自己想对了，她的一切怨恨就烟消云散了。白娘子不忍让丈夫受到任何伤害，拼命拦阻小青青，以至小青青气忿难抑，决定不再管他们的是是非非，独自一走了之。

白娘子失去了小青青这条臂膀，又是临产之妇，怎会不知道自己处境的危险，但她最撇不下的是一份情爱，她把这情爱看得比一切都重，所以，白娘子毫不犹豫地就跟着许仙回了苏州山塘街，回到了“保和堂”他们的家，他们共同筑起的温馨爱巢。噩运很快就跟踪而来，法海追至，不待白娘子分娩后坐满月子，就用一只法钵收了白娘子，将她镇压到雷峰塔下去了。

这个法海实在太讨厌，难怪鲁迅先生在《论雷峰塔的倒掉》中，要用幸灾乐祸的口吻来详述法海的下场：

> 和尚本应该只管自己念经。白蛇自迷许仙，许仙自娶妖怪，和别人有什么相干呢？他偏要放下经卷，横来招是搬非，大约是怀着嫉妒罢，这

简直是一定的。

后来玉皇大帝也怪法海多事，以至荼毒生灵，想要拿办他了。他逃来逃去，终于逃到蟹壳里避祸，不敢再出来，到现在还如此。我对于玉皇大帝所做的事，腹诽的非常多，独于这一件却很满意，因为“水满金山”一案，的确应该由法海负责；他实在办得很不错的。只可惜我那时没有打听这话的出处，或者不在《义妖传》中，却在民间的传说罢。

秋高稻熟时节，吴越间所多的是螃蟹，煮到通红之后，无论取那一只，揭开背壳来，里面就有黄，有膏；倘是雄的，就有石榴子一般鲜红的子。先将这些吃完，即一定露出一个圆锥形的薄膜，再用小刀小心地沿着锥底切下，取出，翻转，使里面向外，只要不破，便变成一个罗汉模样的东西，有头脸，身子，是坐着的，我们那里的小孩子都称他“蟹和尚”，就是躲在里面避难的法海。

当初，白蛇娘娘压在塔底下，法海禅师躲在蟹壳里。现在却只有这位老禅师独自静坐了，非到螃蟹断种的那一天为止出不来。莫非他造塔的时候，竟没有想到塔是终究要倒的么？

活该。

鲁迅先生文中提到了民间传说，我也曾搜集到法海逃进蟹壳的一个版本，说是小青青离开白娘子后，跑到峨眉山又修炼了一番，道行大增，便出山为白娘子复仇，找法海决斗，法海打不过她，慌不择路一头拱入了蟹肚里。我这个版本还说雷峰塔不是白娘子和许仙的儿子许梦蛟长大后中了状元，祭母时痛哭把塔哭倒了，而是小青青打败了法海，顺手一剑将雷峰塔劈塌的。我乐意采用这个版本，因为它更大快人心。而且，这个版本还有一点也十分可贵，就是不指望玉皇大帝做被压迫者的救星。

雷峰塔倒塌的真正原因是，明代嘉靖年间，倭寇入侵杭州，疑心塔中有伏兵，纵火焚塔，檐廊烧尽，仅存塔心，连塔顶也毁了。倭寇放了一把火，接下来官府又放了一把火，官府的逻辑是：倭寇既然能想到塔内可藏官兵，谁能担保他们不会想到某一天也藏到塔肚里去，干脆把这座宝塔统统烧光算了。官府这把火引起了更大的火灾，把西湖边最大的寺庙昭庆寺也给烧了。雷峰塔如此连遭火焚，搞得满目疮痍，身歪影斜，要多丑就有多丑。但是，它的厄运尚未交完，后世迷信者不断地到雷峰塔去挖塔砖，说这座塔是法海镇压蛇妖的，塔砖都有驱魔避邪的功用，塔砖放在蚕房，蛇蝎就不敢进去吃蚕宝宝；嵌在屋基，鬼就不敢来作祟；生了病，刮点塔砖屑熬汤服下就好。你也挖，我也挖，年长日久，从明代挖到民国，竟就把一座残塔的底层砖块全挖空了，终于，轰然一声倒掉了。雷峰塔是倒在强盗、官府和愚昧的三重击打下的。

然而，人们还是乐意在传说中寻觅倒塔的原因，为什么？因为人们把雷峰塔的消失，看作白娘子精神的胜利，法海的最终失败。法海在世人心目中，是破坏人间美满婚姻的罪魁祸首，他对白娘子的镇压，是对追求自由婚姻的精神的围剿，是对向往美满生活的愿望的反动。所以，有识者定义法海为“道德宗教”的护法神，必须把他斗败，否则，中国社会恐怕到今天还得女性裹精神小脚，男人拖精神辫子。白娘子和法海的斗争，已经远远超出了自由婚姻的范畴，上升到人之如何谓人的境界了。

《白蛇传》是个传说，但人们似乎从未将它仅仅看作一个传说，尤其是杭州人。杭州人把白娘子当成杭州的女儿、西湖的精灵。西湖是不能少了白娘子的，少了，就缺了一种精气神韵。

白娘子对爱情的追求和执着，实在是很令人动容的。她原在四川峨眉山修炼，修成了千年道行，算是个蛇仙了。在凡人看来，神仙该多逍遥啊，腾云驾雾，长生不老，还有比这更值得追求的东西么？白娘子说：有，更值得追求的是爱情。所以，她下了山，嫁给了许仙，被压在了雷峰塔下。白娘子后悔了么？有部电视剧《新白娘子传奇》，片尾歌曲是这样唱的：

千年等一回，我无悔啊。
是谁在耳边说，爱我永不变，
只为这一句啊，断肠也无怨。
雨心碎，风流泪，
梦缠绵，情悠远，
西湖的水，我的泪。
我情愿和你化作一团火焰，
千年等一回啊，等一回！

唱了一遍，犹嫌不足达意，又重复一遍。这首歌，应该是唱出了雷峰塔下白娘子的心声。

白娘子无怨无悔于她所选择的爱。

白娘子的爱，是一种主动选择。

我们说过，白娘子可视为杠杆。牛顿有句名言：如果给我一个支点，我能撬翻地球。从物理学的层面讲，牛顿是一根杠杆。那么，白娘子这根杠杆将用来撬翻什么？狭义而言，白娘子要撬翻的是对于爱的禁锢；广义而言，要撬翻的是束缚人类精神自由的一切社会基础以及与之相配套的上层建筑。

可惜，白娘子没有她的支点。这个支点就是我们今天还亟待加强、完善的人文主义。

当代诗人雁翼写过一首《题断桥》，想来也是这个意思，录以作结：

湖上的断桥早已修复了
人心上的断桥呢
修建了几千年
还是风浪相阻
只因为，法海和尚
仍在庙里主政

柳永的世界

唐宋文人与歌妓交往者，最典型的，当数柳永。柳永（约984—约1053），原名三变，字景庄，后改名柳永，字耆卿，因排行第七，人称柳七。福建崇安人，北宋著名词人，婉约派代表人物。柳永出身官宦世家，少时学习诗词，有功名用世之志。咸平五年（1002），柳永离开家乡，流寓杭州、苏州，沉醉于听歌买笑的浪漫生活之中。

柳永一生主要的活动，在青楼楚馆；最大的成就，是为歌妓填词。在宋代，歌妓以歌舞表演为生，其表演效果的好坏，直接关系到她们的生活处境。演出效果取决于演技和所演唱的词，演技靠个人的勤奋练习，而词则靠词人填写。歌妓为了使自己的演唱吸引观众，往往主动向词人乞词，希望不断获得词人的新词作，使自己成为新作的演唱者，以给观众留下全新的印象，同时也希望通过词人在词中对自己的赞赏来提升名气。柳永一不做官，二不经商，三无手艺，祖上又不曾传给他丰厚的遗产，他浪迹江湖，频繁地与歌妓交往，为她们填词，供她们在青楼演唱，得到她们的经济资助，不至于有衣食之虞。

然而，挣一份衣食并非柳永的主要目的，从歌妓那儿追求情感和精神的满足，触发创作冲动，才是他最看重的。淌自他心底、出自他笔下的大量咏妓词、赠妓词、思妓词、悼妓词，构成了属于柳永的另一个世界，一个美的世界，一个理想的世界，一个创造的世界，一个可供他心灵自由奔腾的世界。柳永靠着这个与现实世界迥然不同的世界，充分体现着自己的生命价值。

所以，在柳永的眼睛里，歌妓是美的化身，色也美，艺也美。柳永写歌妓之美极为全面，极为细致，脸、眼、眉、发髻、身材、姿态，无一不在他的词中得以详尽描写。如："倾城巧笑如花面，恣雅态，明眸回美盼。"（《洞仙歌·佳留心惯》）"香靥融春雪，翠鬓秋烟，楚腰纤细正笄年。"（《促拍满路花·香靥融春雪》）"身体儿，早是妖娆，算风措，实难描，一个肌肤浑似玉，更都来，占了千娇。"（《合欢带·身材儿》）"宠佳丽，算九衢红粉皆难比。天然嫩脸修蛾，不假施朱描翠。盈盈秋水，恣雅态，欲语先娇媚。"（《尉迟杯·宠

佳丽》)

柳永词中的歌妓自然都是能歌善舞、多才多艺的，他用这样的词句来加以咏赞："向尊前，舞袖飘零，歌响行云上。"(《长寿乐·繁江嫩翠》)"佳娘捧板花钿簇，唱出新声群艳伏。"(《木兰花·其二》)"见说兰台宋玉，多才多艺善词赋。"(《击梧桐·香靥深深》)"爱把歌喉当筵逞，遏天边，乱云愁凝，言语似娇莺，一声声堪听。"(《尽夜乐·其二》)

柳永对歌妓在情感生活上的遭遇及由此而来的心理感受，揣摩得非常透彻，且能设身处地以饱蘸同情的笔墨给予表述，他的词中常见这样的语句："追悔当初，绣阁话别太容易。"(《梦还惊》)"自觉当初草草……细追思，恨从前容易，致得恩爱成烦恼。"(《法曲第二》)最感人的则是这首《少年游》:

一生赢得是凄凉，追前事，暗心伤。好天良夜，深屏香被，争忍便相忘。

王孙动是经年去，贪迷恋，有何长。万种千般，把伊情分，颠倒尽猜量。

这首词告诉我们，曾有这么一名歌妓，将自己的一切都交付给了一位王孙公子，最后仍被抛弃了，但她依旧一往情深，痴心不改，年年月月日日怀念他，企盼着他回心转意，回到自己的身边。从现代人的观点看，这名歌妓真是值不得。虽然当初那位王孙公子爱她也许不是虚假的，他们之间有过非君不嫁、非卿不娶的山盟海誓，有过甜蜜温馨、如胶如漆的岁月，但是，他终究还是没能珍惜这份感情，如黄鹤一去杳无音信。归根结底，他只能划入薄情郎的行列，她何必为这样一个薄情薄义的男人沉入如此的痛苦中呢？当然，她也用不着怨艾自己有眼无珠，没有看准人。她不妨说服自己，当初是当初，她和他确实是真心相爱了一场，这就够了，现在时过境迁，缘已尽，人须分，若是一直“暗心伤”至死，也只是白白折磨自己而已。说得更透彻些，是他配不上她，他没有福分一辈子消受她这份真挚的爱。不过，对于柳永展示给我们的这名歌妓，一个生活在“君为臣纲，夫为妻纲，父为子纲”时代的女子，又是那样一种职业，你不能要求她具有这样的思想，你只能像柳永一样同情她，替她惋惜，为她叹息。

柳永同情歌妓，因为他认为歌妓非但外貌美丽，而且性格善良，本质纯洁。在男权主义社会，男人看女人，往往只从女人身上看到“女”，而看不到“人”，把女人只看作性的载体，而有意无意地无视女人作为人的存在的独立人格，柳永却并不将歌妓当作仅供欢娱的玩物，他以平等的态度与她们往来，甚至，他把被人轻视的歌妓看得比功名利禄还重，这在他的词作中屡有反映，如：“越娥兰态蕙心，逞妖艳，昵欢邀宠难禁。筵上笑歌间发，舄履交侵。醉乡归处，须尽兴，满酌高吟。向此免，名缰利锁，虚度光阴。”（《夏云峰》）又如：“屈指劳生百岁期。荣瘁相随。利名牵惹逡巡过，奈两轮，玉走金飞。红颜成白发，极品何为？尘事常多雅会稀。忍不开眉。画堂歌管深深处，难忘酒盏花枝。醉乡风景好，携手同归。”（《看花回》）再如：“似此光阴催逼。念浮生，不满百。虽照人轩冕，润屋珠金，于身何益？一种劳心力。图利禄，殆非长策。除是恁，点检笙歌，访寻罗绮消得。”（《尾犯》下阕）柳永将那个时代做人，尤其是读书人最大的成功的准绳——功名利禄看作缰绳、锁链，于身无益、虚度光阴，比不上听歌妓一展歌喉，更比不上醉眠花柳有价值。在柳永的历史时代，他的这种态度是超凡脱俗的。

柳永之所以能这样对待歌妓，与他的经历分不开。柳永是个才子，自视甚高，他早年的一首词《长寿乐》，有这样的词句：“对天颜咫尺，定然魁甲登高第。”年轻气盛的柳永是如此自负——即便皇帝亲自命题面试，独占鳌头对他而言，也是三只指头拾田螺，十拿九稳的事。

可是，对不起，你纵然学富五车，也不是朝廷要的人。皇上要的是奴才，要的是咬人的狗。你想踏入仕途，你首先要学会遇到上司，你的背凸出来，你的肚皮凹进去；碰见下属，你的背凹进去，你的肚皮凸出来。一句话，你要甘心放弃做人的尊严，骨子里要有奴性。柳永竟然将下贱的歌妓看得比官场有人情味，柳永卷子做得再好也只能名落孙山。

于是，大中祥符元年（1008），柳永进京参加科举，落第而归。从此他好像被晦气鬼盯上了，屡试不中，入仕的门一次又一次对他关上，关得紧紧的。

他不好好总结经验教训，又写词发牢骚：

黄金榜上，偶失龙头望。明代暂遗贤，如何向。未遂风云便，争不恣狂荡。何须论得丧。才子词人，自是白衣卿相。

烟花巷陌，依约丹青屏障。幸有意中人，堪寻访。且恁偎红翠，风流事，平生畅。青春都一饷。忍把浮名，换了浅斟低唱。

此词一出，乖乖龙的冬！捅了马蜂窝。柳永简直无法无天了，竟敢亵渎科举制度，冒犯礼教纲常，说什么不在乎拿功名去换浅斟低唱，荒唐，荒唐，太荒唐了！连最高统治者皇帝大老倌也听说了这件事，宋仁宗命臣下找来柳永的这首《鹤冲天》，一读之下，生气地下了一道口谕："这个柳永，他不是喜好花前月下、浅斟低唱么，他不是不喜欢浮名么，那就遂他的愿，不要给他功名，让他去填他的词吧！"

完结！柳永在功名上被判了无期徒刑。

柳永人生道路上这么一个沉重打击，并非杜撰，南宋吴曾《能改斋词话》记之凿凿，清代沈雄《古今词话》引《太平乐府》，也让人清清楚楚看到了这件公案。

宋仁宗赵祯（1010—1063），是宋朝第四位皇帝。在北宋九位皇帝中，除了宋太祖赵匡胤，他是最好的。仁宗任用范仲淹、韩琦、富弼、欧阳修等人开展“庆历新政”，就证明了这一点。赵祯性情宽厚，不事奢华，还能够约束自己，对下属宽厚以待，让百姓休养生息，因此受到历代历史学家、政治家的称赞。他知人善用，因而在位时期名臣辈出，国家安定太平，经济繁荣，科学技术和文化得到了很大的发展。赵祯对读书人比较包容，苏辙参加进士考试，想利用这个机会进谏，便在试卷里批评宫中美女数千，皇上贪图享乐。苏辙将道听途说作为消息来源，考官们认为苏辙无中生有、恶意诽谤，主张重惩严处，赵祯摆摆手，说：“国家需要敢言之士，这个考生敢于如此直言，应该作为特例录取他。”这样的一个皇帝，对柳永也排斥，可见柳永的出格实在也出得忒大了些。

柳永认为，这么对待他是不公正、不公平的。面对如此不公，柳永以他的方式进行了抗议，从此，柳永的词作都自称是“奉旨填词”。你皇帝大老倌是金口玉言，既然你说过“且去浅斟低唱，何要浮名”这番话，那就是天子谕旨，我在名片上印这么四个字，叫作君命难违，谁也不能说我是假传圣旨，对不对？柳永就这么调侃了皇上，歌妓在公开场合唱他的新词，都要先打个广告："请听奉旨填词柳三变最新力作…… "在座官员只得摆出恭而敬之的姿态，心里却着实哭笑不得。或许，歌妓也是用"奉旨"两字做金钟罩，劈头罩住当官的，使他们投鼠忌器，不敢欺负她们。至高无上的皇帝，给柳永和歌妓们变成门神用了。

幸亏北宋自赵匡胤立下"不杀士大夫"誓碑，以后的一个个皇帝都遵守这个"祖宗家训"，不太与读书人计较，虽然也曾发生过"乌台诗案"这样的雏形期文字狱事件，但总体上还不动辄无限上纲，构架政治罪状。要是柳永生活在朱元璋或"康乾盛世"或更晚些的时代，似他这般的"大不敬"，不遭大辟乃至灭族才怪呢！宋仁宗不曾追究柳永的"奉旨填词"行为，宋仁宗以后的宋王朝还存在了一百五十余年，史无记载说哪个赵"官家"将柳永掘坟鞭尸。赵宋王朝对文人应该说还是有点"雅量"的。

柳永"奉旨"去做秦楼楚馆流行歌曲的专职撰稿人，与歌妓朝夕相处，乐不思蜀。柳永这种生活方式和思想、心态，有他的《传华枝》为证：

平生自负，风流才调。口儿里，道知张陈赵。唱新词，改难令，总知颠倒。解刷扮，能嗽表里都峭。每遇着，饮席歌筵，人人尽道，可惜许老了。

阎罗大伯曾教来，道人生，但不须烦恼。遇

良辰，当美景。追欢买笑，剩活取百十年，只恁
厮好。若限满，鬼使来追，待倩个，掩通著到。

有人诟病此词，指责它耽于声色，炫耀感官刺激，消极颓废，格调低下。顺便说说，正统文学史对柳永及绝大部分柳词，都是这么评价的。我们倒是要问：为什么不能从柳词中看出很有价值的东西来呢？柳永的沉溺青楼，难道不是对社会的抗争么？他的词是他的武器，他找到了最适合自己的武器，有什么不可以呢？

前文说过，柳永生活在他以自己的词构建的理想世界，他不喜欢枯燥的虚拟的乌托邦，也不愿意像陶渊明那样躲进桃花源，他需要一个活生生有血有肉的另类世界，歌妓恰恰满足了他的这个需要。

柳永是世俗社会、现存秩序、道德伦常的精神反叛者。

歌妓也不曾辜负柳永。对柳永很有感情的有名有姓的歌妓就有秀香、英英、瑶卿、心娘、酥娘、虫娘等人，其中虫娘最令柳永属意。温柔多情、面容姣好、才艺超群的这位歌妓，柳永爱称为“虫虫”。“小楼深巷狂游遍，罗绮成丛。就中堪人属意，最是虫虫。”（《集贤宾》）“虫娘举措皆温润，每到婆娑偏恃俊。香檀敲缓玉纤迟，画鼓声催莲步紧。贪为顾盼夸风韵，往往曲终情未尽。”（《木兰花》）柳永从虫娘那儿获得了心灵慰藉，表示自己一旦发迹，定要报答她。柳

永也很想有朝一日报答有恩于他的其他歌妓，他是真诚地做这个表示的，但是，他的境况决定他只能“食言”了。

因为他一生都是落拓的。

柳永晚年化名赴试，一举而中，雄辩地证实了他的才学。有了功名，就有了官做，直做到“屯田员外郎”，正六品。宋代工部下设屯田司，置屯田员外郎一职，掌屯田、营田、职田、学田、官庄之政令及其租入种刈、兴修给纳诸事。若是他想捞些钱，也不是没办法的，但柳永不愿意做贪官，所以他仍是清贫的。这不是我们在美化柳永，史料记载，柳永在江、浙两省都留下了贤声。柳永致仕后，又陷入了穷困潦倒，穷到什么程度？死了都没钱安葬。谁出资把他的遗骸入土为安的呢？“柳耆卿风流俊迈，闻于一时。既死，葬于枣阳县花山，远近之人，每遇清明日，多载酒肴饮于耆卿墓侧，谓之‘吊柳会’。”（宋代曾敏行《独醒杂志》）。远近之人都是些什么人呢？应该是捐资合葬他的歌妓，柳永“死之日，家无余财。群妓合葬之于南门外。每春日上冢，谓之‘吊柳七’。”（宋代祝穆《方舆胜揽》）。这种风俗一直持续到宋室南渡。

“不愿君王召，愿得柳七叫；不愿千黄金，愿得柳七心；不愿神仙见，愿识柳七面。”这是柳永在杭州乃至全国歌妓心目中的地位。歌妓们如此尊重柳永，没有其他原因，只因柳永生前也尊重她们。柳永用他的词，抚平她们心上的伤痕，在柳永的词里，她们是梅花、芙蓉、海棠，是娇媚的，是需要有人怜惜与疼爱的。在那个时代，在那样的环境，有多少男子能像柳永一样善待她们，爱惜她们呢？

柳永的一生，就这么度过了，他后悔了么？没有。有他的《凤栖梧》为证：

伫倚危楼风细细，望极春愁，黯黯生天际。
草色烟光残照里，无言谁会凭阑意。
拟把疏狂图一醉，对酒当歌，强乐还无味。
衣带渐宽终不悔，为伊消得人憔悴。

柳永作古了，但他的词并未湮没，却是“骫骳从俗，天下咏之”（宋代陈师道《后山诗话》）；“有井水处，即能歌柳词”（叶梦得语），“一时动听，散播四方”（清代宋翔凤《乐府余论》）。柳词还对后人产生了巨大影响，后代许多词人都爱以柳词为韵，元代有个王喆更是把柳永的《乐章集》当作经典，坦白道：“爱看柳词，遂成。”成什么？成一首《解佩令》：

平生颠傻，心猿轻忽。《乐章集》，看无休歇。
逸性摅灵，返认过，修行超越。仙格调，自然开发。
四旬七上，慧光崇兀。词中味，与道相遇。

一句分明，便语彻，耆卿言曲。杨柳岸，晓风残月。

“杨柳岸，晓风残月”，这末尾一句，王喆完全“抄袭”柳永了，可见喜之深焉。像王喆一样对柳词“亦步亦趋”者，南宋以降，多矣，以至纪昀在《四库全书总目提要》中都要倍加推崇：“诗当学杜诗，词当学柳词。”

柳词的影响进而扩大至域外，《高丽史·乐志》载，自宋传入的七十四首大曲小唱，其中《转花枝》《夏云峰》《醉蓬莱》《倾杯乐》《雨霖铃》《浪淘沙》《御街行》《临江仙》等八首，为柳永所作。

柳永一生浪迹天涯，也曾漫游到江南，杭州印上过他的屐痕，西湖于是就有了他的一首词：

东南形胜，三吴都会，钱塘自古繁华。烟柳画桥，风帘翠幕，参差十万人家，云树绕堤沙。怒涛卷霜雪，天堑无涯。市列珠玑，户盈罗绮，竞豪奢。

重湖叠巘清嘉。有三秋桂子，十里荷花。羌管弄晴，菱歌泛夜，嬉嬉钓叟莲娃。千骑拥高牙。乘醉听箫歌，吟赏烟霞。异日图将好景，归去凤池夸。

因了这首词，西湖就多了一份人文价值。

这首《望海潮》一出，就引起了轰动，还引出了两则故事。

一则是关于柳永《望海潮》如何产生的。柳永有个布衣之交，名叫孙何，《宋史·孙何传》谓公元1000年至1024年间，孙何任两浙转运使，柳永到杭州去看望这个老朋友，却因衙门森严，不得入内。柳永想到官府常召歌妓在西湖侑酒助兴，便找到一个熟识的名妓楚楚，挥毫写下这首词，拜托她在孙何召妓侑酒之时唱一唱。一天，楚楚被孙何召去，就在筵前唱了这曲《望海潮》，果然不出柳永所料，孙何当即就被歌词吸引了，追问此词作者是谁，楚楚报出了柳永大名，孙何喜出望外，立即命人到旅馆去将这位老朋友请来，叙旧续谊，畅谈竟日。

另一则是关于柳永《望海潮》产生后影响之大的。明代田汝成《西湖游览志馀》云：

> 此词流播，金主亮闻之，锏然起投鞭渡江之想。命画工潜入临安，图西湖，揭软屏间。貌己像，策马吴山之巅，题其上曰："万里车马盍会同，江南岂有别疆封？提兵百万西湖上，立马吴山第一峰。"

当时还有一个文人谢处厚，听到了海陵王完颜亮因柳永《望海潮》而更其眼馋杭州西湖的传闻，感而赋诗一首：

谁把杭州曲子讴？荷花十里桂三秋。
那知卉木无情物，牵动长江万里愁。

上述故事都证明了柳永这首词的艺术感染力。柳永用他的《望海潮》，晓谕读者，他能够写出“怒涛卷霜雪，天堑无涯”这样的不输于苏东坡“大江东去，浪淘尽，千古风流人物”式的关西大汉铁板铜琶引吭高歌的作品，但是，在柳永一生的创作中，这类作品少之又少，非柳永不可为也，乃柳永宁可留连于秦楼曲楚馆吟，为什么？因为柳永不肯放弃他的世界。

一个由柳永以生命构建的另类世界，到今天尚未让人透彻参悟的世界。

花魁女情锁卖油郎

西湖产生了太多的爱情故事，所以有人说，西湖是个爱情多发地。

你是一个绿色的亘梦，
轻笼在烟花雨丝织成的湖光中，
垂柳的长发随风舞弄，
游船像影子闪进了桥洞。

人被围在春花、鸟啼的浓荫，
水波噘起了说话的嘴唇，
呼唤你的船划近，再划近，

春光中你的心会比湖心更年轻。

当代诗人唐祈这首咏西湖的诗，是爱情多发地西湖的诗化表叙。

人生没有爱情，这个人生便是沙漠。西湖当然不是沙漠，因为西湖不光有美丽的风景，还有发生在这风景下的一桩桩爱情故事。风景容易触发爱情，此所谓“触景生情、情景交融”也。“人间天堂”杭州，天下最美的一块土地，西湖又是最美之地的最美景区，爱情故事频频发生在这里也就是自然而然的了。

爱情在古代，往往被诠释成风月。西湖历来被人视为风月之地，而且这儿的风月是无边的风月。西湖湖心亭有一块石碑，高120厘米，宽50厘米，上镌“虫二”两字，每字20厘米见方，传说这是乾隆皇帝下江南，到了杭州西湖，兴致所至写下的。“虫二”就是“風（风的繁体字）月”去掉边框，这风月不正是无边了么？

所谓风月，一指自然界的清风明月，“清风明月不用一钱买”（李白），“惟江上之清风，与山间之明月”（苏轼）；二是男女之间的事了。杭州西湖的风月，集中承载了二者。俗谚云：“西湖水，滴滴情人泪”，这泪有辛酸的泪，也有欢悦的泪。有了这么多的泪，人们仍嫌不够，于是在史籍志书凿凿有据的悲欢离合人物之外，还添加了种种传说，久而久之，传说中的爱情故事也成为西湖不可分割的一部分了。譬如讲，一旦少了卖油郎和花魁女的故事，西湖就少了一道色彩。

冯梦龙的“三言”，收有这个《卖油郎独占花魁女》的话本故事。

话说汴京城外安乐村，有个粮食铺，铺主夫妇的独生女儿莘瑶琴，自小生得清秀，更且资性聪明。七岁上，送在村学中读书，日诵千言。十岁时，便能吟诗作赋。曾有《闺情》一绝，为人传诵。诗云：“朱帘寂寂下金钩，香鸭沉沉冷画楼。移枕怕惊鸳并宿，挑灯偏恨蕊双头。”到十二岁，琴棋诗画无所不能，女红针黹更是精通。金兵打到汴京，徽、钦二帝被俘，瑶琴在逃难时与父母失散，被人骗到杭州，卖给了烟花巷王九妈家，成了一名雏妓，艺名“美娘”。

美娘才貌双绝，鸨母将她卖了个大价钱，设计灌醉了她，让嫖客把她“破瓜”。美娘虽然痛不欲生，但最后还是接受了浑名“女随何、雌陆贾”的刘四妈开导，刘四妈是这样开导她的：

“你若执意不从（指寻死觅活不肯甘当婊子），惹她（鸨儿）性起，一时翻过脸来，骂一顿，打一顿，你待走上天去！凡事只怕个起头。若打破了头时，朝一顿，暮一顿，那时熬这些痛苦不过，只得接客，却不把千金身价弄得低微了，还要被姊妹中笑话。”

这是下策，何苦一定要走这条路呢？上策应是从良，找个合适的男人嫁给他，方算做跳出火坑。但从良有真从良、假从良、苦从良、乐从良之分，刘四妈一一为美娘细细剖析，听得美娘五体投地，刘四妈见火候已到，抛出了最关键的一番话：

“依着老身愚见，还是俯从人愿，凭着做娘的（鸨儿）接客。似你恁般才貌，等闲的料也不敢相扳，无非是王孙公子、贵客豪门，也不辱没了你一生。一来风花雪月，趁着年少受用；二来作成妈儿起个家事；三来使自己也积攒些私房，免得日后求人。”

美娘被说服了，认了社会分配给她的角色，很快成了杭州城一个名妓。三百六十行，行行出状元，妓界也有状元，《古今图书集成·冰华梅史燕都妓品》（清代陈梦雷编辑）就告诉我们，确有以一名状元、二名榜眼、三名探花来品评妓女的。美娘经过嫖客的评选，戴上了“花魁娘子”的桂冠，声名鹊起，要同她喝盅茶、听她唱支曲的有钱有势人物，都得预约登记，留宿就更不消说了，“每一晚白银十两，兀自你争我夺”。美娘也想过从良嫁人，但是“易求无价宝，难得有情郎”，一直没有见到合适的人选，只能继续当她的青楼花魁，继续大把大把替鸨母赚银子，同时也替自己积些私房钱。这样一个当红名妓，谁能料到她会与一个卖油郎演绎出一段人间良缘。

花魁女的价值就在这里。

历代名妓，都不乏风月情事，但她们都是和知识阶层的男子纠纠葛葛、爱爱恨恨，构筑了一曲曲催人泪下的玫瑰色戏剧。唯有花魁女，她最终的归宿是个普通的劳动者，说明了什么呢？

说明了市民阶层的兴起，市民意识的扩张。

卖油郎秦重居然和文人墨客、达官贵人一样，也想一亲花魁女芳泽，这在南宋以前的时代是不可想象的事。《卖油郎独占花魁女》的故事发生在南宋，宋以来市民阶层的勃起，用今天的话来说，必然具有了登上历史舞台的要求。这个故事的定型是在明代，明代通常是被史学界认作中国资本主义萌芽状态的时代，萌芽的最基本组成成分应是市民阶层，冯梦龙将花魁女供卖油郎“独占”，在历史发展的层面上，是很有前瞻性的。可惜，中国的历史后来并没有顺应市民阶层的发展方向，这是题外话，我们这里就不深入探讨了。

我们继续来讲秦重与花魁女的故事。话本说“秦重在（昭庆）寺出脱了油，挑了空担出寺。其日天气晴朗，游人如蚁。秦重绕河而行。遥望十景塘桃红柳绿，湖内画船箫鼓，往来游玩观之不足，玩之有余”。一个贩卖食油的小伙计，居然也像文人雅士一般，懂得欣赏西湖的景致，如果他潜意识里没有一点“人生来平等”的念头，恐怕他自己都会觉得荒诞。接着，也正是这点秦重自己尚未清晰的念头，使他在见到了金漆篱门、朱栏修珠后面隐隐绰绰的“容貌娇丽、体态轻盈”的美娘之时，产生了大胆的非分之想：无论如何也要与这位“花魁”过上一宿。

一夜十两纹银！你一个小本经纪人，一担油能赚几文小钱，竟然如此不自量力，要吃这个天鹅肉，换了别的阶层的人，恐怕不会做此痴人妄想。秦重却一日日、一月月、一年年的积攒，这就是商人的特性。我们不要把秦重的这种行为单纯视作表层意义上的寻花问柳，我们不妨看作一种精神，市民阶层出现之前罕见的精神，待人处世用一个标准（在这儿是金钱）的精神。

秦重攒到了十两银子，去找鸨母说要买美娘一晚春宵。鸨母嫌他是卖油的，态度不冷不热，不像对那些公子哥儿满面谄笑，百般殷勤。秦重并不计较鸨母的势利，一味说好话，央求“妈妈玉成，免我相思之苦”，最后，鸨母还是看在银子分儿上，让他等上几天，扮成个斯文人再来。鸨母和美娘说这事时，美娘心里有些不爽，认为秦重“不是有名头的子弟，接了他，被人笑话”。但鸨母已受了人家银子，接不接就由不得她了，她只好给了个日子。

秦重总算进了美娘的房间，兴奋得不得了。因美娘在外陪酒未归，他独自在房里等待，倒也没有怨言。耐心等到小半夜，好不容易将美娘等了回来，她却在外面应酬时酩酊大醉了，回到房里倒头便睡。“秦重看美娘时，面对里床，睡得正熟，把锦被压于身下。秦重想酒醉之人，必然怕冷，又不敢惊醒她。忽见阑干上又放着一床大红纻丝的锦被，轻轻地取下，盖在美娘身上。……把银灯挑得亮亮的，取了这壶热茶，脱鞋上床，挨在美娘身边，左手抱着茶壶在怀，右手搭在美娘身上，眼也不敢闭一闭。”秦重花了十两银子，目的是要和美娘发生性关系的，因为美娘这个样子，他心疼她，不想不管三七二十一满足自己的性欲，这是尊重女方，也是尊重自己。秦重表现出了市民阶层素质中好的一面。

半夜美娘呕吐，秦重用袖管接她的呕吐之物，又斟茶喂她，伺候了她一夜。天亮了，美娘醒来，知道了夜晚的一切，感到歉意，觉得“难得这好人，又忠厚，又老实，又且知情识趣。……可惜是市井之辈，若是衣冠子弟，情愿委身事之”。美娘回赠秦重二十两银子，秦重坚不肯受。美娘说：“这些银两，可供你再进我房内两回。昨夜怠慢你了，你再来，我一定好好款待，就算是赔礼吧。”秦重摇手道：“不不不，这里不是我常来之地，多来就会多想，多想多些苦恼。昨夜我已挨近你一宿，看了你一宿，这就够了，已是我一世的福了。”他卷起龌龊的衣裳走了，秦重在美娘心中留下了美好的印象。

假使故事到此结束，这篇作品有望成为经典。卖油郎和花魁女就这么一夜之缘，以后再也没有接触，天各一方，你走你的独木桥，我走我的阳关道，甜酸苦辣都是瞎子吃馄饨，自己有数。但夜深人静，美娘可能会想起那个厚道的小伙子，便会有一丝安慰，有一份怀念，有一些失落，有一种对人生对世事的茫然，也有一点感悟，一点凄凉。高明的作者并不需要把这些写出来，只消让读者自己去代美娘体会便了，读者或许能体会到隐隐约约如有一支洞箫在吹，“其声呜呜然，如怨如慕，如泣如诉，余音袅袅，不绝如缕”。这里头将有多么丰富的内涵，激发人多少联想呵！

可惜，话本的作者未能脱出大团圆的窠臼，因此《卖油郎独占花魁女》只能算是一篇故事性强的通俗小说了。冯梦龙替美娘和秦重的故事编了个圆满的结局，迎合了市民“老实人不吃亏”的道德诉求，但牺牲掉了本可以从男女主人公身上引发出的社会思考。作者安排美娘碰到了一个“摧花恶煞”吴八公子，因美娘不愿乖乖地供他恣意淫乐，他用一顶小轿将她抬到荒滩，扒掉了她一双绣鞋，丢她在那儿，存心折磨折磨她。天晚漆黑，孤身一人，光脚徒步数里方能到家，对于成名以后锦衣玉食惯了的花魁女，极其为难。美娘心想：“自己才貌两全，只为落于风尘，受此轻贱。平昔枉自结识许多王孙贵客，急切用他不着，受了这般凌辱。这就回去，如何做人？”越想越伤心，无计可施，只剩得嘤嘤哭泣，自叹命苦。

这时话本作者给她送来了个护花使者，当然不会是别人，恰恰正是秦重。秦重一担油售罄，早不归，晚不归，偏偏在美娘最需要救助的时候路过此地。秦重“闻得哭声，上前看时，虽然蓬头垢面，那玉貌花容，从来无两，如何不认得？吃了一惊，道：‘花魁娘子，如何这般模样？’美娘哀哭之际，听得声音厮熟，止啼而看，原来正是知情识趣的秦小官！美娘当此之际，如见亲人，不觉倾心吐胆，告诉他一番。秦重心中十分疼痛，亦为之流泪。袖中带得有白绫汗巾一条，约有五尺多长，取出劈半扯开，奉与美娘裹脚，亲手与他拭泪。又与他挽起青丝，再三把好言宽解。等待美娘哭定，忙去唤个暖轿，请美娘坐了，自己步送”，将她护送回家。“英雄救美”之后的情节，大家可以料到，美娘自己拿钱赎身，与秦重做了夫妻。冯梦龙确实也是这么写的：

美娘道：“我有句心腹之言与你说，你休得推托。”秦重道：“小娘子若用得着小可时，就赴汤蹈火，亦所不辞，岂有推托之理？”美娘道：“我要嫁你！”秦重笑道：“小娘子就嫁一万个，也还数不到小可头上，休得取笑，枉自折了小可的食料。”美娘道：“这话实是真心，怎说取笑二字！我自十四岁被妈妈灌醉，梳弄过了，此时便要从良，只为未曾相处得人，不辨好歹，恐误了终身大事。以后相处的虽多，都是豪华之辈，酒色之徒，但知买笑追欢的乐意，那有怜香惜玉的真心。看来看去，只有你是个志诚君子，况闻你尚未娶亲，若不嫌我烟花贱质，情愿举案齐眉，白头奉侍。你若不允之时，我就将三尺白罗，死于君前，表白我一片诚心。也强如昨日死于村郎之手，没名没目，惹人笑话。”说罢，呜呜的哭将起来。秦重道：“小娘子休得悲伤。小可承小娘子错爱，将天就地，求之不得，岂敢推托？只是小娘子千金声价，小可家贫力薄，如何摆布，也是力不从心了。”美娘道：“这却不妨。不瞒你说，我只为从良一事，预先积攒些东西，寄顿在外，赎身之费，一毫不费你心力。”秦重道：“就是小娘子自己赎身，平昔住惯了高堂大厦，享用了锦衣玉食，在小可家，如何过活？”美娘道：“布衣蔬食，死而无怨！”

这种廉价的大团圆结局，使《卖油郎独占花魁女》的艺术冲击力大打折扣，远逊于被冯梦龙同时收入他的“三言”的《杜十娘怒沉百宝箱》。花魁女与杜十娘相比，很苍白很平面，倒是秦重，作为市民的艺术形象，在中国传统文化中可谓凤毛麟角，值得我们重视。

这个故事流传广泛，但这个题材始终没有处理好，秦重的典型性始终不曾得到充分挖掘。冯梦龙之后的文人以这个题材再创作时，往往比冯梦龙还倒退。突出的例子是李玉的剧本《占花魁》。李玉被誉为“明清之际剧作家中一位承前启后的人物”，留有三十种剧本，最著名的是“一、人、永、占”，即《一棒雪》《人兽关》《永团圆》和《占花魁》。《占花魁》中的秦重，被李玉篡改成分，从一个市民小贩摇身一变成了名门出身，实在有点佛头着粪、画虎类犬了。秦重如果不是一个出身低微的市民，《卖油郎独占花魁女》就谈不上有太多的价值了。

对于西湖而言，秦重的出现，也有他特殊的意义，有论者说得好：“西湖上的风月，不光属于达官贵人、王孙公子，也属普通老百姓。现实生活中平民百姓曲折动人的故事比比皆是，卖油郎与花魁女的故事也来源于现实生活，并非说话人和好事文人的杜撰。”

花魁女是由于卖油郎而辉煌的。

花魁女是青楼女子，世俗的眼睛看她这样的女子，比她辉煌的当然有，比如与她年代相差不远的李师师。“（宋徽宗）微行为狭斜游，累至汴京镇安坊京妓李师师家，计前后赐金银钱帛器用食物等不下十万。”（宋代佚名《李师师外传》）嫖客竟是当今天子，还有哪个妓女的荣耀胜过李师师！何况，这个皇帝大老倌对李师师也不是玩玩算了，像清朝的同治。宋徽宗对李师师还真欢喜，当回事儿，因为她而不惜放下九五之尊的身份，跟臣子争风吃醋。

李师师身为名妓，与当时一班著名文人学士多有交情，其中有个周邦彦是她的常客。一天，周邦彦与李师师正在温鸾，忽然徽宗驾到，慌得周邦彦一头拱入床肚下。周邦彦在床肚下把宋徽宗与李师师的亲昵尽收耳中，待徽宗兴尽离去，他钻出床肚，一面继续与李师师热乎，一面将方才的情景填入《少年游》词牌，词云："并刀如水，吴盐胜雪，纤指破新橙。锦幄初温，兽香不断，相对坐调筝。低声问、向谁行宿？城上已三更。马滑霜浓，不如休去，直是少人行。"周邦彦填了词，随手撂了，待他走后，李师师拣起来，谱曲试唱，感觉不错，她就保存着。过了两天，徽宗又来了，李师师就把这首词唱给他听。此词在别人听来，一般的访妓寻欢而已，但徽宗一听便听出，这是对他在李师师石榴裙下的模样惟妙惟肖的描述，岂能不怒。回到宫中，宋徽宗命人侦查，一查就查到周邦彦头上，于是，降级贬官，逐出京城。

宋徽宗后来被金兵抓了俘虏，悲凄凄给押出汴京时，李师师来为他送行，李师师倒也算得个有情有义风尘女。但是，李师师的名头虽比花魁女大得多，却仍是花魁女更受人推重，究其因，读者大都是普通人，欣赏的是与一个普通市民秦重姻缘簿上记一笔的美娘。

市民意识在这个故事中得到了大发扬。

一个红遍国中的名妓，王孙公子她不嫁，富商巨贾她不爱，最后选择了做小买卖的秦重，市民感到了极大的精神满足。这个故事，等于一则市民宣言，宣告无品无第无等无级的普通老百姓，要跟官宦财主平起平坐了，你们所享受的，我也能赢得。这是思想上的一大进步。

这一进步萌芽于宋代，发展在明代，不是偶然的。

西湖为我们贡献了一个秦重，也不是偶然的。杭州有个西湖，杭州就和中国其他一些曾做过京都的城市不同，不是封闭式的城市格局，而是开放式的市容市貌。卖油郎不在别的城市碰到花魁女，而在拥有西湖的杭州，很耐人寻味。

最后，我们要说的是，秦重和美娘的故事，标题如果不是《卖油郎独占花魁女》就太好了。“独占”，一沾眼就别扭，为什么男女相悦、同床共眠非要用个“占”字不可呢？占，便是占有，甚至是占便宜，真正有辱一个“情”字。倘若能与冯梦龙老先生对话，我倒想说服他，能否把标题改一改，改成“花魁女情锁卖油郎”或“卖油郎情感花魁女”，如何？

辑二

拥抱孤独

唯留一湖水

白居易来到杭州当“父母官”，西湖之大幸。

因为白居易，西湖终于有了今天这个声播海内外的名字。在白居易主政杭城之前，西湖最早叫“武林水”，后被称作钱唐湖、金牛湖、明圣湖，直到白居易写了《西湖晚归望孤山寺赠诸客》，“西湖”这一称呼才第一次被人听到。这时，州城已移至钱塘门内，湖的位置处于城西，“西湖”变得名副其实，这个名字很快就被人们接受了。

白居易是西湖第一大功臣。

税重多贫户，农饥足旱田。
唯留一湖水，与汝救凶年。

这是白居易三年刺史任满，离开杭州，市民扶老携幼，箪食壶浆，纷纷自发拥来为他送行，送行者流着热泪，白居易的泪也被感动得哗哗直淌，一面淌泪，一面写下了这首感人肺腑的《别州民》诗。

白居易很谦虚，他说，我在杭州当了三年地方最高长官，没替百姓做多少事，只写了几首诗。（见白居易《三年为刺史》："三年为刺史，无政在人口。惟向城郡中，题诗十余首。"）勉强可以自我安慰的，大概也只有西湖治理好了，你们有了灌溉排涝之便，荒年就会离你们远一些。

白居易没讲治理西湖是他的政绩，是他的形象工程、实事工程，但他确实为杭州百姓做出了千秋万代的一大贡献。自古民以食为天，白居易切切实实抓了西湖这项水利工程，鱼米之乡增添了一个安全阀，还有什么能比保障人民不受饥馁之苦更应该看作为官之道最基本的考核线呢？何况，西湖远不止一个排灌之湖，西湖在白居易手中，才成为"人间天堂"最明亮的一面镜子。

这就需要提到白堤了。

台湾诗人洛夫写了一首《白堤》，诗云：

白居易是不是一个浪漫派
有待研究
而他的的确确在一夜之间

替西湖
画了一条叫人心跳的眉
且把鸟语，长长短短
挂满了四季的柳枝
……

在洛夫吟哦中的白堤令人神往，但白居易筑这道堤，并不那么轻松。

西湖原是个大海湾，然后成了一片沼泽地，两千多年前，当时的杭州还浸沉在水中，只有几座山露出水面，其中有座吴山，“春秋时为吴南界，以别于越，故曰吴山”。(《西湖游览志》）公元前221年，秦始皇在称帝的第12个年头，巡游至江苏丹阳后，又乘兴到会稽（今绍兴）祭祀大禹陵，路经这块因冲积土不断沉淀而渐渐显露出来的土地，决定在此设县，给了它一个县名“钱唐”。从西汉到六朝，钱唐的地位日益上升，钱唐县治从武林山地，也就是今天的灵隐天竺一带，向江干平陆迁址，整个县城分布在西湖的群山之麓，因此，历任地方长官对西湖的治理应该说都是下了一定力气的。在那一段历史时期，西湖已渐成风光宜人之地，这在唐以前的许多诗文中有所反映。否则，白居易十四五岁时跟随父亲匆匆来过一趟杭州，不会留下难以磨灭的印象，以至于三十多年后被委任为杭州刺史，竟有重返心驰神往故园之感。

但是，西湖美虽美，却也常常给杭州造成祸害，一下大雨，湖水四溢，泛滥成灾，逢到久旱不雨，湖水又容易干涸，农作物大片大片枯死，粮食严重减产，甚至颗粒无收。白居易到任的当天，就迫不及待地写了《杭州刺史谢上表》，文中“惟当夙兴夕惕，焦思苦心”之句，与其说是向皇帝表忠心，毋宁看作是对百姓的一次施政演讲，传达出了他对彻底整治西湖的决心。白居易这个决心不是一拍脑袋拍出来的，他于公元822年7月从京城长安出发，一路东行三个月，才到了杭州，这三个多月时间里，他读了好几箱书籍，都是有关杭州、有关西湖的资料。白居易下车伊始，就召集部下商讨治湖大计，其实是这位新黄堂深思熟虑的结果。

白居易拿出了他的治湖方案，他要筑一道长堤，这道长堤从钱塘门开始筑起，把西湖一分为二，堤内为上湖，堤外为下湖，平时蓄水，旱时灌田。这道长堤像一条缚仙绳，束缚住了西湖暴烈的一面，西湖柔和的一面于是就得到了充分展现，西湖变得空前妩媚。有人曾把“人间天堂”姐妹两城苏州和杭州做过比较，分别喻为小家碧玉和大家闺秀。自从有了这道长堤，西湖就始终以大家闺秀的面容出现在游人眼底了。

白居易上任不久就开始筹措筑堤治湖事宜，直到离任前两个月，终于筑成了这道长堤。单从施工时间之长来看，也能窥见此事的艰难。杭州百姓为了让子孙后代记得白居易的功德，把这道长堤命名为：白堤。时光流转，事迁物移，现在我们看到的白堤已不是原来的那道长堤，但是人们仍然坚持认为，白堤就是白居易筑的堤。真正为百姓做了好事的官员，百姓是永远不肯把他的名字抹淡的。

现代诗人应修人写过一首《我认识了西湖了》，寥寥三行，却是西湖一知己：

从堤边，水面
远近的杨柳掩映里，
我认识了西湖了！

应修人以空灵的写实行水墨的写虚，应是抒写西湖的无数诗篇中最简约也最入神的一首。当然是西湖给了他灵感，而启动灵感的钥匙，恰恰正是一道长堤。应修人的视角便是从堤上扫描过来的。很难设想没有白堤，还会有应修人这首诗。也许这堤并非白堤，而是苏堤，北宋年间苏东坡筑的西湖另一道堤。这没关系，白堤依旧可看作这首诗的灵感源泉，因为，苏堤说不定也正是受到了白堤的启发，苏东坡效仿的是他的先贤白居易。

有了白堤的西湖越发美丽，白居易首先就被她迷住了，陶醉了，写了一首首流传后世的诗篇。

孤山寺北贾亭西，水面初平云脚低。
几处早莺争暖树，谁家新燕啄春泥。
乱花渐欲迷人眼，浅草才能没马蹄。
最爱湖东行不足，绿杨荫里白沙堤。

这首《钱塘湖春行》毫不掩饰白居易对自己的杰作的欣赏。作为这道长堤的设计师和策划人，白居易有权利拥有这么一点儿沾沾自喜。遗憾的是，堤筑成不久，白居易就不得不告别西湖了，他的《西湖留别》写的就是这样一种恋恋不舍：

征途行色惨风烟，祖帐离声咽管弦。
翠黛不须留五马，皇恩只许住三年。
绿藤阴下铺歌席，红藕花中泊妓船。
处处回头尽堪恋，就中难别是湖边。

这里透露了一个信息，白居易舍不得的除了西湖的美景，还有西湖的美人。白居易很喜欢与这些美人交往，尤其喜欢听她们歌唱弹奏，他的名作《琵琶行》就是在浔阳江上听昔日一名歌妓的一曲琵琶而创作的。北宋张唐英《缙绅脞说》中录有白居易听歌妓歌唱的情形：

> 商玲珑，余杭歌者。白公守郡日，与歌曰：“罢胡琴，掩瑶瑟，玲珑再拜当歌毕。莫为使君不解歌，听唱黄鸡与白日。黄鸡催晓丑前鸣，白日催人酉后没。腰间红绶系未稳，镜里朱颜看已失。玲珑玲珑奈老何，使君歌了汝更歌。”时元微之在越州，厚币邀至月余，使尽歌所唱之曲，作诗送行，兼寄乐天曰：“休遣玲珑唱我词，我词多是寄君诗。却向江边整回棹，月落潮平是去时。”

这个歌妓唱的“黄鸡白日歌”，白居易自己也会唱，自身的音乐修养使他容易与歌妓唱曲产生共鸣，并能激发他的创作欲望，白居易本人就承认“小妓有善歌之者，词章音韵，听可动人，故赋之”。他的许多出色的诗作正是这样自然流淌到他笔端的。

唐代形成了完整的歌妓制度，有教坊妓，有官妓，有家妓，还有私妓。教坊妓是为皇帝和王室服务的，据《新唐书·百官志》说，唐代开国皇帝李渊就开始实行教坊制，设内教坊于宫禁之中，其官隶属太常寺，到唐玄宗时，又在西京（长安）东京（洛阳）广设教坊，教坊拥有一大批技艺较高的歌妓，用于十分繁重的宫廷娱乐及歌舞活动的需要。官妓是由各地官府豢养的，名籍隶属各地州府，归地方长官管辖，商玲珑就是这样的一名官妓。唐代官员家中蓄养的歌妓就是私妓了，也是政府许可的，据《唐六典》记载，三品以上得备女乐五人，五品以上三人。当然，你有钱，超标准养妓也不会有什么纪委检察局来查你。所谓私妓是指官妓、家妓之外的市井歌妓，唐人孙棨的《北里志》是一部专门记录唐代私妓情况的文献，从该书可知，私妓也接受过诗乐歌舞的训练，居住场所条件不差，大都自立门户，除受鸨母管辖外，行动要比前面三种歌妓自由。

当时的文人士大夫都以携妓冶游、燕宴娱乐为光彩事，最说明问题的是，读书人赴京赶考，进士及第之后，首先要做两件大事，“列书其姓名于慈恩寺塔，谓之题名会。大宴于曲江亭子，谓之曲江会”。(《唐国史补》) 前一件事是多少人皓首穷经全力以赴的目标，“雁塔题名”墨迹未干，便要要紧紧地赶到曲江去与歌妓摆开宴席，吟唱咏诵了，可见后一件事并不比光宗耀祖、前程无量的题名分量轻多少。其时风气，就是如此。

白居易也乐于浸淫在这样的风气里，他乐于与官妓往来，他还乐于拥有家妓。白居易的家妓数量不少，且各有所长，“菱角执笙簧，谷儿抹琵琶。红绡信手舞，紫绢随意歌”。白居易这首《小庭亦有月》诗中提到的菱角、谷儿、红绡和紫绢，都是他的家妓，有的善歌，有的能舞，即便擅长乐器，也有所侧重。白居易公余闲暇，或独自品味她们的表演，或邀请一帮朋友来一起欣赏，“侑食乐悬动，作欢妓席陈”（《郡斋旬日假始命宴呈座客示郡寮》)，真是其乐融融。白居易到什么地方做官，这些家妓就带到什么地方，终日陪伴在他身边，随时供他欢娱，人活到这个份儿上，也真对得起自己了。需要指出的是，白居易的时代，文人雅士与歌妓的关系，大体止于听歌观舞，赠诗授曲，歌妓的作用也主要体现在侑觞劝酒、敬茶延客、娱宾遣兴、礼仪交际方面，总之，是让大家高高兴兴，染上些雅的色彩就行了，与后世想象的狎妓，内容上不可同日而语，形式上更是大相径庭的。

在所有家妓中，白居易最钟爱的是樊素和小蛮，尤其是樊素，和白居易的情感相融相洽，紧密无间。《旧唐书·白居易传》载："樊素、蛮子者，能歌善舞。"唐代孟棨《本事诗·事感》说："白尚书姬人樊素，善歌；妓人小蛮，善舞。"这两个家妓长得一定是很美的，人们描述她们："小蛮樊素两倾城，几度醉狂客。"(南宋洪适《好事近》)"楚观云归，重见小、樊惊。"(宋代晁补之《江城子》)白居易自己则似乎更抬举樊素一些，他的《不能忘情吟序》曰："妓有樊素者，年二十余，绰绰有歌舞态，善唱《杨枝》，人多以曲名名之，由是名闻洛下。"时人风传"樱桃樊素嘴，杨柳小蛮腰"，可见白居易并非夸大他的两个家妓的名声之隆。

白居易在老年时，遣散了他的家妓，包括樊素，他也让她恢复了自由，去嫁给她觉得合适的人。白居易和樊素分手的场景，是很感伤的。这一天，白居易卖掉的马也由人牵着要走，马一股劲地往后退，频频扭过头来，对着白居易嘶鸣，不肯离去。樊素手持行囊，在一旁落泪说："您乘此马五年，衔橛之下，不惊不逸。素事您十年，巾栉之间，无违无失。今素貌虽陋，未至衰摧。马力犹壮，并无毛病。马之力，尚可为你代步；素之歌，亦可替你解忧。一旦双去，有去无回。故素将去，其辞也苦；马将去，其鸣也哀。此人之情也，马之情也，难道您独无情哉？"

樊素这番话，说得很有文采，流露了对白居易深切的感情，樊素借这匹名为"骆骆"的马，希望说动白居易改变主意，留她下来。但是，白居易并未回心转意，还是硬着心肠，长叹一声，挥挥手，挥走了他心爱的马，挥走了他更心爱的人。

这匹马名叫"骆骆"，马名是白居易亲题的，听起来很亲切，好比今天的人唤宠物犬。骆骆离去，白居易很难过。为此，他专门写了一首《不能忘情吟》：

> 骆，骆，尔勿嘶，素，素，尔勿啼，骆返厩，素返闺。
>
> 吾疾虽作，年虽颓，幸未及项籍之将死。何必一日之内，弃骓兮而别虞兮？
>
> 乃目素兮素兮！为我歌杨柳枝。我姑酌彼金罍，我与尔归，醉乡去来。

骆骆本来不必非要卖掉，那么，为什么一定要转让掉它呢？是因为看到这匹马会想到樊素。马，骑着它外出转了一圈，可以送回厩去，樊素呢？一旦嫁作他人妇，还能回到这屋里来么？算了，别让骆骆留在眼前，徒然惹我触景神伤了。

那么，又为什么非要遣走樊素呢？樊素离去时，白居易年届花甲，他去世时是七十四岁，如果再留她十多年，樊素便是三十多岁了。在那个时代，这个年龄的女人就算半老徐娘了，哪怕姿容尚在，毕竟远不如二十来岁的妙龄女更能选得好人家，所以，为她将来的幸福着想，白居易让“未至衰摧”的樊素早点离开自己。

这是白居易不同一般的人品，用今天的观点来看，这位大诗人没有占有欲，并未将家妓当作私有财产，尽管他是那么心爱樊素，但他担心自己死后，她的生活将漂泊不定。南宋计有功编撰的《唐诗纪事》载：白居易“有妓樊素善歌，小蛮善舞，白已衰迈，乃作柳枝词云：‘一树春风万万枝，嫩于金色软于丝。永丰西角荒园里，尽日无人属阿谁’。”把他的这种担心揭示得很清楚。事实上，当时许多家妓的命运便是那么悲惨，最典型的例子是泰娘。与白居易同时代的名诗人刘禹锡的《泰娘歌》，就是同情这个女人之作。

泰娘本是韦尚书的家妓，很出名，因主人死去，她流落无依，无奈跟随了一个姓孙的官员，可是没多久孙某也因犯事而被贬谪，并死在了谪所。泰娘再度变得无依无靠，困于穷乡僻壤，天天抱着乐器哭泣，等人施舍。刘禹锡是白居易的好朋友，有了新作总是相互寄阅，刘禹锡一定会给白居易讲他创作《泰娘歌》的缘由，白居易脑中一定留下了泰娘命运的深刻印象，何况白居易本人还写过《琵琶行》！所以，白居易赶在自己尚未到阎罗殿报到之前，替心爱的女人做个安排，让樊素趁着青春年少，去寻找一个较好的归宿。在又老又病的时候，一般男人，是不大愿意放走心爱的女人的。这样一个女人不在身边了，他将会寂寞无涯，心头有太多的秋凉、太多的无助。事实上，白居易也正是这样的状况。

唐文宗开成五年（836）的春天，白居易六十四岁，一次酒宴散后，走在暮春三月，春尽花残的回家途中，想起了五年前遣散的樊素，感到莫名的惆怅和寂寞，写下了一首《春尽日宴罢，感事独吟（开成五年三月三十日作）》：

五年三月今朝尽，客散筵空独掩扉。
病共乐天相伴住，春随樊子一时归。
闲听莺语移时立，思逐杨花触处飞。
金带缒腰衫委地，年年衰瘦不胜衣。

此时的白居易，开始多病，明显地感到身体一年年衰弱，倘若有樊素在身边照顾该多好。可是，樊素和那烂漫春光仿佛一起走远了，留下来的只有满怀的病愁。而这个情况，是他自己造成的，他后悔了么？不，白居易没有后悔。他可以怀念，可以感伤，但他不会后悔放走樊素。她的日子还长，他不能拖累她。如果让他重新抉择一遍，他还会早早放她离开自己的。这样的抉择，只有心底真正无私、心胸真正豁达、心地真正敞亮的男人可以做到，白居易做到了。

白居易的这种品格，与他留一湖水给杭州是一脉相承的。白居易在杭州三年任满，留给杭州一湖清水，一道芳堤，六井甘泉，两百首诗。他带走了什么呢？从他的这首诗中可以知道：

三年为刺史，饮水复食叶。
惟向天竺山，取得两片石。
此抵有千金，无乃伤清白。

白居易在杭州任上，吃菜、饮水都向当地购买，从不索取什么东西。离任时就带走了天竺山的两片玲珑的山石，留作纪念，他还予心不安，觉得自己毕竟还是拿了杭州的东西，和攫取贵重之物本质上没有区别，这不符合他一生清白的宗旨，故而写下了这首《忏悔诗》自责。

白居易离开杭州后，一直挂牵着杭州，挂牵着西湖。公元834年，白居易六十三岁，离开杭州已经整整十五年了，在中洲洛阳，他写了一首寄往杭州的五言古诗："官历二十政，宦游三十秋。江山与风月，最忆是杭州。"（《寄题余杭郡楼，兼呈裴使君》）过了一年，诗人姚合到杭州当刺史，白居易写诗送行，开篇就说："与君细话杭州事，为我留心莫等闲。"（《送姚杭州赴任因思旧游二首》）白居易把杭州看作自己的家的心情跃然纸上。又过去了三年，这位大诗人六十六岁高龄了，他还念念不忘杭州，一首《忆江南》写出了他的这种思念："江南好，最忆是杭州；山寺月中寻桂子，郡亭枕上看潮头。何日更重游。"

白居易留下宦痕的城市不是一二处，只有杭州如此牵动他的思念，什么道理？因为，杭州有他魂牵梦萦的西湖在，还有因樊素留下的一段美好回忆在。

梅妻鹤子的背后

孤山是西湖十景中的重头文章。

明代田汝成《西湖游览志》说西湖，首推孤山，曰：“岿介湖中，碧波环绕，胜绝诸山。”有一天，唐代大诗人白居易傍晚时分，一棹烟波湖上归来，舟过孤山，回首一瞥，瞥出了一首诗：

柳湖松岛莲花寺，晚动归桡出道场。
卢橘子低山雨重，栟榈叶颤水风凉。
烟波澹荡摇空碧，楼殿参差倚夕阳。
到岸请君回首望，蓬莱宫在水中央。

白居易把孤山当作仙境了。有此“错觉”的绝非白诗人一个。清雍正九年（1731）由浙江总督李卫主持修纂的《西湖志》描述孤山雪景，也这么“错觉”了一回：

> 孤山，兀峙水中，后带葛岭，高低层叠，朔雪平铺，日光初照，与全湖波光相激射，璀璨夺目，故以霁雪胜。每当彤云乍散，逻旭方升，或蜡屐冲寒，或孤篷冒絮，由岁寒岩经卢洽庵侧入西泠桥，楼台高下，晶莹一色，群峰玉立，回合互映，恍如置身瑶台琼圃之上也。

孤山耸立在西湖里、外湖之间的水面上，高38米，东连白堤，西接西泠桥，南临外湖，北濒里湖，碧波萦绕，林木葱郁，曲径深幽，亭台错落，花草飘香，飞檐隐现，南坡多有人工叠石，与全山天然的悬崖巉岩巧妙结合，忽而异峰突起，忽而洞壑回转，达到了“多方胜景，咫尺山林”的艺术效果。

孤山除了本身是个游览的绝佳之处，还是领略西湖景色的一个置高点。民谚：“要看西湖景，最好上孤山。”登上孤山，纵览西湖景色，处处锦绣，如诗似画。所以，明代诗人凌云翰赞孤山诗曰：“人间蓬莱是孤山，高阁清虚类广寒；里外湖光明似镜，有梅花处好凭阑。”

这首诗特地提到孤山梅花。孤山的梅花，唐朝的时候就很有名了，白居易《忆杭州梅》诗便可佐证："三年闲闷在余杭，曾为梅花醉几场。伍相庙边繁似雪，孤山园里丽如妆。"当然，真正使孤山的梅花大放异彩的人，是林逋。

林逋（967—1028）字君复，谥号和靖。浙江大里黄贤村（今奉化市裘村镇黄贤村）人，一说杭州钱塘人。林逋很有学问，"其谈道，孔孟也；其语近世之文，韩李也"。（宋代梅尧臣《林和靖先生诗集序》）可是，他一生不仕，不肯以自己一肚子的道德文章去换取荣华富贵，宁愿跑到孤山上当个隐士。他这个隐士不是假隐士，上了孤山二十年不入城，同时代的人和后人都承认他实在不简单。《宋史·林逋传》说他"性恬淡好古，弗趋荣利。"把林逋的归隐说成生性如此，恐怕没有说到点子上。苏东坡也夸林逋："先生可是绝伦人，神清骨冷无尘俗。"语极推崇，但也不曾说出实质。林逋究竟为什么要隐居？说得最透彻的是他自己的一首诗：

湖上青山对结庐，坟前修竹亦萧疏。
茂陵他日求遗稿，犹喜曾无封禅书。

林逋生前就替自己修了一座坟，自己选址，不重风水，只求清静；自己在坟前植竹，不多几支竹，徐风摇影，很有情趣。就在这座自筑的生圹前面，林逋吟了这首诗，显得很自傲的样子。自傲什么？一辈子未做御用文人，未糟蹋了自己的笔墨。说到底，就是没有自贬人格，甘为帮闲。

林逋起初并未有过做隐士的念头，他和封建时代的大多数文人一样，也曾热衷功名，把入仕当作报效国家、拯救黎民的途径。林逋的祖上也是做官的，他的祖父林克做过吴越王的通儒院学士。林逋年轻时广交官宦，也想过有朝一日成为他们中的一员。即便他后来厌恶了厕身朝廷，但他并不反对有才能的人紫袍玉带，食君之禄，他的侄儿林宥科考及第，他非常高兴，焚香祝祷；他的朋友中有梅尧臣、范仲淹这些官居高位的人；当时杭州的历任太守，至少有五人与他过从甚密。林逋之隐，实在是一种不得已的选择，一种无奈。

做个正直清廉的官，可以为国家为百姓做些有益的事，但是，做官必须放弃独立人格，陶渊明的“不为五斗米折腰”正是这两难境况逼出来的结果。林逋则进了一层，比陶渊明更明智更彻底。陶渊明是做了官，有了“折腰”的切肤之痛，才挂冠而返回南亩田园的，林逋干脆连官场的门槛也未迈进，一次腰也不折。

林逋的这一决定，是目睹了一场闹剧后做出的。

那就是林逋诗中所言的“封禅”。

“封禅”闹剧的导演和主角都是宋真宗。

宋真宗赵恒，宋太宗第三子，宋朝第三位皇帝。景德元年（1004）秋，辽承天太后萧绰、辽圣宗耶律隆绪率领二十万大军南下，直逼黄河岸边的澶州（今河南省濮阳县）城下，威胁北宋的都城东京（汴梁）。警报一夜五传东京，赵恒问计于群臣，参知政事王钦若主张迁都升州（今江苏南京），签署枢密院事陈尧叟主张迁都益州（今四川成都），宰相寇准力排众议，几乎是逼着赵恒御驾亲征。双方会战于澶州，局势有利于宋，赵恒却畏惧辽的声势，同意以每年给辽"岁币"银十万两、绢二十万匹为条件，订立盟约，两国修好，史称"澶渊之盟"。

宋真宗也知道，澶渊之盟的签订，不是件光彩的事，他为此怏怏不乐，总想有个什么法子可以挽回面子。王钦若善于察言观色、逢迎邀宠，针对宋真宗的心理，他建议搞封禅大典。封禅是帝王祭祀天地的大型典礼，古人认为群山中泰山最高，为"天下第一山"，因此，这种典礼要到泰山去举行。"封"是帝王登上泰山筑坛祭天；"禅"是在泰山下的小丘梁父山祭地。封禅据说始于夏商周三代，但很少有帝王真正实施，在宋真宗之前，只有秦始皇、汉武帝、唐玄宗干过这件事。王钦若说："陛下，封禅便是昭告天下，如今太平盛世，国运昌盛，可镇服四海，威慑外夷。"宋真宗一听，不错，此议甚合朕意，照准。可是，自古封禅都得有"祥瑞"出现才行，"祥瑞"在哪里呢？王钦若又给宋真宗出了个主意，密嘱心腹太监用一块黄绸子写些蝌蚪文，半夜悬挂到宫殿檐角上，制造出“天书降临”的把戏。这是天大的祥瑞，封禅大典不搞也得搞了。

宋真宗不辞辛苦，率领文武百官、供役人员，组成了浩浩荡荡的队伍，历时十七天赶到泰山，斋戒三日，举行封禅大典，耗费八百余万贯。这么一场劳民伤财的闹剧，居然引起了数不清的笔杆子呈献谀文，疯也似的加以吹捧，以此来换取赐官晋爵，一时间怪力乱神充塞言路，阿谀谄媚竟成风尚。林逋正是在这种乌烟瘴气的时代，为了表示不让龌龊沾上他清白的风骨，才毅然决然隐入西湖孤山的。

青山绿水与外面蝇营狗苟、趋炎附势的世界有天壤之别，林逋还嫌不够，于是他种植了许多梅花。

梅花，傲霜斗雪，清高雅洁，历来被中国有品行的文人视为人格象征。林逋更是这样看待梅花的，他的《山园小梅》写道：

众芳摇落独暄妍，占尽风情向小园。
疏影横斜水清浅，暗香浮动月黄昏。

霜禽欲下先偷眼，粉蝶如知合断魂。
幸有微吟可相狎，不须檀板与金樽。

“疏影横斜水清浅，暗香浮动月黄昏。”这一联咏梅的名句，被历代文人推崇备至，誉为绝唱。

林逋在孤山，还有一处胜迹与他相关，那就是“放鹤亭”。放鹤亭始建于明代，是后人仰慕林逋而筑。不过，林逋确实养过两只鹤，据宋代学者沈括《梦溪笔谈·人事二》记载：“林逋隐居杭州孤山，常畜两鹤，纵之则飞入云霄，盘旋久之，复入笼中。逋常泛小艇，游西湖诸寺。有客至逋所居，则一童子出应门，延客坐，为开笼纵鹤。良久，逋必棹小船而归。盖尝以鹤飞为验也。”在我们的想象中，这两只鹤应该比沈括记载的更活泼更可爱才对。这两只鹤一定和主人一样喜欢自由，林逋出去游湖，它就在林间山头翱翔，看到有客人来访，它便飞去迎接，它在前面飞，客人在后面跟，它把客人领入林逋草堂，就返身向湖上飞去，在西湖上空兜圈子，不停鸣叫，林逋听到鹤唳，知道有客来访，便掉舟返山，回家招待客人了。

林逋专门写了一首诗咏鹤：

皋禽名只有前闻，孤引圆吭夜正分；
一唳便惊寥泬破，亦无闲意到青云。

林逋招待客人，一盏清茶，数盘蔬菜。客人不嫌其简，他们知道主人一年三百六十五天，过的就是这样简朴的日子。林逋的日常开销，就指望着孤山上他手植的那些梅树。

后人不知怎么考证核实出来的，据说林逋在孤山上一共种了六百六十棵梅树，售一棵梅树的果实所得，供他一日所需，剩余的梅，售得钱大概便是用于招待客人的资费了。除了梅，林逋在孤山上又种了松、桃、竹、杏、梨，以及石竹、蔷薇、菊花、荷花。林逋把孤山变成了一座花果山，难怪现代人到孤山游览，得知林逋当年在此地怎么搞绿化的，要封他为环保老前辈呢！

为了维持生计，林逋在孤山二十年，还采药、种植药草、捕鱼逮蟹。他用这些劳动所得，换取一日日、一月月、一年年的柴米油盐，活着的时候很清寒，死了也未留下什么浮财。有人不相信，盗了林逋墓。元朝有个名叫杨连真伽的盗墓贼，到孤山把宋王室的墓掘开了，尚不能满足他的贪欲，顺便把临近的一辈子未与朝廷合作的林逋之墓也掘了开来，结果仅获端砚一方、玉簪一支。此事晚明张岱《西湖梦寻》做了追记：

> 绍兴十六年建四圣延祥观，尽徙诸院刹及士民之墓，独逋墓诏留之，弗徙。至元，杨连真伽发其墓，唯端砚一、玉簪一。

林逋的陪葬品仅此两件，消息传开，人们对林逋更敬重了。也是元代，就有个于谦，出于仰慕之情，看到林逋手植梅死了许多，便捐资补种了几百株。明代，张鼎和张岱都补种过孤山梅花。前前后后还有名士修复林逋墓，不少于六次。尤其值得一提的是林则徐，他到杭州，特地上孤山种梅数百株，还在每株梅上挂了牌子，禁止人们采折。林则徐又捐出俸金，修缮林逋故居，并题楹联一副曰：

我愧家风输梅鹤，
山有名花转不孤。

要说民族英雄，中国人品之典范，林则徐最当之无愧。林则徐都这么佩服林逋，何况你我！

林逋把隐居生活过得有滋有味，他将这些滋味都写进了他的诗：

争得才如杜牧之，试来湖上辄题诗。
春烟寺院敲斋鼓，夕照楼台卓酒旗。
浓吐什芳薰巘崿，湿飞双翠破涟漪。
人间幸有蓑兼笠，且上渔舟作钓师。

（《西湖春日》）

水痕秋落蟹螯肥，闲过黄公酒舍归。

鱼觉船行沈草岸，犬闻人语出柴扉。
苍山半带寒云重，丹叶疏分夕照微。
却忆青溪谢太傅，当时未解惜蓑衣。

（《秋日湖西晚归舟中书事》）

林逋这般的悠哉游哉，怡然自得，搞得不少人对他产生了误读，元代有个徐抱写了一首《吊和靖》，真是枉托懂斯人也："咸平处士风流远，招得梅花枝上魂，疏影暗香如昨日，不知人世几黄昏。"

其实林逋作为隐士，最可贵的是他不把自己装扮成不食人间烟火、一副仙风道骨的模样，他是个有血有肉有情有义的隐士，他始终渴望友谊，甚至渴求情爱。

林逋对友谊的渴望，有他的一首词《点绛唇》为证：

金谷年年，乱生春色谁为主？余花落处，满地和烟雨。

又是离歌，一阕长亭暮。王孙去，萋萋无数，南北东西路。

这首词"吟咏所发，志惟深远"。（《文心雕龙·物色》）通篇咏草，乍读似无甚深意，但若联系作者的身世和为人，便可推究出个中旨趣。这首词披露了林逋孤寂的胸怀和对友谊的向往，让我们看到他既不愿禁锢自己的个性，又希望被世人理解。

那么，有没有人理解他呢？

林逋同时代人就有充分理解他的，而且都是些本人品行堪称楷模的人。“先天下之忧而忧，后天下之乐而乐”的范仲淹，小林逋二十多岁，两人却成了忘年交。范仲淹前后送了五首诗给林逋，“风俗因君厚，文章至老醇”，尊他为“山中宰相”，可见对他激赏之至。梅尧臣小林逋整整三十六岁，两人却以世交论，有年冬天，梅尧臣专程到杭州访林逋，在孤山上燃起一堆篝火，林逋与他向火饮酒，令他终生难忘。后来梅尧臣多次对人说，林先生的人格，就像那高山中的瀑布泉水，越与他接近，越觉得他的高尚与可亲。杭州太守李谘，在林逋死后，素服守棺七日。还有个高僧智圆，与林逋也相交甚洽，智圆评说林逋是个“荀孟才华鹤氅衣”式的人物，认为林逋清高出世的外表下蕴藏着圣贤孟子荀子那样的入世精神和处世才华。

林逋对于情爱的渴求也有他的词为证：

吴山青，越山青。两岸青山相送迎。谁知离别情？

君泪盈，妾泪盈。罗带同心结未成。江头潮

已平。

这首词词牌就叫《长相思》，林逋选此词牌，想来并非偶然。座落在钱塘江两岸的吴山、越山，一水相隔，只可遥遥相望，永远不能碰头。这多么像是离人呵！吴山、越山也确实看太多了古往今来一对对离人，看太多了离人的泪。今天又有一对离人在这儿送别，难舍难分，无语凝噎，涕泪相向，悲从中来。此一别或许就是永诀，怎能不这样悲凄呢！“罗带同心结未成”，香罗带打成的同心结，是男女定情的信物，这对一心要永远相爱的恋人，却由于他们自身以外的原因，分手的时候并没有相赠此物，也就是说，他们结为终身伴侣是没有希望了，还有什么比这更难受的事吗？青山无知，离人有恨，遗憾！终生的遗憾！至死也抚不平的创伤、抹不了的遗憾呵！

林逋心底，谅必就蕴藏着这样的一份遗憾。

林逋终生未娶，人说他以梅为妻，以鹤为子。梅妻鹤子，很浪漫又很清纯的一种情调，可是，林逋本人感到浪漫吗？

梅妻鹤子的故事发生在西湖孤山，林逋四十岁上的孤山，四十岁之前他既未植梅，也未养鹤，他为什么不娶妻呢？林逋是个健康的男人，他当然七情六欲俱备，他是在故意压抑自己而不近女色吗？如果是那样，他有暗疾？还是信奉理学“存天理灭人欲”这一套而导致的？如果不是那样，他的坚持独身又作何解释？

梅妻鹤子，在镌一则佳话于孤山的同时，也制造了一个谜。

那首《长相思》或许正是解开这个谜的钥匙。

在一个月色皎洁的夜晚，林逋喝了点酒，有点儿微醺，喝酒喝到这个程度，应是最好状态。他飘飘然来到户外，观赏当空一轮圆月。月宫隐隐约约的嫦娥倩影，令他产生了许多遐思，浮想联翩间，他偶一回头，目光扫过远处黛青的吴山、越山，心头似有一动，人竟就发起呆来。半晌，林逋的泪水潸潸而下，淌满了两腮，他也不去拭它，完全沉浸到了对于往事的回忆中，一个被他埋在记忆深处的姑娘的影子跳了出来，占据了他整个脑海。这个姑娘，就是他年轻时的恋人。

《长相思》便是这段回忆的产物。

究竟是什么原因使林逋未能迎娶他心爱的姑娘？林逋不曾说，现有的资料也不能供考证，答案恐怕永远不得而知了。不过，有没有具体答案，没关系，我们只消知道林逋感情上有过这段插曲，也就行了。有了这，林逋就不是什么独身主义老前辈，更不是有什么难与人言的毛病而畏于做个新郎官，朱熹理学教条对女性的排斥也与林逋不搭界。他并没有企图压抑自己的情欲，他只是无法忘掉曾经的爱，找不到能够让自己再度刻骨铭心去爱的另一个罢了。

曾经沧海难为水，除却巫山不是云。有那么个意思。

《宋史》记林逋，有这么一段话："既就稿，随辄弃之。或谓：'何不录以示后世？' 逋曰：'吾方晦迹林壑，且不欲以诗名一时，况后世乎！' 然好事者往往窃记之，今所传尚三百余篇。" 林逋真是个豁达的人，名也不要，诗也不留，赤条条来到这个世上，赤条条走。既然诗都不想留下来，他曾有过的情爱自然也不想让人知道了。林逋在去另一个世界的时候，将刻在心底的对于一位姑娘的眷恋带走了。但是，他毕竟不能做到彻底的舍弃，舍弃不了对诗的钟爱，舍弃不了对恋人的殊爱。于是，他的墓里，有了陪伴他灵魂的端砚和玉簪。端砚是他生前写诗的文具，玉簪呢？玉簪上青丝淡香还有无？

这支玉簪，百分百曾经插在林逋恋人发际。

林逋珍藏着这支玉簪，死了，还用灵魂呵护着它。

什么叫生死不渝的爱？这就是。

林逋可以归入理想主义的行列，他的隐居缘于此，他的终生不娶亦缘于此。

梅妻鹤子的背后，展示了林逋丰富的情感世界。由于有了这么一首《长相思》，才让我们接近了一个完整的林逋。倘若我们的观察停留在表面的梅妻鹤子，不能透视到它的背后，林逋留给世人的形象，只能是残缺的。

无计可留君住

她有一个很漂亮的艺名：琴操。

这个艺名，来自东汉蔡邕所撰《琴操》，这是一部解说琴曲的著作。她敢于以“琴操”为名，可见琴艺绝非一般。

琴操姓蔡，名云英，原籍华亭（今上海），是北宋钱塘名艺人。琴操本是官宦千金，从小得到良好的教育，加上她聪明伶俐，因此琴棋书画件件精通，歌舞诗词样样拿手。十三岁上，父亲受诬被逮，瘐死狱中，母亲又气又急，含恨身亡，家遭籍没，琴操给发往杭州充当官妓。琴操虽然沦落平康，但坚持卖艺不卖身，莲立泥污，冰清玉洁。鸨母也曾逼她卖身，她一脸决绝，满面挂霜，不声一言，不滴一泪，只是不断弹奏一支曲子，来官妓院的客人中有的是文士，一听就知道她弹的是《聂政刺韩王》，赶紧劝鸨母："休再逼这姑娘了，再逼，这姑娘就将是一具死尸，恐怕你也活不成！"

这并非危言耸听，琴操正是用这支曲子在发出警告。蔡邕的《琴操》按引五代窦俨《大周正乐》曰："《聂政刺韩王》者，聂政之所作也。政父为韩王治剑，过期不成，韩王杀之，时政未生。及壮，问其母曰：'父何在？'母告之。政欲杀韩王，乃学涂入王宫，拔剑刺王，不得，逾城而出。去入太山，遇仙人学鼓琴，漆身为厉，吞炭变其音。七年而琴成，欲入韩，道逢其妻，从买栉，妻对之泣下，对曰：'夫人何故泣？'妻曰：'吾夫聂出游，七年不归，吾常梦相思见之。君对妾笑，齿似政齿，故悲而泣也。'政曰：'天下人齿尽相似耳，胡为泣乎？'即别去，复入山中，仰天而叹曰：'嗟乎，变容易身，欲为父报仇而为妻所知，父仇当何时报复？'援石击落其齿，留山中三年习操，持入韩国，人莫知政。政鼓琴阙下，观者成行，马牛止听，以闻韩王。王召政而见之，使之弹琴。政即援琴而歌之，内刀在琴中，政于是左手持衣，右手出刀，以刺韩王，杀之。曰：'乌有使生者不见其父，可得使乎？'政杀国君，知当及母，即自犁剥面皮，断其形体，人莫能识。乃枭磔政形体市，悬金其侧：'有知此人者赐金千斤。'遂有一妇人往而哭之曰：'嗟乎，为父报仇邪？'顾谓市人曰：'此所谓聂政也。为父报仇，知当及母，乃自犁剥面。何爱一女之身而不扬吾子之名哉？’乃抱政尸而哭，冤结陷塞，遂绝行脉而死。”如此悲壮惨烈的一个故事，琴操借此明志，谁也得认真考虑一下后果。鸨母退缩了，琴操保住了她的清白。

十六岁上，琴操因为改了少游的一首词作《满庭芳》，红极杭城。这一天，她被传去陪宴，在西湖画舫上，听到一位同行姐妹唱秦少游的《满庭芳》。这首词用的是门字韵，是秦少游写给他所眷恋的歌妓蔡文娟的，情意悱恻而寄托深远，堪称宋词中的杰作。此刻在画舫上唱这首《满庭芳》的正是蔡文娟，但她把“画角声断谯门”误唱成“画角声断斜阳”，以致韵全错了。琴操好心纠正说：“你唱错了，是‘谯门’，不是‘斜阳’。”蔡文娟和琴操一向要好，便戏谑道：“我唱错了没关系，你替我把韵改一改不就行了么？你有这能耐么？”琴操也是一时来了兴致，说：“改韵有何难，我索性把词也改了。”

秦少游的原词是：“山抹微云，天连衰草，画角声断谯门。暂停征棹，聊共饮离樽。多少蓬莱旧事，空回首烟霭纷纷。斜阳外，寒鸦数点，流水绕孤村。销魂当此际，香囊暗解，罗带轻分，漫赢得青楼薄幸名存。此去何时见也？襟袖上空惹啼痕。伤情处，高城望断，灯火已黄昏。”琴操稍一凝眉，略加沉吟，移过瑶琴，边抚边唱，便是一首新词：“山抹微云，天连衰草，画角声断斜阳。暂停征辔，聊共饮离觞。多少蓬莱旧侣，频回首烟霭茫茫。孤村里，寒烟万点，流水绕红墙。魂伤当此际，轻分罗带，暗解香囊，漫赢得青楼薄幸名狂。此去何时见也？襟袖上空有余香。伤心处，长城望断，灯火已昏黄。”经琴操这一改，门字韵改成阳字韵，且还换了不少字，却仍能保持原词的意境、风格，丝毫无损原词的艺术成就，真正难得！

这桩趣事，传到秦少游耳中，秦少游也大加赞赏，说：“若非大手笔，岂能为也！”秦少游与黄庭坚、晁补之、张耒号称“苏门四学士”，颇得苏东坡赏识。他去看望苏东坡，闲谈间扯起了这件事，于是，琴操这个名字被苏东坡记住了。

这时，苏东坡在杭州任太守，他受邀赴西湖参加宴会，特地传来琴操佐兴。苏东坡看到的琴操，裙裾飘飘，姿态曼妙，他一下子就喜欢上了她。琴操问：“大人，你点个什么曲？”苏东坡说：“不忙，我先唱一曲给你听。”苏东坡拍手当鼓，放开嗓门唱道：“昔日里，有曹植，七步成章，而今琴操愈好强，交睫改韵门增光，不辱少游满庭芳。”琴操一听，唱的是她改词那件事，不由笑了。她觉得这位大人真风趣，顿时心生好感，和他之间的距离似乎缩短了许多。

苏东坡请琴操坐下，说：“听说你能填词，你就唱一曲新作吧。”

琴操毫无拘束，唱了一首自己最近的词作《好事近》：

箫鼓却微寒，犹是芳菲时节。分付塞鸿归后，胜一钩寒月。

双垂锦幄谢残枝，余香恋衣结。又被鸟声呼醒，似征鞍催发。

苏东坡颔首称好，让琴操再唱一曲。琴操唱了一首旧作《菩萨蛮》：

疏英乍蕾余寒浅，踾枝小鹊娇犹颤。谩炷水沈香，帘波不是湘。

清愁支酒力，畏听江城笛。恁忍说华年，垂垂欲暮天。

苏东坡暗自说："果然有才，须加怜惜。"从此，苏东坡但凡赴宴或冶游，总爱叫上琴操，苏东坡访友拜客，身后也常跟着琴操。

一日，苏东坡带着琴操，和几位朋友一起游西湖，路过灵隐寺，忽然想起什么，一拍额头，说："不该不该，我好久没去看望大通禅师了，还算是个儒门弟子呢，不如琴操重情谊。进去，进去，现在就去拜会这位老和尚。"琴操听他顺便表扬了自己，也来了劲，说："我也去看看这个老和尚。"说着就要跟苏东坡往庙里走，却被同行朋友拦住，劝阻道：

“大通禅师持法甚严、道行高洁，我们这样的饭袋酒囊要去看他，先得吃三天素，洗一个澡，女人就更不能进他禅堂了。你不见她们都站在外面吗？”琴操一瞅几位女眷，她们都老老实实站在庙门外头，毫无进去的意思。琴操正觉得扫兴呢，只听苏东坡说：“琴操，你莫被他们唬住，只管往里走，谅必老和尚不会见怪的，难道他一个高僧，竟和酒囊饭袋一般见识？进去，只管放胆跟我进去见他。”琴操便笑嘻嘻地跟在苏东坡后面，一直跟到了禅堂里。

大通禅师见苏东坡到，很高兴，但一看后面还跟着一条“雌尾巴”，他的眉就皱了起来。苏东坡说：“老和尚，我破坏了你的清规，我准备写首诗向你谢罪，不过，你要把诵经的木鱼木槌借来一用。”大通禅师与苏东坡相交甚厚，又知道这位仁兄生性率直，内心始终不脱稚童气，有时候甚至会淘气一下，所以，也只好随他，便向木鱼努了努嘴，静看他变什么把戏。苏东坡招手让琴操附耳上来，琴操边听边含笑点头，然后坐到蒲团上，拿起木槌“的笃的笃”敲木鱼，敲得时缓时疾，时轻时重，节奏感挺强，十分悦耳。琴操一边敲，一边唱：

师唱谁家曲，宗风嗣阿谁，借君拍板与门槌，我也逢场作戏莫相疑。

溪女方偷眼，山僧莫皱眉，却愁弥勒下生迟，不见阿婆三五少年时。

苏东坡的即兴创作，加上琴操即听即记，临时默稿谱曲，变木鱼声之单调为生动活泼，唱得又是那么动人，逗得法相庄严的大通禅师亦禁不住呵呵大笑了起来。苏东坡和琴操走出寺门的时候，都得意扬扬的。等到大家在“柳浪闻莺”坐下，面对西湖品茗，又谈起这件事来，苏东坡说：“今天我有了个很大的收获，跟琴操在大通老和尚那儿学了一堂密宗佛课。”有个朋友揶揄道：“你只是跟老和尚开个玩笑罢了，引出这么玄虚的结果来干啥呢？大通禅师太宽厚，所以便宜了你，换了佛印，与你斗机敏，回回是你吃亏。”琴操很惊讶，像苏东坡这样绝顶聪明的人，还会有机敏逊于谁的事么？她觉得有趣，便央求那朋友给她说说，苏东坡笑道：“还是我自己来讲吧，他讲不如我讲的好听。”

苏东坡告诉琴操，佛印和尚也是他的至交。佛印富有机智捷才，所以他尤其喜欢和佛印开玩笑。有一次，他和佛印去游一座寺院，到了观音殿，问：“长老，观音自己是佛，还数手中那串念珠何用？”佛印脱口回答：“她像普通人一样祈祷呀。”他又问：“她向谁祈祷？”佛印答：“向她自己祈祷。”他便追问一句：“这是何故？她是观音菩萨，为什么向自己祈祷？”他以为这一问可把佛印将死，谁知佛印不慌不忙答道：“求人难，求人不如求己。”他无可再问了，输掉。

又有一次，苏东坡和佛印在对酌，天上飞过一群鸟。他想起“鸟”在俚语中的意思，就拿这个字来跟佛印开玩笑，说:“以前的诗人常将‘僧’‘鸟’在诗中相对,‘时闻啄木鸟，疑是僧叩门’啦，‘鸟宿池边树，僧敲月下门’啦，我佩服古人以‘僧’对‘鸟’的巧妙，你呢？”苏东坡以为佛印肯定会很尴尬了，佛印却随口回敬道:“我比你更体察古人的匠心，所以，今天我才会以‘僧’的身份与你相对而坐。”结果，被嘲笑的又是苏东坡。

还有一次，两人在一起打坐。苏东坡问:“你看看我像什么？”佛印说:“我看你像尊佛。”苏东坡听后大笑，对佛印说:“你知道我看你坐在那儿像什么？活像一摊牛粪。”佛印不答话，苏东坡以为和尚吃了哑巴亏。苏东坡回家后，重新想这件事，越想越不对，最后忍不住骂起自己来:“你啊，聪明一世，糊涂一时。就你这个悟性还参禅呢，你知道参禅的人最讲究的是什么？是见心见性，你心中有眼中就有。佛印说看你像尊佛，说明他心中有尊佛；你说佛印像牛粪，想想你心里有什么吧！”他不得不承认，终究仍是佛印占了上风。

苏东坡给琴操讲这几个自己吃瘪的例子，讲得兴高采烈，听的人个个开怀大笑，琴操更是笑得前俯后仰。这时的苏东坡，在她眼里，已不再是威严的苏大人，甚至不再是令她崇敬的大诗人，而是一个可亲可爱的父辈。同时，她还觉得佛印也够风趣的，如果有缘听这样的法师阐述禅理，一定不枯燥。琴操信佛，所以向苏东坡提了个要求，希望他找个方便的日子，为她引见，让她能够认识佛印。苏东坡一口应允，说：“拣日不如撞日，就在今天吧。”他写了个便条，遣一名小厮送与佛印，约和尚晚上到西湖赏月。

虽不是中秋夜，但今夕月儿正圆，一湖清波，也够欣赏的。苏东坡和琴操先到，租了艘游船泊在断桥下等候，不一会佛印也到了，吩咐船家去岸上歇着，他拿起篙来自当艄公，说这样就没有了闲杂人，游湖赏月更清净更雅致。

苏东坡说：“长老，今天其实不是我邀你，想见你的是这位女施主，她打算做你的俗家弟子。”

佛印打量了一下琴操，对苏东坡说：“你不是不知道我从不收弟子，又在和我开玩笑了。”

苏东坡说：“你不用忙着推辞，我让她出个上联，你若对不上，这个弟子你不收也得收。”

佛印笑道：“对个对子就能难住我？请出上联吧。”

琴操一眼瞥见佛印手中的长篙，正好点着水中的身影，随口便念了一联：“和尚撑船，篙打江心罗汉。”

佛印学识深厚，对联是拿手好戏，但平时和他对对的都是文人雅士，大白话俗联从未接触过，听了琴操的上联，一时不知所对。苏东坡呵呵一笑，说：“我来替你解围吧，下联不妨是‘佳人汲水，绳系井底观音’。长老，这个女弟子你推不掉了。”

佛印说："你怎么知道我肯定无对？你抢着说了下联，岂不是强按牛头喝水？"

苏东坡说："你不服输，行啊，琴操，你再出个上联。"

佛印怕她又搞个类似"和尚打罗汉"出来，忙说："换一换，换一换，我出上联，她若对不上，弟子二字莫再提。"

苏东坡尚未置可否，琴操已爽快地接了话："大师父请赐上联。"

此时船正行至"三潭印月"，佛印望望月光下的琴操，吟出一联："一个美人映月，人间天上两婵娟。"

琴操不假思索，对道："五百罗汉渡江，岸畔波心千佛子。"

苏东坡又是呵呵一笑，问："长老，如何？"他这是一语双关，既问对得好不好，又问这样一个聪慧机敏的女弟子你收不收。

佛印没直接回答，只是点了点头。佛印的点头，可以理解为对琴操下联的赞许，也可当作承认了这个女弟子。佛印用模棱两可应对苏东坡的一语双关，佛印、苏东坡都睿智。

琴操最后的归宿是怎样的呢？一日，苏东坡携琴操游西湖，说："你跟佛印学禅，应该有所收获吧？今天我们来做个游戏，我扮长老，你来参禅，我们试试？"琴操笑着允诺。苏东坡问："何谓湖中景？"琴操答："秋水共长天一色，落霞与孤鹜齐飞。"苏东坡又问："何谓景中人？"琴操回答："裙拖六幅湘江水，髻挽巫山一段云。"苏东坡再问：

“何谓人中意？”琴操答：“随他杨学士，鳖杀鲍参军。”苏东坡还问：“如此究竟如何？”琴操不答。苏东坡说：“门前冷落车马稀，老大嫁作商人妇。”琴操沉默半晌，轻抚弦琴唱了一支曲：“谢学士，醒黄粱，世事升沉梦一场。我也不愿苦从良，我也不愿乐从良，从今念佛往西方。”西湖归去，她就削发为尼了。

苏东坡的本意，是想劝说琴操找个合适的人嫁了，孰料结果大大出乎意外。苏东坡知杭州已有两年，朝廷准备调他回京，另有重用。他这一去，就无法庇护琴操了，他担心以她的个性，迟早会得罪权势人物，会吃大亏，所以，希望她找个好人家，今后太太平平、无忧无虑过日子。但琴操游走显贵间多年，早已看破红尘，现在平等待她的苏学士就将离别，她心已无牵挂，宁愿青灯木鱼，隔绝红尘，过一份幽静孤赏的生活。

琴操出家处在玲珑山卧龙寺附属尼庵。玲珑山在杭州西，临安县境内，是一座很精致的小山。卧龙寺始建于唐代，宋时香火还很盛。苏东坡离开杭州前，曾到玲珑山看望琴操。他沿着上山的石径，穿过南天门。这是唐朝就有的山门，上有楼阁，下通行人，有石门可开启。在这里，苏东坡让童儿栽下了带来的松苗，这就是后人所见的“学士松”。苏东坡还在一面崖壁上题了“九折岩”三个字。题罢，他伫立岩前良久，想象着琴操就是从这方崖壁后拐过去，隐没在了绿树丛中古刹里。他目测了一下九折岩和掩映于绿色中的梵院之间的距离，这一段山路并不长，有一种曲径通幽之感，不知琴操那天走这段山路时作何感想。他只能猜想，她这一步跨出去，就抛下了世间繁华、自身青春，他为她惋惜，为她嗟叹。

苏东坡并未见到已皈依佛门的琴操。琴操让当家师太传话给苏东坡，说自己尘缘已断，不想再激起往昔的涟漪，还望学士顾怜她这一点但求平静之意。苏东坡没有勉强她，在庵前踯躅了一会，便下山去了。他下了山，琴操悄悄尾随在后，一直跟到山脚下，掩身在一棵大树后面，目送他跨上了马背，一鞭催蹄，马儿驮着他绝尘而去。看着先生越来越远的背影，琴操双眸模糊，泪水淹没了心扉……

苏东坡真如他自己所言，是个不合时宜之人，他在元祐六年（1093）被召回朝，是因为王安石为首的新党失势，司马光为首的旧党上台，但他又因与旧党政见不合，当年八月再度被贬，调往颍州任知州，元祐七年二月任扬州知州，元祐八年九月任定州知州。此前一个月，支持旧党的高太后去世，哲宗执政，新党再度上台。新党一向视苏东坡为眼中钉，绍圣元年（1094）六月，将他贬至惠阳（今广东惠州市），接着贬他到澹州（海南）。当时澹州是瘴疫之地，贬官十之八九无以生回，琴操闻讯，茫然若失，不出数月，郁郁而终，时年不过二十四岁。

垂暮之年的苏东坡，听说琴操的死讯，面壁而泣，百感波涌，赋诗一首，诗题《寻春》，以为悼念。诗曰：

东风未肯入东门，走马还寻去岁村。

人似秋鸿来有信，事如春梦了无痕。

江城白酒三杯酽，野老苍颜一笑温。

已约年年为此会，故人不用赋招魂。

后人有好事者，说苏东坡和琴操有过一段忘年情，宋人笔记《枣林杂俎》就持这看法。自元代始，更被写成了戏曲加以传唱。其实，琴操作为一代才女，受到当是杭城父母官苏东坡的宠爱，确实不假，但苏东坡与琴操，也仅限于叔伯侄女之情。我们今天谈风月，能理解这么一种情份么？

琴操有一首《鹊桥仙》词，倒是早已给出了答案：

教来歌舞，接成桃李。尽是使君指似。如今装就满城春，忍便拥、双旌归去。

莺心巧啭，花心争吐。无计可留君住。两堤芳草一江云，早晚是、西楼望处。

假如你读了这首词，还不明白，我们就真不知怎么对你说了。

若个须眉愧尔贤

南宋定都杭州，杭州于是格外繁华，体现在正月十五元宵节，自是异常热闹。南宋吴自牧在他的《梦粱录》里，有详尽描述：

姑以舞队言之，如清音、遏云、掉刀、鲍老、胡女、刘衮、乔三教、乔迎酒、乔亲事、焦锤架儿、仕女、杵歌、诸国朝、竹马儿、村田乐、神鬼、十斋郎各社，不下数十。更有乔宅眷、龙船、踢灯、鲍老、驼象社。官巷口、苏家巷二十四家傀儡，衣装鲜丽，细旦戴花朵肩、珠翠冠儿，腰肢纤袅，宛若妇人。府第中有家乐儿童，亦各动笙簧琴瑟，清音嘹亮，最可人听，拦街嬉耍，竟夕不眠。更兼家家灯火，处处管弦，如清河坊蒋检阅家，奇茶异汤，随索随应，点月色大泡灯，光辉满屋，过者莫不驻足而观。及新开门里牛羊司前，有内侍蒋苑使家，虽曰小小宅院，然装点亭台，悬挂玉栅，异巧华灯，珠帘低下，笙歌并作，游人玩赏，不忍舍去。诸酒库亦点灯球，喧天鼓吹，设法大赏，妓女群坐喧哗，勾引风流子弟买笑追欢。诸营班院于法不得与夜游，各以竹竿出灯球于半空，远睹若飞星。又有深坊小巷，绣额珠帘，巧制新装，竞夸华丽。公子王孙，五陵年少，更以纱笼喝道，将带佳人美女，遍地游赏。人都道玉漏频催，金鸡屡唱，兴犹未已。甚至饮酒醺醺，倩人扶着，堕翠遗簪，难以枚举。至十六夜收灯，舞队方散。

这一年的元宵夜，照例满城灯彩，火树银花，尤其西湖畔，沿湖树上遍挂灯谜，更是吸引人气，只见摩肩接踵，人头攒动，川流不息，人如波涌。可是奇怪，其他树前，都有里三层外三层竞猜之人，唯独一棵树前清清静静，无人驻足。原来，这棵树下有十余名校尉守着，有游人走近便予以驱逐。校尉们奉命看守这树上的灯谜，不许旁人来猜，专候一对夫妻。

校尉们等候的是韩世忠、梁红玉夫妇。

韩世忠、梁红玉都是抗金名将，别的不说，单说黄天荡一役，就名震宇内，功勋盖世。公元1126年，汴京（今开封）被金兵攻陷，徽、钦二帝连同后妃、宗室、百官，以及教坊乐工、技艺工匠，共三千余人，一并给掳往北国。北宋自太祖开国，传至钦宗，共历九主，存一百六十七年，至此灭亡。因事发靖康年间，史称“靖康之变”。徽、钦二帝被掳往金国之时，徽宗第九子、钦宗胞弟康王赵构在相州（今河南安阳），侥幸未当俘虏。北宋灭亡，赵构登基称帝，是为宋高宗。高宗下诏改年号为“建炎”，历史进入了南宋时期。赵构为避金兵，向南迁移，改杭州为临安府，作为都城。金兵随后追至，赵构只能再逃，逃到越州（今绍兴），仍不安全，又逃往明州（今宁波），最后亡命海上。金兵穷追不舍，建炎四年（1130）正月破明州，发现宋高宗的船队在海上，便打造战船准备出海袭击。这时传来韩世忠在长江下游集结宋军，意图截断金兵退路的情报，金兵统帅完颜宗弼，又称金兀朮，担心给包了饺子，赶紧回撤。金兵北撤途中，在镇江黄天荡落入了韩世忠的埋伏圈，两军展开了一场惊心动魄的大决战。

金兵穿越黄天荡，然后横渡长江，在北岸弃舟登陆，便可撤回金国。金兵舟船黑压压的驶至湖心，忽听得梆声阵阵，宋军战船从四面合围过来，万道强弩，一齐射来，又有轰天大炮，接连发声，数十百斤的巨石，似飞而至，触着处不是毙人，就是碎船。金兀朮忙下令转船，从斜刺里东走，又听得鼓声大震，一彪水师突出中流，为首一员统帅，不是别人，正是威风凛凛的韩世忠。中军楼船上一员女将，头戴雉尾，身披金甲，足踏蛮靴，擂鼓鼓舞士气，正是梁红玉梁夫人。金兀朮急令舟船转舵西向，拟从西路突入长江，却见湖口已被沙包堵了个严严实实。金兀朮叫一声苦，命舟船循原路返回，打算从入湖处杀出去。到得入湖处，金兀朮不由倒吸一口凉气，原来入湖处也被堵死了。看来，韩世忠的策略是要把他困死在这黄天荡。

金兵在黄天荡被困达四十八天，斗志彻底瓦解。韩世忠见时机成熟，率部猛攻，金兵非死即俘，损失过半。金兀朮掠来几名当地渔夫，在他们面前放了一堆金银，要他们指条活路。有个渔夫经不起诱惑，说道：“此间望北十余里，有老鹳河故道，日久淤塞，因此不通。若发兵开掘，可通长江。”金兀朮大喜，让这渔夫拿了金银带兵士去凿河，其余渔夫皆做了刀下鬼。兵士都想逃命，拼尽全力开凿，即夕成渠，长三十余里。毕竟仓促开挖，河渠又窄又浅，仅可通过小舟。金兀朮带着少数亲信，分乘几叶轻舟，先行逃了出去。大批兵将，随后出逃，你争我抢，直至火拼，结果人死船沉，河渠复被堵塞，逃命之路报废，仍旧只好在黄天荡等死。虽说金兀朮侥幸做了漏网之鱼，但此役令金国元气大伤，此后多年未能再集大军南犯。南宋终于有了一段相对安定的时期，赵构回銮杭州，坐稳了他的龙椅。

韩世忠如此有大功于高宗，按理说高宗应该对他十分倚重，可是恰恰相反，高宗对他有所猜忌，将他提为枢密使，明为升官，实为剥夺其兵权。这是由于岳飞事件引起的。

岳飞是“主战派”阵营最强硬的人物，念念不忘收复失土，迎回徽、钦二帝，这种情绪在他的诗词中屡有透露，如：“二帝双魂杳，孤臣百战酣……恢复山河日，捐躯分亦甘。”（《归赴行在过上天竺寺偶题》）更广为人知的当然是他《满江红》里的“靖康耻，犹未雪，臣子恨，何时灭？”岳飞非但诗言志，还不断上奏折、给人写信，喋喋哓哓谈自己的忧愤，甚至当众指责“主和派”：“金人不可信，和好不可待，相臣谋国不臧，恐贻后世讥。”（《宋史·岳飞传》）他又不断鼓励部下，“直捣黄龙”，“迎二圣归京阙，取故地上版图”。（《五岳祠盟题记》）难道他不明白“主和派”的后台正是当今皇上？赵构最大的心病就是徽、钦二帝，一旦这二位被从金国解救回来，面对老爸和兄长，他能占着皇帝宝座不还给父兄吗？他不肯归还，臣下那儿能通得过吗？所以，赵构宁愿北方大好河山一直陷于金人之手，也不肯让自己的帝位受到任何威胁。岳飞不懂主子的真实心思，而又手握兵权，赵构怎会不把这个不晓事的岳元帅看作间接的巨大威胁呢？故而，赵构授意秦桧，将岳飞拘捕，不久杀害于风波亭。

韩世忠和岳飞是战友，岳飞被捕下狱，他激于义愤，跑去质问秦桧，当面指斥道："你把岳元帅抓起来，是想毁了社稷栋梁吗？你今天要给我讲清楚，岳元帅何罪？"秦桧答道："莫须有。"韩世忠斥道："'莫须有'三字能服天下吗？"秦桧说："天下服不服我管不着，我只知不能让一个人不快。"韩世忠厉声问："谁？"秦桧不再说话，竖起右手食指，指了指天。韩世忠顿时泄了气，转身就走，从此不再对岳飞案发一声。

韩世忠毕竟是忌讳皇上的。

高宗肯定知道他去质问过秦桧，所以要把他明升暗降，这是一种警告。韩世忠掂出了这一警讯的分量，与夫人梁红玉商量，梁红玉说："奸臣当道，尚有何幸？妾为相公计，不如见机而作，力求自保吧！"韩世忠接受了这个意见，说："我亦早有此意，只因受国厚恩，不忍遽去，目今朝局益紊，徒死无益，也只得归休了。"第二天，韩世忠就上了辞呈。宋高宗假意挽留了一下，韩世忠再次上表乞休，宋高宗就批准了。韩世忠将兵权交了出来，杜门谢客，不与同僚交往，朝中大小事情一概不问，在家也绝口不言兵事，不对战与和这种国计大政发表任何见解。他终日和妻妾品茶喝酒，吟唱歌舞。一年中他难得出门几次，比如元宵节，因喜欢猜谜，他会在梁夫人陪同下，到西湖逛一个多时辰。韩世忠是在用这种生活态度告诉皇上：臣实际上已退出权力场了，不用再担心臣了。

然而，高宗仍不放心，还要摸他的底。这个元宵夜，西湖灯会上等着他的一条谜语，就是用于摸底的。

校尉们一见韩世忠、梁红玉出现，立即迎了上来，说道："韩元帅，这里有张元帅特制的一道灯谜。张元帅吩咐，这道灯谜务必请韩元帅猜一猜。韩元帅请！"

校尉口中的张元帅，是张俊。张俊和岳飞、韩世忠、刘光世并称"四大抗金名将"，但张俊得知高宗真实心思后，转向了"主和派"，在岳飞冤案上，张俊和秦桧狼狈为奸，所以韩世忠与他不相往来。今天张俊不知在玩什么花样，韩世忠有心不睬，却因高宗宠信张俊，俗话说"打狗须看主人面"，自己若是不给张俊面子，等于蔑视皇上，说不定会招来麻烦。韩世忠不露声色，随校尉向那棵冷清清的树走去。

南宋周密《武林旧事》对西湖灯市之灯，有详细介绍：

> 灯品至多，苏、福为冠，新安晚出，精妙绝伦。所谓"无骨灯"者，其法用绢囊贮粟为胎，因之烧缀，及成去粟，则混然玻璃球也。景物奇巧，前无其比。又为大屏，灌水转机，百物活动。赵忠惠守吴日，尝命制春雨堂五大间，左为汴京御楼，右为武林灯市，歌舞杂艺，纤悉曲尽。凡用千工。外此有魫灯，则刻镂金珀宋刻"犀珀"玳瑁以饰之。

珠子灯，则以五色珠为网，下垂流苏，或为龙船、凤辇、楼台故事。羊皮灯，则镞镂精巧，五色妆染，如影戏之法。罗帛灯之类尤多，或为百花，或细眼，间以红白，号“万眼罗”者，此种最奇。外此有五色蜡纸，菩提叶，若沙戏影灯马骑人物，旋转如飞。又有深闺巧娃，翦纸而成，尤为精妙。又有以绢灯翦写诗词，时寓讥笑，及画人物，藏头隐语，及旧京诨语，戏弄行人。有贵邸尝出新意，以细竹丝为之，加以彩饰，疏明可爱。

然而，校尉领韩世忠夫妇去看的那盏灯，与《武林旧事》所罗列的灯品全然不同，垂挂在这棵树上的是一盏玉制灯，灯内点烛，灯上写着谜面：“一年冷到头”，打当今名人二。这谜不难猜，亮红玉（梁红玉）、寒始终（韩世忠）是也。张俊为什么要制这么一盏灯，放在公开场所，专候韩世忠呢？

这是为了侮辱。

以韩世忠、梁红玉这样的身份，竟然被人当作娱乐的题材，这是很羞耻的事。韩世忠是个血性汉子，梁红玉也是个刚烈女子，他们能忍耐得了么？韩世忠一眼看到这道灯谜，浑身的血液一下子涌上头顶，颅腔“轰”的一声，几乎炸裂。他正要发作，发现妻子在向他递眼色，便竭力使自己冷静下来，长长地舒出一口气，向校尉们说：“麻烦你们转告张元帅，就说韩某愚钝，不善猜谜，张元帅以后不用再在这种事上费心了。”

丢下这几句不咸不淡的话，他和梁夫人灯市也不逛了，打道回府。

回到马塍梅园府中，韩世忠忿忿道：“张俊这厮，欺人太甚！”

梁红玉说：“只怕不是张俊敢为。”

韩世忠点头道：“夫人说的是，幸亏你及时提醒，否则今天我会失控，那就祸之将至了。”

梁红玉说：“恐怕还有第二次、第三次，我们千万克制，要受人所不能受，唯其如此，方可保得平安。”

这一夜，韩世忠辗转反侧，难以入眠。自己憋屈，倒还罢了，他难受的是委屈了妻子。要不是夫妻太过恩爱，韩世忠真想让梁红玉离开自己，也可免受他的连累，平白遭辱。

梁红玉出身武将世家，自幼练就了一身功夫。她的祖父和父亲都因在平定方腊时贻误战机，战败获罪被杀，梁家女眷被发为营妓。梁红玉沦落妓营，由于武艺高强，能挽强弓，每发必中；谁也不敢招惹她，她得以保持清白之身。

梁红玉和韩世忠的相识，是在平定方腊的庆功宴上。方腊是被一名小校生擒的，这个小校就是韩世忠。梁红玉和众营妓一起被召到庆功宴上唱曲佐兴，虎背熊腰、高大魁梧的韩世忠吸引了梁红玉的眼球，飒爽英姿、不落俗媚的梁红玉也引起了韩世忠的注意，两人互通款曲，互生怜惜，于是英雄美人终成眷属。

建炎三年（1129），御营统制苗傅与威州刺史刘正彦乘金兵压境，朝廷一片混乱之机，发动叛乱，企图强迫高宗让位于幼小的太子，这样，朝政实际上落到他们两人手中了。梁红玉有孕在身，在京城宅第待产，叛乱发生，梁红玉不顾身重腹膨，跨上马背，疾驰而去，一昼夜赶到秀州（今嘉兴）韩世忠驻地。韩世忠因屡建战功，不断升迁，此时已是独当一面的将军。得到妻子送来的警报，韩世忠当即点齐兵马，会同其他各路勤王之师，很快平定了苗刘之乱。宋高宗喜出望外，亲自到宫门口迎接韩世忠夫妇，授韩世忠武胜军节度使，不久又拜为江浙制置使。

绍兴五年（1135），梁红玉组织了一支"娘子军"，跟随韩世忠从楚州（今江苏淮安）出征，在山阳（今山东巨野县）遇伏，遭到金军"铁浮图"围攻。"兀朮，被白袍，乘甲马，以牙兵三千督战。兵皆重铠甲，号'铁浮图'。"《宋史·刘琦传》梁红玉率"娘子军"对抗这支从人到马全用铁甲包裹着的部队，腹部受伤，肠子被挑出三尺，她用汗巾一裹，大呼："报国成仁，就在今朝！"继续英勇作战。在梁红玉以身殉国在所不辞精神的感召下，"娘子军"个个抱着必死决心，拼命杀敌，人人只知进不知退，终于杀退了数倍于己的“铁浮图”。战报呈到朝廷，梁红玉被赐予“安国夫人”封号，后加封“杨国夫人”。

梁红玉战时是一名骁勇的女将，平时则是韩世忠的贤内助。韩世忠勒兵淮水，固守楚州，筑起了南宋北部边界的第一道防线。经过战乱浩劫的楚州，遍地荆榛，军民食无粮，居无屋，梁红玉用芦苇“织蒲为屋”，韩世忠加以推广，解决了住宿问题。粮食问题怎么解决呢？有一天，梁红玉发现马吃蒲茎，便亲自尝食，食后无恙，端给韩世忠吃。统帅夫妇带头以蒲茎充饥，军民不用发动也纷纷采食这种野菜，乏粮的困局得到了很大程度的缓解。淮人食用“蒲儿菜”，就是从梁红玉开始的。蒲儿菜因此又称作“抗金菜”，是淮扬菜中的一道特色菜。由于韩世忠、梁红玉与士卒同甘共苦，士卒都乐于效命，人心一致。经过苦心经营，楚州恢复了生机，又成为一方重镇。“世忠在楚州十余年，兵仅三万，而金人不敢犯。”(《宋史·韩世忠传》)

这么一对夫妻，宋高宗还要怀疑，还要试探，还要羞辱，真叫人无语。当然，宋高宗有宋高宗的逻辑，他也是个熟读史书的人，知道汉高祖刘邦与大汉第一功臣、相国萧何的关系是怎样的。萧何帮助刘邦建立汉朝后不久，黥布谋反，高祖御驾亲征，萧何坐镇长安保障后勤。刘邦数次派遣使者问候萧何，有个门客对萧何说：“您不久就会被灭族了。您身居高位，功劳第一，不可能再得到皇上的提拔。可是，自您进入关中，一直受百姓爱戴，如今已有十多年了。皇上屡屡派人问及您的原因，是害怕您深得关中百姓的人心，万一您与皇上有了二心，一呼百应，刘家江山危矣。现在您为何不多买田地，少抚恤百姓，自损名声呢？皇上必定会因此安心的。”萧何认为有道理，便依计行事，抢夺百姓田地，开始过奢侈的生活。高祖得胜回朝途中，有百姓拦路控诉相国，高祖不但没有生气，反而暗暗高兴，没对萧何进行任何处分。这就是历史上有名的萧何以自污求自保的故事。宋高宗心中有数，韩世忠是在效法萧何，好吧，朕就让你学得彻底些，你的名声臭了，就没有号召力了，朕才放心。

宋高宗吩咐张俊再次去试探韩世忠，这次是趁梁红玉生日，送了一副对联去。上联：昔日万夫不挡；下联：如今鼓动三军。横批：奇侠。这副对联，说轻点是刻薄，说重点是恶毒。上联暗指梁红玉曾经为妓，下联说的是梁红玉击鼓抗金。横批两字拆开是四字：“大可夹人”这是酸秀才揶揄妓女的话。宋高宗倒要看看，如此奇耻大辱，你韩世忠忍不忍！

韩世忠忍了，梁红玉也认了，夫妻俩都没做出任何反应，只是马塍梅园的大门关得更紧了，杭州街上再也看不到这对夫妇的身影。

又一个元宵节来临，韩世忠没有出现在西湖灯会上。宋高宗安插在马塍梅园的密探报告说，韩元帅在府中看梁夫人跳舞。高宗笑道:“好雅兴!不要去打扰他们,让他们颐养天年吧。”

宋高宗终于放过韩世忠了。

唐朝刘餗《隋唐嘉话》:“娄师德弟拜代州刺史,将行,谓之曰:‘吾以不才,位居宰相,汝今又得州牧,叨据过分,人所唾嫉也,将何以全先人发肤?’弟长跪曰:‘自今虽有唾某面者,某亦不敢言,但拭之而已。以此自勉,庶免兄忧。’师德曰:‘此适所谓为我忧也!夫前人唾者,发于怒也;汝今拭之,是恶其唾而拭之,是逆前人怒也。唾不拭将自干,何若笑而受之?’”刘餗的本意是赞扬娄师德胸怀宽广,能够忍让,但后来使用“唾面自干”这个成语,都是带贬义的,指一个人不知尊严,甘愿受辱。宋高宗在决定放过韩世忠的时候,脑际掠过的十有八九也是带贬义的“唾面自干”这四个字吧?

人们当然是不认同宋高宗的,所以,对韩世忠的评价都是正面的,尤其是对梁红玉,赞誉有加,请看林伯渠的《咏梁红玉》:

南渡江山底事传,扶危定倾赖红颜。
朝端和议纷无主,江上敌骑去复还。
军舰争前扬子险,英姿焕发鼓声喧。
光荣一战垂青史,若个须眉愧尔贤。

“尔曹身与名俱灭，不废江河万古流。”历史的长河可以淘汰一切风云人物，却淘汰不了风月的传奇、爱情的沉淀。韩世忠和梁红玉的爱情故事留存在了一代代人的记忆里，他们在金戈铁马的战场，用血和火锻炼爱情，在受猜忌须隐忍的岁月，相濡以沫，相亲相爱，不争一时一事之短长，维护着他们白头偕老的誓言。韩世忠死于南宋绍兴二十一年（1151），享年六十有二。两年后，梁红玉去世，夫妻合葬于苏州灵岩山麓。在另一个世界，这对传奇夫妻还在续写他们的爱情故事吧？

梁红玉这么一个巾帼女英雄，在男尊女卑的男权时代，存在本身就独具传奇色彩。而她和韩世忠的爱情传奇，给人间风月增添了铿锵的一页，这是特别能引起人们关注的。

双宿双飞谁比翼

清康熙三年（1664）九月初七，天色方明，满天阴霾，杭州官巷口八旗兵刀出鞘，矛在手，如临大敌，周围百姓无论男女老少，皆是白帽素缟，有的捧着香烛，有的端着酒菜，沉默着，饮泣着，等着替一个人送行。官巷口历来是刑场，一朝朝一代代都有死囚犯押解到这儿来给砍脑袋，中国老百姓有看杀头的习惯，杭州市民也不例外，但是，以前看杀头从不像今天这般庄重肃穆，那么，今天将斩的又是谁呢？

今天赴刑的是张煌言。

张煌言，字玄箸，号苍水。浙江鄞县（今浙江宁波）人，明万历四十八年（1620）生。世家子弟，祖上曾出过宰相。崇祯九年（1636）他十六岁，以第一名中秀才；崇祯十五年（1642），二十三岁中举，又喜钻研兵书，是个文武双全的人物。因抗清落到今日这步田地，他是怎样的心情？

张煌言觉得死得其所，夫复何恨。他高举抗清旗帜近二十年，所能做的努力他通通做了，他对得起国家，也对得起自己了。大明江山沦入爱新觉罗氏手中，非人力可挽回者，势也！他完成了自己的使命，现在唯一可做的事，只剩一件，就是将自己的一颗头颅交出去，也算画个圆满的句号吧。

张煌言是带着这样的心情走向刑场的，所以，人们看到的他脸上的表情很平静，甚至隐隐约约还有点满足的模样。有什么可以让一个即将离开这个世界的人产生满足感的呢？

因为他的就义地在杭州，在西湖一带。

而西湖畔，安葬着他敬仰的两位前辈英雄，一个于谦，一个岳飞。张煌言的这首《入武林》诗，充分表露了对两位前辈英雄的敬仰：

国亡家破欲何之，西子湖头有我师。
日月双悬于氏墓，乾坤半壁岳家祠。
惭将赤手分三席，敢为丹心借一枝。
他日素车东浙路，怒涛岂必属鸱夷。

这是清军把张煌言从鄞县押解至杭州的路上，他写下的诗。他知道清廷决定将他在杭州正法，不免有点儿暗暗高兴。按理在哪儿杀头都是一个死，但对于他来说，能在杭州受死，比在其他任何地方都遂愿，从举起义旗的第一天，他就时刻准备着追随于谦和岳飞的足迹，慷慨捐躯，洒尽鲜血。有一年，他悄悄路过杭州，还特地到西湖奠祭于、岳二位。张煌言心目中，于谦和岳飞都是与日月同辉的英雄，他们抗击外侮、支撑乾坤的功勋永远是他效法的榜样。当时他就在心中说道：于忠肃，岳鄂王，我所做的，远远不能望你们项背，不过我还是要不怕惭愧，请你们同意，在西湖边也给我预留一处墓穴，日后让我到这里陪伴你们，我就没有遗憾了。张煌言在走向他人生最后一个码头时，将当年心中未说出来的那些话，变成了诗句，付诸笔端了。

于是，中国文学史上，便多了一首流芳千古的诗篇。

官巷口的百姓终于等来了他们要见的人，四十五岁的张煌言，高颧骨，长髯须，目光炯炯，视死如归。他是给一乘竹轿抬来的，这是一种罕有的待遇。同日受刑的张煌言四名部下，也被允许从容随行，不对他们威逼凌辱，让他们保持人生最后一点尊严。清朝统治集团以少数民族入主中原，汉人在民族意识的鼓动下，反抗尤为激烈，清廷为了震慑汉人，采取了很多残酷措施，屠城，留发不留头，制造种种罪名大批大批判死刑，诛九族，清初是个恐怖的时代。对待死囚犯，清朝大大小小衙门也是尽可能多增加他们的痛苦，将他们根本就当畜生看。让我们来看看在张煌言被害前三年，鼎鼎大名的文学批评家金圣叹因“哭庙案”在江宁（今南京）三山街被斩的场面。

金圣叹被斩之日是清顺治十八年（1661）七月十三立秋这一天。金圣叹、倪用宾等十余名“哭庙案”人犯，与金坛、镇江等地的“谋反”者一百余名，同时处决。这一日辰时，狱卒从死囚牢里签提人犯，人犯一出监房门，便被五花大绑，一根斩条往后颈皮上一插，由两名兵勇挟了就跑。可怜金圣叹本就有病，哪里跑得快，只能任由兵勇拖着他往三山街刑场去。他的鞋蹭掉了，袜磨烂了，十个脚趾头鲜血淋漓。金圣叹想呼冤，无奈口中塞着栗木，喊不出声，栗木粗糙石硬，把他的嘴巴撑破了，血从嘴角渗了下来。沿路挤满了看杀头的市民，拥来拥去，秩序混乱。维持秩序的兵丁便用枪柄刀背将市民乱打，有的给打破了头，有的给劈伤了背，刑场上尚未见血，大街上倒已血滴沥沥了。刑场上更是戒备森严，辫子兵密密匝匝，如临大敌。抚臣亲自监斩。一共一百二十一名死囚，个个身带棒疮，蓬头垢面，一排排跪在尘埃，何等骇人的集体大屠杀场面！午时三刻，断魂炮震，顷刻之间，一百二十一名死囚犯身首异处。刑场上血腥扑鼻，令人窒息。监斩官在兵勇簇拥下急急退出刑场。看热闹的市民也被一百二十一条无头躯干吓得逃也似的散走。刑场上空荡荡了，只有死尸，只有汪汪的血。滚落的一百二十一颗头颅中，有金圣叹的一颗！金圣叹这颗头颅，两只眼瞪得大大的，瞪着灰漠的苍天。

然而，张煌言成了例外，清廷杀是非要杀他不可的，但并不折磨他，相反，还优待他，从签提出狱到刑场的一段路，提供了一顶轿子，如果朝廷不予指示，地方官是断然不敢如此的。更令人不敢相信的是，监刑官将礼遇发挥到了极端，竟然卑辞谦语请张煌言坐下受刑，而非叱令下跪。而且，张煌言的从官罗伦与他并坐，张煌言的仆童、年仅十六岁的杨冠毓，也免跪，立于主人身边待刑。两位武将叶云、王发，以明朝伦序礼仪面向张煌言而跪。这种行刑场面，有清一朝恐怕是唯一的一次。

张煌言以他的人格力量，赢得了对手的尊重。

张煌言这个名字起得好，他这一生无愧于这名字，很辉煌。煌言，煌言，张煌言的辉煌不止于言，更在于行。

且看张煌言的行动。

公元1644年，神州大地犹如走马灯，在极短的时段发生了一系列重大历史事件，李自成进京，崇祯皇帝吊死在煤山，吴三桂“冲冠一怒为红颜”，引狼入室，大开山海关城门，与清军联合攻打李自成的大顺军，大顺军一触即溃，李自成在逃出北京前匆匆到金銮殿过了一把皇帝瘾，然后一屁溜跑往九宫山躲了起来，留下的最高权力真空便宜了来自辽东的顺治帝，昔日朱明王朝的京城城头上飘起了黄龙旗，大清宣布全面接管大明的江山，八旗军马不停蹄，风卷残云似的一路杀向了江南。

张煌言挺身而出了，他要扶社稷于将倾，眉也不皱一皱，便变卖家产，组织义军，誓与八旗铁骑周旋到底。张煌言有号召力，又有财力担当义军的后勤保障，顺理成章就形成了由他为首的浙东抗清中心。

可是，第二年，张煌言组建的义军就给清军打得一塌糊涂，战死的战死，俘虏的俘虏，也有放下武器投降的。张煌言很机敏，他换上一身破破烂烂伙夫服，混在降清士卒中，等待脱身的机会。清军没有想到大名鼎鼎义军主帅张煌言会“投降”，所以未在降卒中逐一清查。降卒们也没有出卖他，让他以化名藏在他们中间。七昼夜后，张煌言趁看守疏忽，逃出了俘虏营。脱险后，张煌言重整旗鼓，钻进四明山，将那儿开辟成新的抗清根据地。

张煌言的旗帜重新出现，清廷感到很头疼。他那点军事力量不足虑，主要是他被抗清阵营看作一种精神载体，这才叫麻烦呢！清廷动用了大部队到四明山围剿，无疑拳头打跳蚤，一拳头狠狠击下去，跳蚤从指缝间蹦了出来，三蹦两蹦就不见了踪影，毫发无损，还趁你不注意咬你一口。张煌言倒是无师自通的游击战祖师爷。清廷只好改变战术，来软的吧。

清廷命令闽浙总督设法招安，总督大人就去逼迫张煌言的父亲，让这个老先生写信劝劝儿子。张煌言是出名的孝子，父亲的话该不敢违抗吧？张煌言回信说：自古忠孝难两全，我已经对岳王的在天之灵发过誓，今生只知尽忠报国，不会做三国那位徐庶的。为儿不孝，父亲大人你也只能善自为计了。闽浙总督一招不行，耐着性子瞅再使招的时机。三年一晃而过，张老先生病故，总督大人立即派人送信给张煌言，信中说，你张先生不是儒家弟子吗，儒家礼义你总该遵守，礼义规定，再大的官都不可违背“丁忧”之制，父母死了必须解官回家服孝三年，张先生你赶紧回家乡吧，我不会伤害你，非但不伤害，如果你愿意，我可以向皇上保荐你，给你不小的职位，让你发挥安邦拯民的才能。闽浙总督这一招实在厉害，张煌言不回家丁忧，要被天下读书人骂，但他不能放下抗清大业，他难过得大哭了三天三夜，最终还是选择了留在根据地，继续指挥义军作战。

以后的岁月，张煌言胜胜败败，转战各地，有一年他的部队壮大到了六千人，且还训练有素，兵强马壮，他的雄心勃发了，联络郑成功，准备收复南京。这是张煌言戎马生涯的巅峰，抗清联军的大旗已经飘到了石头城下，眼看再发动一次攻城，南京就唾手可得了。可惜，由于郑成功最后决策错误，功亏一篑，联军反胜为败，郑成功经营台湾去了，张煌言带领残部坚持在沿海一些岛屿，苦撑于困厄竭蹶。

到了公元1662年，东南沿海的抗清力量，仅剩孤立无援的张煌言一部。又勉强支撑了两年，1664年6月，张煌言不得已解散了义军，潜往东海悬岙岛。“悬岙海中小岛，在普陀之东。”（康熙《仁和县志》）张煌言打算在这个与世隔绝的荒岛上垦殖蛰伏，著书立说，静观待变，倘若天下有个风吹草动，气候适宜的当口，自己再跳出来，振臂一呼，重树义帜。张煌言有《卜居》诗记当时的状况：

荒洲小筑笑焚余，结构新茅再卜居。
性僻故贪鸥鹭侣，地偏犹逼虎狼墟。
寒芦瑟瑟秋张乐，宿火荧荧夜读书。
正忆普天方左衽，此身那得混樵渔！

张煌言到了这种天也不佑的境地，仍不轻言放弃。张煌言已经不具备什么力量了，如果定要说他尚有力量，他有的仅是人格的力量。恰恰这一点，正是张煌言身上最具价值的东西。

可是，藏身悬岙仅一月余，1664年7月，张煌言被叛徒出卖，成了折翅之鹰。这是他第二次落到清军手里。这次张煌言不可能像上回那样幸运了，他的名气太响了，东南沿海各地衙门都画了他的图形到处张贴，清军的追捕小分队的每个成员都把他的容貌记得熟而又熟，他烧成了灰也逃不过他们的眼睛。张煌言被捕时很镇定，他知道这一天迟早会来的。他被关进了宁波大牢，提审时慷慨陈词："父死不能葬，国亡不能救，死有余辜，今日之事，速死而已。"说完，闭上双目养神，再也不愿多讲半句。看他盘膝坐在那儿的样子，方巾葛衣，谁见了都会以为这是个普普通通塾师，但谁也能感觉到，即使他闭着眼，似乎也有一股咄咄逼人的傲然之气从眼皮后面射出来，令你不敢轻侮他。这是骨髓里迸发出来的正气，只有心底无私、壮怀激烈的人才有。

"速死而已"四个字，把这位伟丈夫的心迹全表明了。张煌言要用他的一颗头颅，一腔热血，完成自己，涅槃自己。到了这种境界的人，曾做过什么以及由此带来的成与败、荣与辱，已经不重要了，重要的是精神的顽强轨迹，人格的充分展示。南明王朝也成了身外之物，他为这个小王朝的苟延残喘耗费了二十年心血和精力，权当是一个舞台，在这个舞台上他塑造了自己的形象，现在是谢幕的时候了。

张煌言如果愿意活下去，是完全有机会的，清廷一再诱降，都被他拒绝了。他对这个世界已没有留恋。但是，他真的一点留恋也没有了吗？

还是有一点的，在杭州官巷口刑场上，他表现出来了。

刑场的气氛很感人，杭州市民争睹英雄风采，他们没有失望，从竹轿上缓步而下的张煌言，依旧一袭葛衣，干干净净，头上一顶方巾戴得端端正正，书生本色，师长神韵。

市民纷纷点燃手中的香烛，刑场周围顿时香烟缠绕，烛泪滴落，市民争相向张煌言敬酒，喊道："张先生，喝吧，喝了，以壮行色。"担任警戒的八旗兵竟不阻拦，更没有刀砍鞭打驱赶这些市民，张煌言的人格魅力征服了刽子手，连他们也不想妨碍他对人生的告别演出了。

午时三刻，行刑的时辰到了。张煌言接过最后一碗酒，捧在手上，口占绝命词一首，所有人都自动静寂下来，四周鸦雀无声，刑场上空只有张煌言朗朗的诵读之声，只听他念道："我年适五九，偏逢九月七，大厦已不支，成仁万事毕。"念罢，一仰脖子，把满满一碗酒喝了下去，手一撒，碗落地，"当"的一声脆响，顿成两爿，就在这碗碎的脆响中，张煌言款款旋转身子，向西湖投去了他最后的一瞥，徐徐吐出了三个字：

"好山河！"

西湖真是太美了，乃至勾动了张煌言心底那一点死也丢不下的留恋。

张煌言遇害后，他的故交、大学者、抗清义士黄宗羲协助他的亲友，收其遗骨，棺木暂厝宝石山，待张煌言的影响渐渐不再触动清廷的敏感神经了，才在南屏山下觅了块地，将棺木埋葬下去，让他入土为安。修墓时还不敢亮出张煌言大名，只称"王先生墓"。有个叫胡克木的人，用一方端砚刻上张煌言名字，埋入墓中，以做记号。后人正是凭这方砚台，确认张煌言墓的。

张煌言墓与于谦、岳飞的墓都在西湖边，他“惭将赤手分三席，敢为丹心借一枝”的夙愿实现了，“西湖三英烈”的名声也传开了。

西湖上空，张煌言临刑的三字赞，仍在久久地回荡着。一直到今天，似乎还不绝如缕。

上述种种，都是史料展示给我们的张煌言。如果我们对张煌言的认识止于此，张煌言将是不完整的，因为，张煌言不应该只属于南明，他还属于他的家人，尤其是他的夫人。张煌言的辉煌，也有他夫人涂上去的一抹亮色。

张煌言的夫人董氏，我们现在能够查到的相关史料，连她的名字也未提及。清顺治十六年（1659），董氏被捕，关押在杭州。同时被捕的还有张煌言和董氏的独生子张万祺，被送往镇江拘禁。在逮捕这母子俩时，官府进行抄家，一件值钱的东西也未抄到。官府问董氏：“张家也是鄞县大族，怎会家无长物？你们把财产藏匿何处？”董氏淡淡地回答道：“我家官人毁家纾难，你们给他安的罪名中不是有这一条么？自从官人变卖产业，举起义旗，这十余年间，我们母子每日两餐粥，咸菜萝卜干下饭，全鄞县人都知道。如果家中还稍有资产，我怎忍如此苦了我儿。”

董氏讲的是实话，说这番话时，并无丝毫怨气。她是个普通的家庭主妇，国之兴亡、气节操守，她从未考虑过，假如她的丈夫不是张煌言，而是投靠新朝的一名官员，她也就跟着做了大清的命妇，大概不至于有什么心不安，理亏欠。用一句最最通俗的话来概括董氏，她这叫“嫁鸡随鸡，嫁犬随犬”。因为她的夫君是张煌言，张煌言为了朱明朝廷的苟延，将家产全充了军饷，董氏觉得应该；仆佣一个不剩通通遣散了，从未做过家务的董氏洗衣煮饭，俨然粗使老妈子，她也觉得应该；现在，新朝官府要抓她，尽管她从未卷入过抗清斗争，但她不申辩，不叫屈，还是觉得应该。官府不是到处在抓她的官人么，那么，她就应该被抓，世上的夫妻，本来就该“夫唱妻随”的。

令董氏难过的是，儿子也被抓了。官人让儿子留在老家，留在她身边，而不把他带往军中，不要他子承父志，官人的心思她明白，一是期望儿子能够不被官府追究，为张家留一脉香火，二是让儿子照顾她，尽一份孝心。对于官人这样的安排，董氏非常感激，十多年的独守空房，五千多个日日夜夜的活寡生涯，所有的苦涩都冲淡了，他没有嫁错人，官人心中是有她的。尽管十余年来，官人只知和他的义军在一起，几乎不曾回过家，但他心中其实是始终记着她的，这就够了。

可是，官人的这番苦心，终究还是白费了，官府并未因为万祺远离朝代更替的旋涡就放过这个孩子。儿子尚不足二十岁啊，还没来得及成家，难道就将走完他的人生么？

董氏想到这点，心如刀绞。当枷锁套上儿子脖颈时，董氏泪如雨下，哽咽着说道:“万祺，想开些，谁叫你生在张家呢？不要给你父亲蒙羞！”

最后这句话，出自一位从不过问政治的妇人之口，格外令人动容。

董氏和张万祺在狱中度过了将近五年，清廷之所以不杀这对母子，是留着作胁降张煌言的一张牌。然而，这张牌注定起不了任何作用。张煌言落入清军之手后，浙江总督赵廷臣劝降时，特地告诉他董氏母子已在押多年。赵廷臣的意思很明确，要他为妻儿的性命着想。张煌言听了，面无表情，一言未发，仿佛听到的事与己无关。后来，他也从未打听过妻儿的情况，真让人怀疑他是否铁石心肠。清廷在劝降彻底失败后，决定处死张煌言，他的妻子和儿子留着再也无用了，于是，在张煌言赴刑场的前两天，董氏和张万祺同时遇害。

董氏临死，没有人告诉她一件事：张煌言麾下将领陈木叔战死了，留下一个女儿，有一个叫马信的部下打算将这个姑娘献给主帅，张煌言说:“姑娘是忠臣之后，怎么可以这般对待她？况且我妻子因我陷入大牢，我义不再娶！”他给了姑娘一笔钱，让她回家乡找个合适的人嫁了。倘若董氏知道了这件事，我们相信，她定会觉得自己的死，值了！

董氏不曾听到夫君“义不再娶”的告白，我们实在替她深感遗憾。

张煌言呢，由于与董氏相离是常态，聚首几为零，也由于有拒绝纳妾的事实，被史学家评说为“自起兵始，转战二十年从不近女色”。张煌言给人的印象，好像在感情领域有点“脑残”的样子。这是对这位英雄的误读。我们不妨看看张煌言的《闻孤鸟有作》：

孤鸟孤鸟声逼忆，风雨中宵我心恻。似闻鸟言生不辰，空山寥落无颜色。

在昔雄飞向九霄，金眸玉爪行胸臆。巢云曾傍万年枝，击水宁须六月息。

风云蹉跌几星霜，宛转枋榆困枳棘。东门钟鼓为谁觞，北海木石徒塞尔。

杜宇漫语不如归，鹧鸪疾呼行不得。予口卒瘏予尾翛，却来山阿欲避弋。

一饮一啄孰将雏，双宿双飞谁比翼。寒枝独抱月黄昏，岛树苍茫林影黑。

横绝四海会有时，取告羁栖还努力。嗟乎此鸟亦非凡，鸾歌凤舞畴能识。

但看孤鸟伴孤臣，悠悠苍天曷有极！

几乎所有论者，在这首诗中看到的都是张煌言以南明孤臣自许，却基本无人注意到他也在羡慕比翼之鸟。能与他双飞双宿的，舍董氏其谁！张煌言对董氏的感情是很深的，只是他将这感情包裹得太严太严，很难让人察觉。张煌言身处其世、其境，不以“无情冷面”立于军中又奈何？

张煌言有他的苦衷。一旦了解了这点，张煌言也就不失为铁骨柔情一丈夫了。

辑三

此恨绵绵

旷世才女的隐私

宋代女诗人朱淑真，钱塘（今杭州）人，是一位旷世才女，琴棋诗画，样样精通，尤以“银钩精楷”书法与诗词见长，留有《断肠词》一卷，早在明洪武三年（1370）就有抄本，后世屡有所刻，广为流传。

朱淑真为什么把她的诗集定名为《断肠词》呢？

朱淑真殁后五十年，有个安徽宣城人魏仲恭，因同情这位才女，曾把她的诗作辑录汇结成一部《断肠诗集》，并作序，从这篇序中我们或许能看到朱淑真为何常常撩动人的恻隐之心：

尝闻摛辞丽句固非女子事，间有天资秀发，

性灵钟慧，出言吐句有奇男子之所不如，虽欲掩其名，不可得耳。如蜀之花蕊夫人，近时之李易安，尤显著名者，各有宫词、乐府行乎世，然所谓脍炙者，可一二数，岂能皆佳也。比往武林，见旅邸中好事者往往传诵朱淑真词，每窃听之，清新婉丽，蓄思含情，能道人意中事，岂泛泛者所能及，未尝不一唱而三叹也。早岁不幸，父母失审，不能择伉俪，乃嫁为市井民家妻。一生抑郁不得志，故诗中多有忧愁怨恨之语。每临风对月，触目伤怀，皆寓于诗，以写其胸中不平之气。竟无知音，悒悒抱恨而终。自古佳人多命薄，岂止颜色如花命如叶耶！观其诗，想其人。风韵如此，乃下配一庸夫，固负此生矣；其死也，不能葬骨于地下，如青冢之可吊，并其诗为父母一火焚之，今所传者，百不一存，是重不幸也。呜呼，冤哉！予是以叹息之不足，援笔而书之，聊以慰其芳魂于九泉寂寞之滨，未为不遇也。如其叙述始末，自有临安王唐佐为之传，姑书其大概为别引云。乃名其诗为《断肠集》，后有好事君子，当知予言之不妄也。

田汝成《西湖游览志馀·香奁艳语》："朱淑真者，钱塘人。幼警慧，善读书，工诗，风流蕴藉。早年，父母无识，嫁市井民家。其夫村恶，戚施，种种可厌；淑真抑抑不得志，作诗多忧愁怨恨之思。”冯梦龙《情史·卷十三》“朱淑真”条目：“钱塘人，幼警慧，善读书。早失父母，嫁市井民家，其夫村恶可厌。淑真抑抑不得志，作诗多忧怨之思。”

上述种种资料，把朱淑真不幸的命运基本上交代清楚了，症结在于：所适非人。没有嫁到一个好丈夫，是中国妇女最大的不幸。有位女作家把嫁人说成女人一生中最大的赌博，很有见地。朱淑真这么一名才女，始终活得很不自在，原因仅仅在于丈夫蹩脚，这实在令人嗟叹。

不过，上述几种笔记都搞错了一点，朱淑真嫁的不是什么“市井村夫”，而是一个小官僚。这有她的诗为证。

其一，《春日书怀》：

从宦东西不自由，亲帏千里泪长流。
已无鸿雁传家信，更被杜鹃追客愁。
月落鸟歌空美景，花光柳影漫盈眸。
高楼惆怅凭栏久，心逐白云南向浮。

其二，《寄大人二首》：

去家千里外，漂泊若为心。
诗诵南陔句，琴歌陟岵音。

承颜故国远，举目白云深。
欲识归宁意，三年数岁阴。

极目思乡国，千山更万津。
庭闱劳梦寐，道路压埃尘。
诗礼闻相远，琴樽谁是亲？
愁看罗袖上，长揾泪痕新。

朱淑真明明白白告诉了我们，她出身在诗书之家，嫁给了一个做官的男人。她跟着丈夫到任所，物质上是满足的，“初家君宦游浙西，好拾清玩，凡可人意者，虽重购不惜也。”（清代王渔洋《池北偶谈》）凡称得上古董的，价都不菲，而朱淑真夫妇，只要是看得上眼的古董，不管价钱多少，说买就买了下来，可见其家之富有。

但是，朱淑真活得很不开心。

因为，她精神上处于很压抑的状态。

朱淑真的压抑缘自丈夫。这位丈夫，与他妻子的品味、情趣大相径庭，用今天的话说，就是没有共同语言。一个敏感的细腻的女诗人，希望她的终身伴侣和自己有一样的追求，一样的趣味，并不过分。或许朱淑真的丈夫以世俗目光衡量，也能算个好丈夫，但世上好丈夫有的是，好丈夫却不一定是知心的男人。朱淑真的苦闷，你能理解么？你能共鸣么？

在朱淑真的时代，“三从四德”越来越成为主流文化所推崇的东西，“女子无才便是德”成为男权社会的一条铁律。无才，就只有狭窄的世界，就甘愿于足不出户的闺阁生涯，就死心塌地信奉“夫为妻纲”，再愚蠢再小肚鸡肠再俗不可耐的男人只要是她的丈夫了，就比她高贵，就是她一生的主子！这样的女人不会胡思乱想，不会有所追求，不会有任何不满意不知足，于是天下太平，阴阳和谐，家庭温馨，社会稳定。我们这个国家，千百年来正是以剥夺妇女的个性，牺牲妇女的幸福作为稳定的代价的。可是朱淑真偏偏读了不少书，“人生糊涂识字始”，书读得越多，思想越活跃，就越糊涂，朱淑真不可避免地犯起糊涂来，而且其他方面不糊涂，只在一件事上糊涂，就是暗中对丈夫有了不满。

朱淑真不是俄国大文豪列夫·托尔斯泰笔下的安娜·卡列尼娜，但是她对丈夫的不满却与安娜·卡列尼娜有些相同。安娜·卡列尼娜从看不惯丈夫的耳朵开始，不满日益弥漫，直至不可收拾。朱淑真呢，并没有抱怨丈夫的耳朵长得像根萝卜干，也没有说丈夫不带她去游西湖有什么不对，她只是写了诗填了词，希望丈夫做她的第一个读者，比较有兴趣地听她吟咏，愿意成为她的知音。朱淑真的要求并不过分。她的丈夫才学肯定不如她，那也没关系，如果他确实爱他的妻子，至少他也会很高兴地读她的新作，为自己有这么一位妻子而眉宇溢笑，真心欣赏。遗憾的是，这位丈夫连这么一点儿起码的素质也不具备。朱淑真对丈夫的不满主要是这个，有她的《舟行即事》诗为证：

帆高风顺疾如飞，天阔波平远又低。
山色水光随地改，共谁裁剪入新诗？

这么美的景色，倘若夫妻两人诗词唱和，该是怎样美好的情感交流呵！可是，这个丈夫根本没有这份兴致，他作不来诗，又放不下大男人架子，不肯面对妻子的诗做纯粹欣赏者的角色，所以，虽在一条船里，他只管啃他的猪爪，喝他的黄汤，吃饱了，喝足了，睡觉，睡够了，又喝，一路美景对于他并无诱惑，他把如画中行舟看作一味枯燥的赶路，你朱淑真摭景入诗是你闲得没事儿干了，你一个人去玩儿吧，酒才是实实在在醉人的。

你说这个丈夫俗不俗？

难怪后来的不少人认为朱淑真的丈夫十有八九是“市井村夫”，但有点家底，朱淑真的父母贪图钱财把女儿许配给了他，否则，凭她“自小聪明伶俐，生性警敏，十岁以外自喜读书识字”（清代陈树基《西湖拾遗》）“风流蕴藉”“如蜀之花蕊夫人”的条件，怎会如此倒霉落到做此人老婆的田地呢？《西湖拾遗》索性替朱淑真的丈夫题了个俗之又俗的名字，叫作“金三老官”，还把他的模样描写得奇丑无比：“蓬松两鬓似灰鸦，露嘴龇牙额角斜。高耸前胸驼似鳖，平铺后背曲如虾。铁包面，金裹牙，十指擂捶满脸疤。如此形容难匹敌，儿童相遇竞喧哗。”这么编排朱淑真的丈夫，无非是要说明这位女才子“一朵鲜花插在了牛粪里”。其实，让朱淑真遇到“金三老官”，是把她的悲剧庸俗化了，朱淑真“插”到的是精神“牛粪”，古往今来又有多少很出色的女子都被这样的婚姻糟蹋了，这才是最悲哀的。

独行独坐，独唱独酬还独卧。伫立伤神，无奈春寒著摸人。

此情谁见，泪洗残妆无一半。愁病相仍，剔尽寒灯梦不成。

婚后朱淑真这首《减字花木兰·春怨》起首十一字中，连用五个“独”字，她的孤独与寂寞，有谁更甚！

我们身为须眉，读朱淑真诗词，难道能够不羞惭么？

朱淑真也曾试图改造丈夫，让他多少有点儿情趣。她用一叠白纸钉了一本书，在这本空白书的封皮上写了一封“圈儿信”，信上无字，尽是圈圈点点。七夕前二天，朱淑真托人将这本书捎给了丈夫，她希望丈夫看了会感觉好奇，有了好奇心就会翻捡此书，就能捡到她用蝇头小楷写于书脊夹缝的《圈儿词》:“相思欲寄无从寄，画个圈儿替。话在圈儿外，心在圈儿里。单圈儿是我，双圈儿是你。你心中有我，我心中有你。月缺了会圆，月圆了会缺。整圆儿是团圆，半圈儿是别离。我密密加圈，你须密密知我意。还有数不尽的相思情，我一路圈儿圈到底。”朱淑真期待着丈夫读了这首词，立刻雇船赶回来，和她共度良宵。可是，七夕未见归人，一连半月过去，丈夫仍是人未回，书信都无一封。朱淑真非常失望，但还安慰自己：或许他公务繁忙，缠住了身，我且耐心，切莫过早埋怨。

丈夫回来了，朱淑真等着他开口，说读了《圈儿词》，欣赏“圈儿信”。等了几天，丈夫未提此事，朱淑真憋不住问他，丈夫说：“你问那个白纸本本么？我扔了。”

“扔了？”朱淑真的心像被揪了一把，“为何扔了？”

丈夫说：“不就是你钉了打算记油盐柴米账的么？我还当个宝贝带来带去啊？以后你做事细心些，给我捎物莫拿错了东西。”

朱淑真一口气差点噎住，再也提不起多讲半句的兴致了。

守着这样的一个丈夫，无异于守着一片情感荒滩。

还好，朱淑真终究不曾一生腌臜在那样一种情感境地，她有过一个情人。据《西湖游览志馀》考证，朱淑真故居在杭州涌金门内如意桥北保康巷，离西湖不远，有一段时期，月色迷蒙之夜，常能看到朱淑真与一名青年男子手挽手在堤上散步，行至灯晦月藏柳阴下，两人依偎在了一起，陶醉在了他们的爱河中。

有时候，朱淑真和情人甚至白天逛西湖。也是那样亲热，也是那样缠绵。那时没有照相机，不过朱淑真有办法，用她的词做记录：

恼烟撩露，留我须臾住。携手藕花湖上路，一霎黄梅细雨。

娇痴不怕人猜，随群暂遣愁怀。最是分携时候，归来懒傍妆台。

朱淑真和情人相约赏花，携手游湖，遇上一阵黄梅雨。真是天怜有情人，雨将其他游人撵走了，白堤上，柳树下，就剩下了他们两个，幽清的环境给了他们机会，朱淑真靠在了情人肩头，双臂环住了情人腰。她是这样的热情，这样的主动，连情人也吃了一惊。朱淑真幸福地闭上眼睛，享受着相恋以来第一次甜蜜的体验。只是他们不能永久驻留在白堤，还得各自回家。回到家里，朱淑真连妆容也懒得补，其实并非懒，而是她还沉浸在强烈而持久的第一次亲密接触中。

朱淑真和情人的秘密，她不可能向任何人透露丝毫，但她又不吐不快，因此产生了许多这类诗词，请看这首《湖上小集》：

门前春水碧于天，座上诗人逸似仙。
白璧一双无玷缺，吹箫归去又无缘。

至于朱淑真的七律《元夜》，说得就更清晰了：

火烛银花触目红，揭天鼓吹闹春风。
新欢入手愁忙里，旧事惊心忆梦中。
但愿暂成人缱绻，不妨常任月朦胧。
赏灯那得工夫醉，未必明年此会同。

我们真替朱淑真庆幸，真为她高兴，我们没有理由摆出道学家的面孔指责这位女词人的“婚外恋”，当一个社会尚不给女人充分的自主婚姻时，对于一切“红杏出墙”的诘难，哪怕说得再心平气和，也都是个伪善。我们完全应该鼓励朱淑真这么做。很难想象，倘使朱淑真连这一段短暂但非常幸福的“情感甜点”也没有，她还能写出那么些感人的诗词。这个至今仍“隐姓埋名”的朱淑真的情侣，激活了她的爱之源，也就激活了她的生命之源，创作之源。可惜，礼教伦常的扫帚，将这个给了朱淑真幸福的男子的所有“档案”通通扫荡干净了。

我们只能从朱淑真的有关诗词中，钩沉到朱淑真大约是在娘家结识这个情人的。她在苦闷时到娘家小住，常常凭窗眺望西湖，不经意间东邻一个青年男子映入了她的眼帘，渐渐引起了她的注意。他是那么的有丰采，看他走路飘逸的姿势，不由她不把他比喻成跨凤吹箫的箫史。夜晚，这个“箫史”进入了她的梦，她不觉便已变做了与箫仙相配如一双白璧的弄玉了。

这是一个美妙的梦，因为这个梦是由一对妙人儿引起的。相传秦穆公有个女儿名“弄玉”，穆公打算替她物色夫君，弄玉说：“要我嫁人也可以，但要找个配得上我这把笙的人。”穆公视弄玉为掌上明珠，女儿提这么个条件，他一口答应。先后来了几个青年贵族，在音乐沙龙里也算是顶尖明星，箫吹得都是一流的，但与弄玉配乐，一配就见了颜色，一个个自叹不如，灰溜溜落败而去。眼看一年过去，弄玉仍是名花无主，秦穆公急了，张榜招婿，可是以秦国之大，竟没有一个敢来揭榜的。

终于来了一个名叫萧史的年轻男子，萧史一曲未终，殿壁上绘的金龙彩凤都跟着翩翩起舞，弄玉更是彻底陶醉在萧史的箫声里了。萧史和弄玉喜结良缘，成了这个世界上最令人称羡的夫妻之一。秦穆公为他们筑了一座高台，台上建了富丽堂皇的亭阁院苑，宛若人间仙境。一年中秋夜，萧史和弄玉在高台上赏月，一个吹箫，一个吹笙，引来了一条金龙、一只彩凤，绕着夫妻俩舞蹈。夫妻两人对视了一下，一齐点点头，萧史带箫骑上金龙，弄玉携笙跨上彩凤，龙凤双飞，升空而去，驮着这对夫妻到华山隐居去了。

朱淑真梦见了颠龙倒凤的热烈场景，双腮火烧火燎地醒了，她饥渴的情欲也被唤醒了。朱淑真不顾一切地投入了进去，与他约会，除了在西湖堤上，还偷偷地在自己房中留过他，享受身心俱融的炼狱之乐。

这一段时间，是朱淑真一生中心情最佳的时日，她的诗也显得非常文静，如《游湖归晚》：

恋恋西湖景，山头带夕阳。
归禽翻竹露，果落响芹塘。
叶倚风中静，鱼游水底凉。
半亭明月色，荷气恼人香。

可惜，这样的一段情缘是不可能久长的，离别不可避免，很痛苦，朱淑真在她的《江城子》中记录了她的痛苦：

斜风细雨作春寒。对樽前，忆前欢。曾把梨花、寂寞泪阑干。芳草断烟南浦路，和别泪，看青山。

昨宵结得梦夤缘。水云间，悄无言。争奈醒来、愁恨又依然。展转衾裯空懊恼，天易见，见伊难。

曾给过自己销魂感受的情人已是天涯海角，这种痛苦是无法形容的，即便朱淑真这样的高手，恐怕也写不出心情之一二。她只能将这些诗词以“断肠”集之，不知世人尚可体察否？

情人为何成了劳燕，他们又是因何分手，我们查不到资料，无从妄测。现有资料能告诉我们的，是朱淑真和丈夫分居了，或许是她主动离开了丈夫，也或许是丈夫遗弃了她。

留给朱淑真的，是无穷的苦涩，无眠的愁绪。

夜久无眠秋气清，烛花频剪欲三更。
铺床凉满梧桐月，月在梧桐缺处明。

秋风萧瑟，夜气清冷，辗转反侧，永夜难寝。空房寂寥，烛泪滴落，锦衾非薄，凉自心生。窗外梧桐筛下的婆娑月影，斑斑驳驳地铺满了冰凉、空寂的床席，幽情苦绪一齐涌上心头，今夜谁都不会给她送来温暖。忧思满怀，剪不断理还乱，郁闷无计排遣，黯淡无法擦拭……朱淑真的这首《秋夜》，真叫人读来怅然。

朱淑真的诗词大部分被她父母烧掉了。她父母先是将她许配给了一个毫无品味的男人，后又认为她写的这类诗词有辱门风，一把火烧了算。朱淑真是朱熹的侄女，那么，朱淑真之父和朱熹便是堂兄弟了，难怪他如此痛恨“伤风败俗”。朱熹是宋朝著名的理学家，与二程（程颢、程颐）合称“程朱学派”。理学又称道学，是以研究儒家经典的义理为宗旨的学说，即所谓义理之学。“存天理，灭人欲”是朱熹理学思想的重要观点之一，朱熹所谓的“人欲”，是指超出人的基本需求的欲望，如私欲、淫欲、贪欲等，这些欲望应该灭掉，而人的基本需求欲望，如吃饭穿衣、娶妻生子，则是符合天理的。照此标准划线，女子不安守妇道，企图和心爱者结合，这就是人欲，就该灭。要朱淑真的父母灭掉亲生女儿，他们不忍心，那么，就灭掉她咏叹情欲的诗词。魏仲恭说这是朱淑真的双重不幸，说得很有道理。

但是，朱淑真的诗词毕竟不曾全部烧光，尽管“今所传者，百不一存”，却依然有一部《断肠集》可以让我们凭吊。

去年元夜时，花市灯如昼。月上柳梢头，人约黄昏后。

今年元夜时，月与灯依旧。不见去年人，泪湿青衫袖。

收入《断肠集》的这首朱淑真的这首《生查子·去年元夜时》，是一切相爱相恋的人所熟悉所传唱的。任何一个相爱相恋的人，都希望永远是“人约黄昏后”，不要“泪湿青衫袖”。这首词的艺术性极高，连明代那个抨击朱淑真“岂良人家妇所宜耶”的杨升庵，也不得不佩服地赞道：“词则佳矣。”

朱淑真诗词在艺术性上是无可否定的，她的一段隐秘的恋情，同样也该受到人们的尊重。

寻寻觅觅何所寻

李清照（1084—1155），号易安居士，济南人。李清照出生于书香门第，早期生活优裕，其父李格非官至礼部员外郎，藏书甚富。自幼生活在文学氛围十分浓厚家庭里的李清照，耳濡目染，家学熏陶，加之聪慧颖悟，才华过人，所以“自少年便有诗名，才力华赡，逼近前辈”（南宋王灼《碧鸡漫志》），“才高学博，近代鲜伦”（《宋代无名氏《瑞桂堂暇录》），“诗文典赡，无愧于古之作者”（宋代朱彧《萍洲可谈》）。这位中国历史上最杰出的女词人，在杭州，在西湖，留下了她的一串脚印，留下了许多词章。

李清照这个山东姑娘，本来不一定会与杭城有约、与西湖有缘，是战争、是命运把她从北方送到了江南，送到了杭州。李清照的后半生，寓居杭州，直到公元1155年离开人世。

李清照在杭州度过了整整二十三年，过的是孤单寂寞窘迫贫困的日子，所幸西湖很美，到西湖边散散心，又不要钱，她反正有的是闲，便经常走上白堤，走上苏堤，让湖光山色抚慰自己的孤独和凄凉。走累了，她就在堤柳下坐一会儿，陷入深深的回忆。

她忆得最多的是丈夫赵明诚。

西湖的两道长堤，是前辈白居易和苏东坡的作品。白居易生活在中唐，虽有藩镇割据、宦官擅权，但世道还算太平。苏东坡的时代，大宋虽也有外患内疾，但大体上还较强盛，百姓尚能安居乐业。坐在两位前辈筑的堤上，李清照很容易将今天与昨天进行一番对照，不能不怀念往昔的岁月，尤其是与丈夫的一段恩爱岁月。

宋徽宗建中靖国元年（1101），李清照十八岁，与时年二十一岁的赵明诚成婚。赵明诚，山东诸城人，宋徽宗崇宁年间宰相赵挺之第三子。赵明诚是个金石家，与李清照有艺术相通之心，品味相类之趣。李清照忘不了那时候，每逢初一、十五，夫妇两人总要相伴去逛相国寺，那儿有碑帖拓片卖，价钱不贵。夫妇俩兜里揣一把铜钱，逛一两个时辰，兜里瘪了，手上却盈了，各捧一大沓拓片，满载而归。回到家里，水也顾不上喝一口，急急忙忙摊开拓片欣赏，比谁选购的佳，有时争得面红耳赤，最后自然是赵明诚妥协，说：“好好好，你比我有眼力，有眼力。”李清照得意地笑了，心中明白，丈夫是金石专家，在这方面哪里会不如她呢？分明是让着她，哄她开心。李清照乐意给他哄，给这么哄着，她沉浸在幸福中。为了报答丈夫，她往往会写一首词，记录下这样的情景和情趣。白天欣赏不够，夫妇挑灯夜赏，把这些个拓片反复展玩到三更，他们看的仅仅是拓片吗？难道不是同时在把玩醇纯的爱情么？

不时还能撞到大运，不起眼的地摊上有珍贵的古书、字画和古董，这就要看你的鉴别本领了。赵明诚的能耐碰到这种机缘就会发挥到极致，一切从破落人家流落出来的被当作三钿不值两钿破烂卖的宝贝，一经他的眼，立即看出了它的价值，李清照从他的眼神便能感觉到，赶紧掏钱，把蒙一层灰的宝物从地摊上请回了家。接下来，够夫妻两人忙一阵子的了，古书的勘校，字画的装裱，得花大量的心血和精力。如果是一件彝器，那就更不得了，要考证，要查验有无瑕疵，不具备非常渊博的知识和独到的智慧是做不来的。赵明诚和李清照在这上面的付出，回报不菲，他们家中收藏的字画之全，装帖之精美，在京城士族中首屈一指，惹人羡慕。

惹人羡慕的还有他们夫妻间的游戏，这游戏是夫妻两人合作创造出来的，除了外出“淘旧货”的日子，夫妻两人饭后煮一壶茶，在“归来堂”中面对面坐了，桌上放一堆古书，抢着说某事记在某书某页某行，原文如何如何，谁加的注，注文怎样怎样，说对的饮茶，说错的不许饮。有时李清照，有时赵明诚，故意说错，又偏要抢茶喝，茶水洒了两人满身，这个笑得直不起腰来，那个笑得直揉肚子。他们那时候活得多开心呵！

可惜，这一切都被靖康之祸粉碎了。

宋徽宗、宋钦宗父子两个都给金兵抓了俘虏，徽宗的第九子康王赵构逃过长江，做了南宋王朝的第一任皇帝，他只求偏安江南，不管中原国土究属谁家。中原百姓为避蹂躏，流离失所，李清照夫妇也被卷入了逃难洪流。一路奔徙，多年收藏丢尽，虽心疼也还能想得开，撇得下，毕竟身外之物嘛；吃的苦无法细述，咬咬牙也挺过来了。最让李清照悲痛的是，丈夫赵明诚途中染病，战乱期间良医难觅，在一家简陋的客栈一日日捱，小病捱成了重疴，竟就死在了异乡陌地。丈夫的死，对李清照无疑是个极沉重的打击。我们的这位女词人，能经受得住这样的打击么？

夜已央，灯犹残，一点豆光照纸窗。破窗纸在寒风中瑟瑟的扑扇，映在窗纸上的李清照侧影也在抖动，仿佛是哭得直颤。孤身一人的李清照流着泪，翻捡旧稿，企图在字里行间找回一点昔日夫妻恩爱的忆念，慰藉一下自己凄苦的心。她拣出了这么一首词：

寂寞深闺，柔肠一寸愁千缕。惜春春去，几

点催花雨。

倚遍阑干，只是无情绪。人何处？连天芳草，望断归来路。

这首《点绛唇》是什么时候作的？哦，记起来了，那是新婚不久，丈夫有一回外出，也就三五天时间吧，她却足足地尝够了分别的滋味，信手写下了当时的感受。一寸愁肠，千缕愁怅，可见丈夫一日不在她身边，她的寂寞何等深重。她每天做的事，就是一醒来便倚着阑干，伸长头颈盼望他的归来，可恼连天芳草，把行人归来的路也遮得看不清楚了。茂茂碧草是晚春景色中很能引人欣赏的，但由于这时候掩住了丈夫归来的小路，使她生气。一天过去了，他没有回来，两天三天过去了，他还没有回来，尽管他走时说好多则四五天，少则三四天，外面的事肯定可以办完，他肯定能归家的，但她仍觉得分离的日子太长太长，长得令自己难以忍受，忍不住要在心里责问他：你到底在哪儿呀？

仅仅小别那么几天，她已如此，现在，丈夫是永远离开了她，再也不会回到她身边了，李清照想到这里，哭倒在了床上。泪中的女词人昏沉沉睡了半宿，梦里仍是悼念亡夫，以至哭醒过来，于是就有了一首饱蘸泪水的《孤雁儿》：

藤床纸帐朝眠起，说不尽，无佳思。沉香断

续玉炉寒，伴我情怀如水。笛里三弄，梅心惊破，多少春情意。

小风疏雨萧萧地，又催下，千行泪。吹箫人去玉楼空，肠断与谁同倚？一枝折得，人间天上，没个人堪寄。

李清照在这里用了一个典故，“吹箫人去”。典出《列仙传》：“箫史者，秦穆公时人也，善吹箫，能致孔雀、白鹤于庭。穆公有女字弄玉，好之。公遂以女妻焉。日教弄玉作凤鸣。居数年，吹似凤声，凤凰来止其屋。公为作凤台，夫妇止其上不下数年，一旦皆随凤凰飞去。”萧史弄玉，这人间恩恩爱爱，恁地恩爱嫌不够，干脆双双做了仙人，不受时空的约束，天荒地老无休无止双飞双宿，何等的幸福，何等的美满！对比李清照自己，赵明诚早早地先到了彼岸世界，丢下她孤零零一人，这样的凄凉境况，怎不叫人怆然！论者评此词，云：“结尾三句，措辞自然，感情真挚，寥寥数语，明白如话，写尽了寻寻觅觅、四处茫茫、怅然若失的神态。即使不了解原来的典故，也明白了词意，被它深深地打动。全词至此，戛然而止，而一曲余音，袅袅不绝，犹自盘旋在人们的心头。”

诚如斯言，李清照词几乎每首都让人读了久久难忘，感动不已。请再读这一首《醉花阴》：

薄雾浓云愁永昼，瑞脑销金兽。佳节又重阳，玉枕纱厨，半夜凉初透。

东篱把酒黄昏后，有暗香盈袖。莫道不销魂，帘卷西风，人比黄花瘦。

这首词还有个故事，说的是赵明诚为了超过妻子，把自己关在一间房内，剜肠刮肚，熬尽脑汁，三天三夜得词五十阕，将李清照的这一首夹在当中，拿给朋友陆德夫赏评，陆德夫品味比较了半天，说："只三句绝佳，'莫道不消魂，帘卷西风，人比黄花瘦。'"陆德夫有眼力，这三句，确实令人过目不忘，读一遍就不由你不一辈子都记得住。

似这般绝佳之句，在李清照词中多多，随手拈来便是："生怕离怀别苦，多少事，欲说还休。""花自飘零水自流，一种相思，两处闲愁。""此情无计可消除，才下眉头，却上心头。""知否？知否？应是绿肥红瘦。""旧时天气旧时衣。只有情怀，不似旧家时。""物是人非事事休，欲语泪先流。""只恐双溪舴艋舟，载不动许多愁。"……古往今来多少写诗填词的人，穷一生之功梦寐以求的就是搞出一两句这样的语言来，可惜，半句也难觅。李清照呢，驾轻就熟，浑如探囊取物，一出手便是佳句连连，李清照当得起"中国古代最杰出的女作家"（当代著名词学家唐圭璋语）这一荣誉。

李清照词，"令慢均工，擅长白描，善用口语，能炼字、炼句、炼意、炼格，形成‘易安体’”(《唐宋词鉴赏辞典》1986年江苏古籍版)。可见李清照除了天赋超众，取得成就主要靠的是创作态度的一丝不苟，突出体现在这个“炼”上。李清照号易安居士，人们把她的词命名为“易安体”，是承认其自成一个流派。文学艺术上能形成流派的，无论怎么说也得是登上某一领域巅峰的人物与作品。李清照正是词坛的一座神女峰。

李清照对词似乎格外偏爱，用她自己的话说，叫作“别是一家”。她也写诗，她的诗与她的词，倘若遮去作者的署名，让不甚熟悉文学的人来看，简直不相信出自同一位女作家之手。李清照写过一首《夏日绝句》:“生当作人杰，死亦为鬼雄。至今思项羽，不肯过江东！”句句火焰，字字豪放，男性作家能作此语者，庶亦无几。我们说，李清照把侠肝义胆都给了诗，而只在词里向读者展示一个弱女子的自我形象。这是个值得研究的现象。

看来，李清照是有意把诗和词搞得井水不犯河水的，她通过词表达的是纯粹的真正的女性自己的心声。她一定认为词这种文学样式最适宜表己之所欲表，事实上她也成功地达到了这一目的。需要特别指出的是，李清照词向我们展示的不仅仅是离乱时代的弱女子形象，她并没有以絮叨个人的流落天涯、孤苦无告的悲情来乞讨读者的同情，尽管她的词中有那么频繁的“愁”和“泪”，乃至“凄凄惨惨戚戚”。清代沈谦《填词杂说》曰："男中李后主，女中李易安，极是当行本色。"将李清照的词名与"问君能有几多愁，恰似一江春水向东流"的作者、南唐后主李煜相提并论，树为词界峨列对峙的两座高山，从艺术造诣上讲，完全成立，但李清照词没有李后主词的颓丧和怨艾，从李清照词中读不出消极来。

如果李清照要怨艾，她有太多的怨艾的资本，战乱搞得她家破人亡，只身逃到了杭州，又遇到了一个感情骗子张汝舟。夫死无后的李清照极端孤独，盼望温情。多情善感、富浪漫秉性的她，虽年近五十，因从未生育，还保持着姣好的容貌和身材，于是引来了觊觎之徒。张汝舟风流倜傥，口才出众，颇有心机，他瞄上了李清照，不露声色，不乱献殷勤，而是通过转弯抹角的关系，出现在李清照与朋友的酒会上，用斯文的谈吐，事先准备好的金石诗文知识，赚来了李清照的注意，进而赢得了她的好感。张汝舟见火候差不多了，就向李清照当面表白钦慕之情，郑重保证一定通过官媒明媒正娶，指天画日立誓对她永不变心，永远珍爱。张汝舟火盆样的爱情攻势，将李清照烤软了，她晕眩在了他的如簧之舌似锦之言中，满怀着再度获得美满婚姻的憧憬，欣然接受了他。

新婚三朝刚过，张汝舟就露出了真面目，逼李清照交出她珍藏的文物。张汝舟听说李清照逃难南下时，带来了她和赵明诚搜集的大批金石书画、珍玩古董，价值连城，他就是冲着这宗财富才娶她的，他想的是一夜暴富。其实，李清照现在手头留有的文物，仅剩原有的百之一二，这使张汝舟十分失望。即便这少量的文物，李清照也一件都不会给他，并非舍不得，而是看清了他的嘴脸，不愿让这等小人得逞。张汝舟索讨不成，就硬抢，甚至对她拳打脚踢。换了一般女人，在当时社会，嫁错了人也只能自认倒霉，嫁鸡随鸡，嫁狗随狗，听天从命，了此残生。李清照却咽不下这口气，一纸诉状将张汝舟告到了官府。按大宋律条，妻子控告丈夫、要求离婚，将判两年徒刑。李清照清楚自己要想摆脱张汝舟的控制，追回自由之身，需要付出怎样的代价，但她还是毫不犹豫提起了诉讼。这就是李清照的可贵之处，有学者评论此事，说得很到位："这桩离婚案恰好显露了李清照的个性光辉，她不仅在文学创作上独立物表，敢在常人不敢下笔的地方痛下笔墨，为人也算封建时代凤毛麟角奇女子，果断坚强，拿得起，放得下，因相爱而结合，一旦认清骗子真实面目，绝不姑息迁就、拖泥带水，立即分道扬镳、光明磊落地坚决离婚。"

官府准予李清照与张汝舟离异，但她得按律入狱两年。李清照被投入牢房九天后，经翰林学士綦崇礼等人的大力营救，总算恢复了自由，但被张汝舟抢夺去的钱财却一个子儿也未能追回，所以她的后半生是在极其贫困的状态下度过的。而且，她还接连害了几场大病，贫病交加，雪上加霜，将是怎样的心情啊？下面这首《摊破浣溪沙》是李清照的晚年自况：

病起萧萧两鬓华，卧看残月上窗纱。豆蔻连梢煎熟水，莫分茶。

枕上诗书闲处好，门前风景雨来佳。终日向人多酝藉，木犀花。

李清照流寓杭城，曾患过两次大病。一次是在南宋建炎三年的闰八月，“余又大病，仅存喘息。”《〈金石录〉后序》；另一次是她再婚匪人，蒙受种种毁谤，甚至身系大牢之后，时间在宋高宗绍兴二年（1132）。这一次患病比上次更危重：“近因疾病，欲至膏肓，牛蚁不分，灰钉已具。”（《投内翰綦公崇礼启》）上述《摊破浣溪沙》词是李清照重病初愈，在西湖休养之时所写。

这首《摊破浣溪沙》通篇不著一“愁”字，也没有一点泪痕，有的是宁静，有的是超脱。通过这首词，李清照告诉我们，病得爬不起床来的这个老婆婆，自有她排遣日子的方式方法，且从中还获得了乐趣。她用药草豆蔻泡在开水中做饮料，豆蔻性温，天天喝一杯有利于她衰老的身体；她靠在枕头上看书，颐养自己的性情；她还饶有兴致地看风景，门外风拂草木、雨淋鸟巢，在她眼里都成了一道道美丽的风景线。李清照的思绪被门外的一草一木牵引着，想起了自己喜爱的木樨花，她以前写过的咏桂花词，又浮上了脑海："何须浅碧深红色，自是花中第一流"，"不知酝藉几多时，但见包藏无限意"。"酝藉"，同"蕴藉"，含蓄有余的意思。这样含蓄有余的木樨花门外虽不见，她也没有力气走出家门去探访它们，但它们伴随着她的精神，她心里始终植有这样的一棵桂花，她可以说自己这一生不曾白白度过。李清照写这首词时，已是"仅存喘息"（《金石录后序》）的人了，却步入了这样一个境界，我们试着站到她的这个境界重读她的词，就有了对于这位女词人的新认识、新理解。

尤其是对李清照的这首《声声慢》：

> 寻寻觅觅，冷冷清清，凄凄惨惨戚戚。乍暖还寒时候，最难将息。三杯两盏淡酒，怎敌他晚来风急。雁过也，正伤心，却是旧时相识。
>
> 满地黄花堆积。憔悴损，如今有谁堪摘？守着窗儿，独自怎生得黑！梧桐更兼细雨，到黄昏、点点滴滴。这次第，怎一个愁字了得！

当代学者吴小如品评道："这首词大气包举，别无枝蔓，逐件事一一说来，却始终紧扣悲秋之意，真得六朝抒情小品之神髓。而以接近口语的朴素清新的辞句谱入新声，又确体现了词家不假雕饰的本色。其难能可贵而终至今传诵不衰，良有以也。”

不过，这些话还只是说出了这首词艺术上的不同凡响，其实，把这首词看作李清照一生的总结与悟性，更能掌握这位出类拔萃的女性大词家的神髓。李清照的一生，始终在寻觅真爱，一度可以说是寻到了，但中途给命运夺走了。所爱之人可被夺走，寻觅真爱的心愿却是谁也夺不走的。命运可以不让她再次实现这个愿望，她只能是更坚韧更顽强地寻觅，直到生命之火行将熄灭。她回顾一生，可以对自己说：“我寻觅过了，我不必再遗憾了。”于是，她平静了。

李清照最后留在杭州，留在西湖的，就是这么一份平静。

不懈的寻寻觅觅、觅觅寻寻之后的内心的无愧于自己的平静。

自恨人生不如树

元末明初，杭州西湖边吴山大隐堂住着一位书生，姓瞿名佑，字宗吉，别号存斋。据清代钱谦益《列朝诗集小传》载，一日，张彦复来瞿家做客，瞿佑之父为款待老友，准备杀鸡。这时十四岁的瞿佑放学回来，张彦复见他长得俊秀，甚是喜爱，得知他能诗，便要他以鸡为题试做一首。小瞿佑瞄了一下鸡，脱口而出：“宋宗窗下对谈高，五德名声五彩毛。自是范张情义重，割烹何必用牛刀？”

南朝宋刘义庆《幽明录》：“晋兖州刺史沛国宋处宗，尝买得一长鸣鸡，爱养甚至，恒笼著窗间；鸡遂作人语，与处宗谈论，极有言致，终日不辍。处宗因此言功大进。”瞿佑诗首句即用此典。次句“五德”指鸡有文、武、勇、仁、信等五种德行，语出西汉韩婴《韩诗外传》："鸡有五德：首戴冠，文也；足搏距，武也；敌敢斗，勇也；见食相呼，仁也；守夜不失，信也。"三句说东汉范式、张劭的"鸡黍之交"，南朝宋范晔《后汉书》载有这个故事：范式和张劭是挚友，相约某年某月某日范式到张家做客。到了约定的日期，张劭置办酒食恭候，让母亲杀鸡，母亲说："你们分别两年了，他在千里之外做事，会来么？"张劭坚信范式是讲信用的人，一定不会违背诺言的。果然，范式准时风尘仆仆赶了来。最后一句用的成语，出自《论语·阳货》："子之武城，闻弦歌之声。夫子莞尔而笑，曰：'割鸡焉用牛刀'。"瞿佑口占一诗，一句一典故，张彦复拍手称绝，瞿佑因此诗名远扬。

瞿佑长大后更是一肚皮的学问，对《诗经》、《春秋》、《通鉴》、乐府、词、曲都有研究，写了许多专著和诗集。这样一位才子，天天开出门来第一眼看到的就是美丽的西湖，怎会不诗情勃发？瞿佑写了一大摞吟咏西湖的诗词，有些常被人传诵，如描述西湖秋泛的《满庭芳》词：

露苇催黄，烟蒲驻绿，水光山色相连。红衣落尽，辜负采莲船。点检六桥杨柳，但几个抱也残蝉。秋容晚，云寒雁背，风冷鹭鸶肩。

华筵容易散，愁添酒量，病减诗颠。况情怀

冲淡，渐入中年。扫退舞裙歌扇，尽付与一枕高眠。清闲好，脱巾露发，仰面看青天。

又如写西湖四时的《望江南》词：

西湖景，春日最宜晴。花底管弦公子宴，水边罗绮丽人行。十里按歌声。

西湖景，夏日正堪游。金勒马嘶垂柳岸，红妆人泛采莲舟。惊起水中鸥。

西湖景，秋日更宜观。桂子冈峦金粟富，芙蓉洲渚彩云闲。爽气满山前。

西湖景，冬日转清奇。赏雪楼台评酒价，观梅园圃订春期。共醉太平时。

瞿佑这首词，除了对西湖四季作了描龙点睛式的展示，还寄托了一个心愿，那就是最后一句“共醉太平时”。作者为何有此心愿，因他一生不知太平何味也！

瞿佑的一生，似乎交的都是“磨苦运”，有他的《漫兴》诗为证，诗曰：

自古文章厄命穷，聪明未必胜愚蒙。

笔端花与胸中锦，赚得相如四壁空。

又有他的《书生叹》，更是他一生的真实写照，宣泄了他对世道不公、人间不平的愤懑：

书生嗜书被书恼，居不求安食忘饱；
微吟朗诵无了期，妻怨儿啼邻里诮。
东家郎君狐白裘，终宵醉眠宝钗楼；
西家壮士金锁甲，万里勇斩楼兰头。
堆金积玉夸豪贵，眼底何曾识丁字？
休言富贵有危机，信知文字真愁具。

瞿佑的青年时代，元朝已经走向末路，天下大乱，民不聊生，好不容易盼到了朱元璋坐龙庭，大明王朝也没给百姓带来什么好运，尤其是江南百姓，也不知道朱洪武怎的如此嫉恨这块地方，要用加重赋粮来予以惩罚，真个是“兴，百姓苦；亡，百姓苦”。读书人还另有一层苦，元朝有所谓“一官、二吏、三僧、四道、五医、六工、七猎、八民、九儒、十丐”之说，儒生处于“民尾丐前”，地位极低，到了明朝，虽不这么排座次了，朱元璋却又首创文字狱，高启因诗获罪，被朱皇帝钦定腰斩，极其惨无人道的酷刑无疑是个号召，从此大大小小的官府为了表示与圣上的高度一致，皆热衷于对读书人的文章鸡蛋里挑骨头，找到所谓“大不敬”的一二句甚至一两个字，就锻炼成狱，肆行迫害。朱元璋死了，他的这个政策却延续下来，瞿佑在永乐年间也因诗罹祸，被逮入皇帝私家特务机构锦衣卫的大牢，后被流放到塞外整整十年。

有关瞿佑谪戍的缘由，他本人讳莫如深，这是出于自我保护的考虑。瞿佑希望永乐帝把他遗忘掉，他怕一旦让皇上记起他来，自己就有性命之虞。解缙是当朝第一才子，《永乐大典》的执行主编，就是因为皇上尚未忘记他而丢了命的。永乐帝朱棣的次子朱高煦，自持随父皇征战有功，宴请内阁重臣，软硬兼施，迫重臣拥戴他为储。解缙向皇上力主册封“宅心仁厚”的皇长子朱高炽为太子，被朱棣采纳。朱高煦对解缙恨得咬牙切齿，不断诬陷解缙，朱棣为安抚这个儿子，随便按了个罪名将解缙“下诏狱”。解缙入狱五年，不断上书永乐帝，申诉冤屈，请求释放，这等于不断提醒皇上自己还在。一天，锦衣卫都指挥佥事纪纲呈囚籍，朱棣见到解缙姓名，冷冷地问了一句：“缙犹在耶？”纪纲心领神会，用酒将解缙灌醉，全身赤裸，冻死于雪地。瞿佑不想落得解缙的下场，所以他绝口不谈自己遭流放的事，免得传到皇上耳中，勾起皇上对他的记忆，突然也来上一句“佑犹在耶”，他的一条命就完了。

瞿佑不说，并不意味着他罹罪的时间、原因都成了谜，后人从瞿佑的诗里，查到了一些资料，如他的《至武定桥》一诗，有一条“自注”：“永乐六年四月，进周府表至京，拘留锦衣卫。"《归田诗话》下卷"和狱中诗"条云:"永乐间,予闭锦衣卫狱,胡子昂亦以诗祸继至,同处囹圄中。"另外,同时时人的笔记,也有相关记载可佐证,如蒋一葵《尧山堂外纪》谈到瞿佑"以诗祸编管保安"。

瞿佑在流放地保安(今河北怀柔一带),一个元宵夜,他写了下《望江南》五首,词曰:

元宵景,野烧照山明。风阵摩天将夜半,斗杓插地过初更。灯火忆杭城。

元宵景,巷陌少人行。舍北孤儿偎冷炕,墙东嫠妇哭寒檠。士女忆杭城。

元宵景,刁斗击残更。数点夕烽明远戍,几声寒角响军营。歌舞忆杭城。

元宵景,默坐自伤情。破灶三杯黄米酒,寒窗一盏浊油灯。宴赏忆杭城。

元宵景,淡月伴疏星。戍卒抱关敲木柝,歌童穿市唱金经。箫鼓忆杭城。

一口一个"忆杭城",真让人听来心酸。瞿佑身为杭州人,把他置于朔风呼啸、处处哭泣、破窗浊灯、残更惨月的环境,又是迢迢于家乡的地方,心情之凄凉,溢满字里行间,这是一般人也能一目了然的。所有读瞿佑此词的人,无一不感受到作者对杭州情感之深切，但是，恐怕很少有人会继续深入探讨一下，倒霉的才子瞿佑为何对故乡那样忆深思切？

因为杭州西湖边，还有他一段夭折了的爱情。

瞿佑一生实在是挫折太多，仕途吝啬接纳他，也就罢了，还给他送一场飞来横祸，坐牢飨刑谪戍苦役，受够了非人的折磨。爱情上又是悲剧，有情人未能成眷属，苦苦相恋到最后，结果是棒打鸳鸯，让他思想起来就忍不住伤心。

正由于二者皆不可得，瞿佑对二者都极其向往，向往的结果又只能是更大的失落。而且，这种心情还不能尽情倾吐，仅能在作品中曲折传递。请读他的这首《调寄〈买陂塘〉》：

望西湖断虹收雨，长天秋水一色。姮娥捧出黄金镜，照我清樽瑶席。风浪息，想此际骊龙熟睡鲛人泣。吹残短笛。对香雾云鬟，清辉玉臂，今夕是何夕？

凭阑处，听尽更筹漏刻。人间此景难得。满身风露飕飕冷，何用水晶屏隔。君莫惜。君不见坡仙乐事俱尘迹，扁舟二客，向赤壁重游，山高水落，孤鹤梦中识。

那么，瞿佑恋而未果的那个人，是谁？

《西湖游览志馀》一段记载给我们提供了线索：

安荣坊倪氏女者，少姣好，瞿宗吉尝属意焉。及长，委身为小吏妻。一日，与宗吉邂逅于吴山下，凄然感旧，邀其归庐，置酒叙话，为赋《安荣美人行》云："吴山山下安荣里，陋巷穷居有西子。嫣然一笑坐生春，信是天人谪居此。相逢昔在十年前，双鬟未合脸如莲。学画蛾眉挥彩笔，偷传雁字卜金钱。相逢今在十年后，鬓发如云眼光溜。风吹绣带露罗鞋，酒泛银杯沾翠袖。自言文史旧曾知，写景题诗事事宜。但传秦女吹箫谱，不咏湘灵鼓瑟辞。暮雨朝云容易度，野鸭家鸡竟相妒。当时自诧苑中花，今日翻成道旁树。我闻此语重悲伤，对景徘徊欲断肠。渭城杨柳歌三叠，湓水琵琶泣数行。相送出门留后约，暮天惨惨东风恶。醉归感旧赋新篇，重与佳人嗟命薄。"

这首《安荣美人行》告诉我们，吴山脚下有个姓倪的少女，是瞿佑的近邻。倪氏女有才有貌，论才，"自言文史旧曾知，写景题诗事事宜"。论貌，可比作西施。瞿佑与倪氏女青梅竹马，从小就很投合，随着年龄的增长，爱情的种子就悄悄地在两人心中发了芽。瞿佑是一心要娶倪妹妹，倪氏女也一心想嫁瞿哥哥，两人若是成了夫妻，真是天上人间唯一独有的好事。但是，倪氏女到头来嫁的并非瞿佑，而是一个小吏，怎么回事呢？瞿佑的词并没有说明原因，他只是继续告诉我们，一晃十年，他和倪氏女在吴山脚下又遇见了，断肠之痛在两人心底翻涌，不免双双泪泣，感叹命薄。

被瞿佑隐匿掉的原因，有无查到的可能呢？我们注意到了“陋巷穷居有西子”这一句。

难道是由于倪氏女家境较差，导致了这一对恋人劳燕分飞？

我们从《秋香亭记》中获得了证据。《秋香亭记》见于瞿佑的《剪灯新话》集附录，《剪灯新话》是一部传奇小说集，瞿佑自己就这么说的，“余既编辑古今怪奇之事，以为《剪灯录》，凡四十卷矣”（《剪灯新话》序言）。

据专家考证，《秋香亭记》属于自传性作品。这篇作品讲述的恰恰也是一对苦恋而无果的青年男女的故事，所以，专家们认为，从《秋香亭记》中可以发掘出瞿佑和倪氏女爱情悲剧的完整过程。

《秋香亭记》情节简述如下：

商生小时候随父宦游姑苏，侨居乌鹊桥，宅院里有两棵桂树，树间有一亭子，名“秋香亭”。秋桂飘香的季节，商父爱在亭中喝酒，让酒香和桂香一起陶醉自己，高兴了，常邀邻居老杨来同饮。老杨有个女儿叫采采，很活泼，长得也很讨人喜欢，老杨一定是很疼爱她的，走到哪儿带到哪儿，到秋香亭来喝酒，这条小尾巴不会丢在家里的。采采来做客，商生最欢迎，大人们只管喝他们的酒，小娃娃多无聊啊！有采采一起玩，那才开心呢。

两家人处熟了，老杨不来，采采也会自己跑到秋香亭来，和商生手拉手在桂树下戏嬉，有时候，两小无猜的一对小小人儿，喁喁私语，讲他们之间的悄悄话，相依相偎在桂花的芳香中，很纯真很纯真。长大后采采回忆起来，写过这样的一首诗：

秋香亭上桂花芳，几度风吹到绣房。
自恨人生不如树，朝朝断肠屋西墙！

秋香亭上桂花舒，用意殷勤种两株。
愿得他年如此树，锦裁步障护明珠。

采采通过这首诗，追忆她与商生之间曾有过的美妙感情，也透露了一种怨恨。采采怨从何来？恨些什么？原来，她与商生感情的进一步发展，随着年龄的增长，受到了限制；两人已是少男少女了，家长就要用“男女授受不亲”的礼教来束缚他们了，采采不能随随便便往商家跑了，逢年过节可以来一下，但也不允许像儿时那样，无拘无束地和商生单独相处在桂树后面了，只能循规蹈矩当着大人的面，以兄妹之礼不咸不淡地寒暄几句，不敢流露丝毫亲昵之状。采采很苦恼，想知道商生是否和自己一样，便写了这首诗偷偷传给了他。商生很快就回了采采一首：

深盟密约两情劳，犹有余香在旧袍。
记得去年携手处，秋香亭上月轮高。

高栽翠柳隔芳园，牢织金笼贮彩鸳。
忽有书来传好语，秋香亭上鹊声喧。

商生的态度很明朗，他期望着能娶采采为妻。可是，在“父母之命，媒妁之言”的时代，男婚女嫁不是当事人做得了主的，尽管有商生的誓言，采采也乐观不起来，忧郁复忧郁，她卧病在床了，这就是俗话所说的相思病。病中采采又写了一首诗：

罗帕熏香病裹头，眼波娇溜满眶秋。
风流不与愁相约，才到风流便有愁。

采采想，有朝一日，她果真成了商家媳，新婚之夜，她要拿出这首写在白绫上的诗，让商生知道她的相思之苦。可惜，采采永远没有这样的机会了，商家关上了纳她为媳的门。老杨舍不得女儿受病魔煎熬，破出老脸，主动上商家之门提亲，被老商婉拒，老商的理由冠冕堂皇，他说："儿子年纪尚小，正是发奋攻读，为日后博取功名打基础的时候，过早谈婚论嫁，恐怕他会分心，荒怠了学业。这件事，过些日子再考虑，比较合适。"

古代指腹为婚也并不罕见，商生这个当官的老子摆在桌面上的理由，并不是真正的理由。真正的理由他不会说出口，那就是老杨白丁一个，家道又中落了，门不当，户不对。

采采最后只能另适他人，远嫁金陵，跟了一个她不喜欢的男人。

商生呢，心灵上也留下了永久的痛。

其实这也正是瞿佑心头永久的痛，《秋香亭记》文后一首《满江红》，道出了作者这份至死也磨灭不了的创痛：

> 月老难凭，星期易阻，御沟红叶堪烧。辛勤种玉，拟弄凤凰箫。可惜国香无主，零落尽露蕊烟条。寻春晚，绿阴青子，淡淡已无聊。
>
> 蓝桥虽不远，世无磨勒，谁盗红绡？怅欢踪永隔，离恨难消！回首秋香亭上，双桂老，落叶飘摇。相思债，还他未了，肠断可怜宵！

尽管造成这种不幸并非商生也就是瞿佑的责任，但是他一辈子也不能原谅自己，一想起此事，就陷入深深的自责。所以，在《秋香亭记》中，他对十年后的情节做了续写：商生与采采一个娶了别家女，一个作了他人妇，断了往来，暌隔十年。但时间并未消损半点他对她的思念，终于忍不住，买了剪彩花二小盒、紫锦面脂一百块，派仆人前往金陵送给采采，询问能否见上一面，相互说说别后情况。采采裁剪印有墨线格子的绢纸，写了一封长信，让仆人带回给商生。

采采的信上写着：

因老天不能成全，我不幸只好委身他人，苟活人世，了无乐趣。你以前给我的诗函，早已铭刻心中；你以前对我讲过的话，声音犹在耳畔。这十年来，我常常触景生情，逢时起恨。虽然在应酬的时候，也勉强作出笑脸；但是寂寞孤独之中，我仍然不胜伤感。追念往事，就好像昨天刚刚发生一样。

冬天的晚上，每每半条被子还没焐暖就醒了，连彼此相会的梦也做不成；有时刚刚靠上枕头睡着，一下又会突然醒来，心里空落落的，幻想着你会不会飘然而至。看看自己的容貌比往日消瘦，知道我的憔悴完全是为了你。想到与你再也无缘相会，我就十分惆怅，不得不悲叹今生只能虚度！哪里料到你并没有忘记我，仍然挂念着我，还送来彩花、唇膏等化妆品，我是喜出望外，百感交集。可惜，我已病了多年，形销骨立，这些化妆品不能使我的衰容改观了，但我还是要谢谢你的。

我知道，自己活在世上的日子不多了，我就当暂时寄居在尘世罢了。你如果见了我如今的样子，我相信你不会嫌弃、厌恶，你会怜悯、抚慰我，但我觉得还是不见的好，见了反倒徒添伤悲。假如我们的恩爱情缘确实未断，应当会在来生结为伉俪，在后世接续婚姻。面对信笺我低声哭泣，难以自禁，特意写了一首七律，给你看看。倘若你能够体察我的意思而原谅我，使得弃妇感恩，故人念德，那么我就虽死犹生了。

好因缘是恶因缘，只怨干戈不怨天。
两世玉箫犹再合，何时金镜得重圆？
彩鸾舞后肠空断，青雀飞来信不传。
安得神灵如倩女，芳魂容易到君边！

商生收到书信，读着读着，泪沾素绢。他提笔依韵和了一首七律，以排遣自己的思念之情。诗中写道：

秋香亭上旧因缘，长记中秋半夜天。
鸳枕沁红妆泪湿，凤衫凝碧唾花圆。
断弦无复鸾胶续，旧盒空劳蝶使传。
惟有当时端正月，清光能照两人边。

商生又命仆人将此诗送往金陵，这次采采没有回信，只让仆人带回一样东西，是一束青丝。商生看到这束采采的头发，明白她的意思，她与他的恩恩怨怨已经了断，他与她不必再牵牵挂挂，相互苦恼了。

商生把采采的书信和青丝，以及自己的诗，一起收藏在巾箱中，每次拿出来看，就要食不甘味寝不安睡好几天，大概是始终不能忘记自己同采采的感情的缘故吧？

其实，那样的巾箱是有的，就摆放在瞿佑的书案上，里面珍藏着阮氏女写给他的诗。至死未能忘怀这么一段感情的，是瞿佑。如果没有阮氏女，就不会有《秋香亭记》。瞿佑和商生，在《秋香亭记》中混同一人，很难分清到底是瞿佑假托商生，抑或商生匿藏瞿佑。

《秋香亭记》的故事，让我们联想起了陆游的《钗头凤》：

红酥手，黄縢酒，满城春色宫墙柳。东风恶，欢情薄，一怀愁绪，几年离索。错！错！错！

春如旧，人空瘦，泪痕红浥鲛绡透。桃花落，闲地阁，山盟虽在，锦书难托。莫！莫！莫！

陆游和妻子唐婉非常恩爱，可是陆母专爱挑媳妇的刺。唐婉之贤惠，世间少有，对于来自婆婆的一切刁难，一概忍受，一句怨言也没有。结果，老太太仍逼着儿子休妻，陆游苦苦哀求也无用。陆游是出名的孝子，不敢忤逆母亲，只好把妻子打发回了娘家。十年后，陆游在绍兴沈园遇到改嫁了的唐婉，他在粉墙上写下了这么一首千古绝唱《钗头凤》。唐婉见到这首词，当场吐红，不久即郁郁而死，陆游则是抱恨终生，到死也未能原谅自己。

我们国家在漫长的历史时期，瞿佑、陆游式的爱情悲剧太多太多，所有这一类悲剧凝结起来，就是这四个字：

此恨绵绵！

乌纱总是无情物

晚明天启年间，杭州又出了一位旷世才女，名叫杨云友。

杨云友是个女“校书”。唐代王建《赠薛涛》诗：“万里桥边女校书，枇杷花下闭门居。扫眉才子知多少，管领春风总不如。”薛涛是蜀中才女，剑南西川节度使韦皋爱其才，曾打算奏报朝廷，为她争个“校书郎”之职。校书郎官阶虽仅为从九品，但这项工作的门槛却很高，按规定，只有进士出身的人才有资格担当此职，大诗人白居易、王昌龄、李商隐、杜牧等人都是从这个职位上做起的，历史上还从来没有哪一个女子担任过校书郎，薛涛最后并未真的获得这个官职，却已引起轰动，人们从此称她“女校书”，后来，文人墨客就以“女校书”为歌妓的雅称，省称“校书”。

杨云友“以诗、书、画三绝噪于西泠。父亡，孝侍其母。性端谨，交际皆孀母出应，轻不见人，士林敬之”。(《杨云友墓志铭》)当时的名流高贞父、胡仲修、黄汝亨、徐震岳等辈，要么不到杭州，一到就非找杨云友不可，与她诗词唱和，听她弹一曲琴，至多，向她讨一幅字画，却没有谁存什么枕席欢娱的奢望。因为，这些人都知道，杨云友心中藏着个“他”，再也装不下另一位了。如果定要相强，即便达到了与她一夕共宿的目的，恐怕尝到的只能是嚼蜡般的滋味，她是不会拿出半点情趣来侍候你的，何况，还会惹恼那个“他”，说不定日后将有麻烦缠身。

那么，杨云友心中的“他”，究竟何人？

有人说是汪然明。

汪然明（1577—1655），字汝谦，号松溪道人。原籍安徽歙县，小时候就随父母来到钱塘定居，也算地道的杭州人了。汪家世代经商，家业巨富，汪然明性格豪爽，仗义任侠，为朋友一掷千金，眉头也不皱一皱。平时，“婚嫁葬埋及缓急叩门无不应”，也就是说，谁有急难，求到他门上，他无论认识与否，都予以帮助。有一年发生大饥荒，他见街上无数逃荒的快成饿殍，便变卖了二十二亩地赈济灾民，由此得了个“黄衫豪客”的外号。而且，汪然明还不是个莽汉式的豪客，他本人是个贡生。科举时代，挑选府、州、县生员（秀才）中成绩或资格优异者，升入京师的国子监读书，称为贡生，意谓以人才贡献给皇帝。因此可以说，汪然明是个腰缠万贯的人才，或者叫作“儒商”。当时江南一带的大文人陈继儒、董其昌、李渔、钱谦益、王修微等名流，都是汪家的常客。

杨云友是旺然明的朋友，而且不是一般的朋友，这是大家都看得出的。否则，汪然明纵然大方，也不至于专门替杨云友打造两艘豪华的游船。

一艘船叫“不系园”。

船名取庄子《列御寇》中“巧者劳而知者忧，无能者无所求，饱食而遨游，泛若不系之舟”之意，为当时西湖上最大的画舫。“入门数武，堪贮百壶；次进方丈，足布两席。曲藏斗室，可供卧吟；侧掩壁橱，俾收醉墨。出转为廊，廊升为台，台上张幔。”（汪然明《不系园记》）这样规模的一艘船，泊在西湖里犹如一座水上庄院，一个游动的园林。“不系园”有厅有楼，有精致的房间，有漂亮的帘幔，有曲折的回廊，有宽敞的平台，有名人字画，有银制酒具，有文房四宝，有古玩摆设，有特聘的厨师，当然还有一大群童仆丫鬟，总之，应有尽有，生活在这艘游船上要多舒服有多舒服。汪然明说：“云友，这船就是你的，我没有其他要求，只希望你快活一点。”

可是，杨云友眉宇间依旧有阴影。

汪然明以为问题出在“不系园”过于彭亨，行动不便，杨云友不好意思老是让船夫吃吃力力拉纤的拉纤，撑篙的撑篙，移山一样的移动它。不动，又不能到处观赏西湖景色。汪然明担心杨云友闷出病来，于是，又造了第二艘游船，名“随喜庵”。顾名思义，这船可以到处游来游去的。“随喜庵”比起“不系园”，简直可用“窈窕”两字予以形容，它的体积小多了，却由于制造更其精致，花费的白花花银子，反倒超出了“不系园”。

这下杨云友应该笑靥常驻了吧？

汪然明注意观察杨云友，发觉她背地里仍是郁郁寡欢。汪明然黔驴技穷了，拿不出招数了。他清楚她有一块心病，他为她做的一切努力，正是试图转移她的注意力，但是，无效。心病尚须心药医，治杨云友的药，不是他汪然明，而是董其昌。

董其昌（1555—1636），字玄宰，号思白、香光居士，松江华亭（今上海闵行区马桥）人。万历十六年（1588）进士，选庶吉士，授编修，出为湖广提学史，起太常寺少卿，天启三年（1623）改兼侍读学士，后又被加封为太子少保，擢升礼部尚书。这个身居高位的人，又是个书画双绝的大画家、大书法家，他的艺术造诣，被人尊为“南宗正脉”。这样一个人，平时也以名士自居，风风雅雅出入士林，所以会与杨云友结缘。

杨云友很钦佩董其昌的画，常有仿作，父亡后寡母孤女，一时家境甚是窘迫，她就大着胆子把仿冒的董画拿到画铺去换钱。后来杨云友成了名动江浙的歌妓，收入颇丰，就不干这种事了。但是，她仿冒的董画有些流传了出去，有人花大价值买了这样的画，还送到董其昌那儿请他补题一首诗什么的，董其昌当然一眼就能辨出这不是自己的作品，却含含糊糊承认下来了。什么道理？原来董其昌想起了好友陈继儒，因仿冒之画引出的一段艳遇。有个名妓林天素，旅居西湖，资斧告罄，冒了陈继儒的名画，送到画铺出售，不料陈继儒本人恰巧就在画铺，当场穿棚，林天素羞得无地自容，陈继儒却哈哈大笑，说："从画上看，你的功力不在我之下，只是我比你浮名大些罢了，你的画并未辱没我的名，这就是我陈某人的画了"。拿起笔来，唰唰唰签上了自己的大名。从此林天素作画，陈继儒签名，特别好卖，被买主称为"珠联璧合，佳画佳话。"陈继儒也因此得到了林天素的芳心。现在，董其昌从仿冒的"董画"中看出，虽模仿得毕肖，某些细部还很有创造性，但用笔似乎柔润了些，很可能出自女人之手。董其昌不由心猿意马，嘿，自己会不会也碰到眉公（陈继儒号）那样的美事呢？

董其昌拜托杭州名士汪然明打听，不久就有了反馈，汪然明告诉他，还真是一个才貌双全的女子仿冒的"董画"，这个女子是西湖女校书杨云友。董其昌决定亲访杨云友。

董其昌的突然来访，杨云友禁不住一颗芳心“扑扑”乱跳。一方面，董其昌是她仰慕已久的大艺术家；另一方面，她早年仿冒他的画卖钱度日，毕竟有些心虚。董其昌落座后，在桌上摊开一张随身携来的画，杨云友一瞥之下，花容失色。真是哪壶不开偏拎哪壶，这不是自己制作的赝品么！杨云友不知董其昌将怎样发落她，急得泪都快下来了，谁知董其昌根本没有兴师问罪的意思，而是来与她探讨画艺的。董其昌很恳切地指出她的画长处是哪些，短处在哪里，鼓励她扬长避短，自立门户，说不定就能自成一家了。杨云友听了，五体投地，董其昌尚未说要俘虏她，她已自己捧出一颗心来，当祭牲奉到了这位大师砧台上。当夜，董其昌就留宿在了杨云友处。

有一段时间，董其昌和杨云友影形不离，日日蜜月。在董其昌的指点下，杨云友画技大进，书艺飙增，“作平远山水，寥寥数笔，雅近云林。书法二王，拟思翁能乱其真，拾者尊如拱璧”。(《杨云友墓志铭》）董其昌对她的书画，给予了很高评价，说她的画艺已达到元代一些大画家的水平，在画技上也可和宋代皇家画院的大师们比肩。董其昌还特别欣赏她的诗词，说她的才情罕见，她的诗词不逊于薛涛、李清照。董其昌这些话并不是曲意吹捧，他对杨云友的评价有眼力，很真诚，后来他也没有改变自己的说法，汪然明《听雪轩集》中收有董其昌为杨云友画的题跋，证实了这一点。

董其昌题曰：

岁在己亥，余被归过汶上，时于文定公以东平李宝名道坤所作山水画卉册见示，且托路大夫求予跋。北方学画，自李夫人创发，亦犹书家之李、卫，奇矣奇矣！山居荏苒几三十年，而闺秀之能为画史者一再出，又皆著于武林之西湖。初为林天素，继为杨云友，彼如北宗卧轮偈，此如南宗慧能偈，或对镜心不起，或镜心数起，皆菩提增长，求女人相了不可得。然天素秀绝，吾见其止;云友澹荡，特饶骨韵，假令嗣其才力，殆未可量。惜其身世，犹绕树三匝时；非然明二三子为之金汤，何能磨砖作镜！余又惜于东阿，虽度外怜才，不逢献花天女，听其说法耳。

又跋：

司马相如谓读千赋，易于作赋；又昔人云，不读万卷书，不行万里路，看不得杜诗，画道亦然。宋时赵令穰以王孙公画，每写江南景物，见者曰，当是上林回；东坡亦曰年少好奇之笔，更得五百卷助其气骨犹善。今观此册山水小景，出入米漫士、梅花庵主、黄鹤山樵，已涉元季名家蹊径；乃花鸟写生，复类宋时画苑能品诸人技俩。虽管仲姬亲事赵文敏，仅之竹石，未必多才乃尔。以彼其才用之作诗，何必减薛洪度；用之填词，何必减李易安；而生世不谐，弗获竟其所诣，可怜玉树，埋此尘土，随西陵松柏之后。有汪然明者，生死金汤，非关惑溺。珍其遗迹，若解汉皋之佩；传之同好，共聆湘浦之音；可谓一片有心，九原知己，慎勿以视煮鹤之辈也。

董其昌题跋是在杨云友死后写的。杨云友的死，死在抑郁症。杨云友药石无效的抑郁症，病根便是董其昌。

董其昌在杨云友处卿卿我我了一段时间，满足了，便没有什么留恋了，要走了。董其昌要走，杨云友没有拉住他哭哭啼啼，她知道他是个官瘾很大的人，不可能一直被女人的裙裾拴住，男子汉立身朝堂，是有志气的表现，她理解，她不拦他，当然，她相信他不会忘了她，他还会来续前缘的。董其昌把杨云友托付给汪然明，无牵无挂地离开西湖，离开了杨云友的香窟。

有道是："鲤鱼脱却金钩去，摇头摆尾不再来。"董其昌便是这样，一走了之，从此再也未回来，就连书信也不寄来一封。随着光阴的流逝，杨云友越来越明白，董其昌是个负心汉，但是，她固执地坚持宁肯他负自己，自己绝不负他。杨云友是个歌妓，再红也还是歌妓，既是妓，你“卖嘴不卖身”也好，“日日入洞房，夜夜做新娘”也罢，总是被社会普遍认为水性杨花，更有说得刻毒的，是“人皆可夫”。杨云友一定听到了太多的这类风言风语，一定非常伤心，她暗暗下定了决心，自己虽也是操此营生的，但绝对不去印证人家的流言碎语，她不容人看扁自己，她要从一而终，做个青楼贞节妇。

可惜，杨云友所托匪人，她把终身寄托在了董其昌身上，白米囤交给了老硕鼠，完了。

董其昌其人，确是个大艺术家，艺术成就铸就了他不可动摇的地位，即便后人也不会抹杀的。但是，这个人还有他的另一面，他是个无恶不作的官僚，横行乡里、巧取豪夺、伤人害命、欺男霸女，种种劣迹，史料上大量记载。尤其下流的是，到了晚年，他专爱奸淫幼女，行所谓“采阴补阳”之术，用童女的“原阴”来补他被荒淫淘空的衰老的身子。董其昌的所作所为，终于激起了民愤，万历四十四年（1616），他六十二岁时，乡民烧了他的房子，要不是他翻墙逃脱，定会被愤怒的乡民踏作肉泥。董其昌的这些劣迹，是后来被揭出来的，杨云友活着的时候还被掩盖着，她不可能听说，否则，对她的打击之大，实难想象。杨云友是个一心想出污泥而不染的女子，如果让她看到自己打算从一而终的男人，竟有着畜生的品行，怎么得了！

所以，从这个角度说，杨云友的早逝，也算一种幸事。杨云友年纪轻轻就死了，死后葬在西湖葛岭智果寺旁。汪然明不愧人称“黄衫豪客”“护花尊者”，杨云友的墓是他修筑的，还特地为此墓建了个遮风避雨的亭子，亭上匾额镌“云龛”两字。

杨云友一代才女，只因她的身世，作为一个女人，始终摆脱不了被玩弄的命运。董其昌当初欣赏她，并非假意，高度评价她，也是真的，但到头来，仍把她抛到了脑壳后面，压根儿就不再想起过她。在董其昌眼里，旷世才女也改变不了风尘女子的身份，归根结底她只能是供他猎艳和玩弄的对象。杨云友遇上董其昌，从一开头就已注定了始乱终弃的结局。杨云友在生命的烛光行将熄灭的时候，大概悟到了这一点，留下了一句话：“乌纱总是无情物！”

除了这句话，我们现在尚能看到的杨云友遗作，仅剩一首七绝《冬日登临随喜庵因写断桥小景志喜》：

经年不复见湖山，重到西泠载月还；
风月何如今日好，天应为我也开颜。

幸亏还有这首诗，让我们知道了，杨云友的才女之名，不是当时的名士们虚构出来的。

清代朱彭《西湖遗事诗》载："杨慧林，字云友，杭人，与林雪齐名，前明湖上校书也。通文翰，解音律，尤长于画，为董香光、陈眉公所称赏，汪然明极爱之。云友曾在然明随喜庵舟中写断桥秋柳图，一时名流争题咏焉。年不永，殁于湖上寓居。"由此看来，杨云友那首诗，应是题在她自己画上的，印证了诗的标题。杨云友的画艺出众，也找到了依据。可是，杨云友的画，如今是一件也无觅处了。

这里又提到了汪然明，提到了汪然明对杨云友"极爱"。汪然明"极爱"的女子，其实并非杨云友一个，比如他对柳如是。"秦淮八艳"之一的柳如是，与松江才子陈子龙分手后，跑到杭州来散心。汪然明在杭州建有三处宅院，一是城内的缸儿巷宅第，二是西溪的横山别墅，三是西湖上的"不系园"。汪然明将横山别墅借给了柳如是，一切开销由他全包。柳如是"风姿逸丽，翩若惊鸿"，但凡男子见了没有一个不动心的，但汪然明没动心，因为他知道心高气傲的柳如是立誓要嫁给比陈子龙更有名、更有才的人，所以，就热心地促成了她和钱谦益的婚姻。柳如是的两本集子《月堤烟柳图》和《湖上草》，也是汪然明襄助刊刻的。现在我们能见到的柳如是留下的三十一通尺牍，都是为了感谢汪然明而写给他的。

还有个女诗人王薇，出生风尘，苦恋竟陵派诗人谭元春，但落花有意，流水无情。绝望之余的王薇回到杭州后，心如死灰，自号“草衣道人”，皈依佛教。汪然明知道后，不但为她接风洗尘，还出资在西湖断桥为她建造了别墅“净居”，无偿供她居住。

汪然明是性情中人，是君子，他与风尘女子结交，并无轻慢的意思，相反还倍加怜惜，所谓“怜香惜玉”，他做到了。有人很为杨云友惋惜，说杨云友痴恋的对象若是换了汪然明，将是“天上人间，第一件欢喜事”了。这个想法很不错，但世事不尽如人意的多，杨云友和她的“护花使者”汪然明，并未擦出火花来。

杨云友的墓，如今大约已不存了。民国年间，还有人整修过它，请当时名人张北墙撰了墓志铭。当代著名作家郁达夫专程去找过杨云友墓，“下午两点多钟，我披着满身的太阳从抱朴庐走下山来的时候，在山脚左边的一处小坟亭里，却突然间发见了一所到现在为止从没有注意到过的古墓。踏将进去一看，一块墓志”，这就是《明杨女士云友墓志铭》。郁达夫抄录了墓志铭，收进他的《十三夜》这篇文章里，登载于1930年10月1日《北新半月刊》第四卷第十七号。墓志铭全文如下：

明天启间，女士杨慧林云友，以诗书画三绝，名噪于西泠。父亡，孝事其母，性端谨，交际皆孀母出应，不轻见人，士林敬之。同郡汪然明先生，起坛坫于浙西，刳木为舟，陈眉公题曰“不系园”，一时胜流韵士，高僧名妓，觞咏无虚日，女士时一与焉，尤多风雅韵事。当是时，名流如董思白、高贞甫、胡仲修、黄汝亨、徐震岳诸贤，时一诣杭，诣杭必以云友执牛耳。云友至，检裙抑袂，不轻与人言笑，而入亦不以相嬲，悲其遇也。每当酒后茶余，兴趣洒然，遽拈毫伸绢素，作平远山水，寥寥数笔，雅近云林，书法二王，拟思翁，能乱其真，拾者尊如拱璧。或鼓琴，声韵高绝，常不终曲而罢。窥其旨，亦若幽忧丛虑，似有茫茫身世，俯仰于无穷者，殆古之伤心人也。逝后汪然明辈为营葬于葛岭下智果寺之旁，覆亭其上，榜曰“云龛”。明亡，久付荒烟蔓草中。清道光朝，陈文述云伯修其墓，著其事于西泠闺咏。至笠翁传奇，诬不足信。光绪中叶，钱塘陆韬君略慕其才，围石竖碑。又余十捻，为中华民国七年，夏四月，陆子与吴兴顾子同恩联承来游湖上，重展其墓。顾子之母周夫人慨然重建云龛之亭，因共丐其友夔门张朝墉北墙，铭诸不朽。铭曰：

兰鹿之生，不择其地，气类相激，形神斯契。云友盈盈，溷彼香尘，昙华一现，玉折芝焚。四百余年，建亭如旧，百本梅花，萦拂左右。近依葛岭，

远对孤山，湖桥春社，敬迓骖鸾。蜀东张朝墉撰并书

这篇铭文引起了郁达夫的共鸣，因此，他在小说《十三夜》中，让一位台湾画家在葛岭见到了一身素白衣裙的清纯幽魂。这是杨云友的幽魂，郁达夫大概希望杨云友重返人间吧？

倘若人真能死而复生，那么，我们祝愿杨云友不要再碰到董其昌式的男人。

孤山孤影孤恋

明朝末年，孤山周围的居民茶余饭后，话题三绕两绕，往往就会绕到一个年轻女子身上去，说这个女子太怪异了，常常独自一人坐在池塘边，对着池水照自己的影子，一照大半天，还自言自语不知在说些什么。这个女子不像是神经病，从衣着上看，也不像穷人家的样子，长得又漂亮，会不会是志怪小说中讲的狐狸精化了人形，或者是前世情债未偿、阎王判官放她还阳的女鬼？

甚至还有更离奇的传言：另有一个少妇，模样像是官宦内眷，常常到孤山上那个年轻女子的住地，两个女人泡在一起，一泡一两个时辰，有说不完的话。也只有这个少妇来到，年轻女子才会露出难得一见的笑容。这里头难道没有蹊跷么？匪夷所思，匪夷所思。

后一种说法，简直是在暗示同性恋了。

这个年轻女子成了孤山一谜。

其实，这个年轻女子姓冯，名元元，号小青。有关她的情况，以及那个官宦内眷的身份，是在她殁后若干年，首先由施愚山揭示的。施愚山在他的《蠖斋诗话》中写道：

> 至武林，询之陆丽京，曰：此故冯具区之子云将妾也。所谓某夫人，钱塘进士杨廷槐元荫妻也。杨与冯亲旧，夫人雅谙文史，故相怜爱，频借书以读。尝欲为作计，令脱身，小青不可。及夫人从宦北上，小青郁无可语，贻书为诀，书中所云，皆实录也。

施愚山是清初名人，顺治末寓居西湖，陆丽京是“西泠十子”之一，当地有头有脸的人物，陆丽京与冯家父子又都熟识，故而，施愚山从陆丽京口中打听来的有关冯小青的情况，应该是正确的。施愚山告诉我们，冯小青是冯具区之子冯云将的小妾，那个少妇是进士杨延槐的夫人，对冯小青很同情，曾想帮助冯小青脱离冯云将，但冯小青没有答应。杨夫人跟随当官的丈夫到北方去了，冯小青失去了唯一的闺中知已，整天郁郁寡欢，写过一封永诀之信给杨夫人。

这封《与杨夫人永诀书》被人从尘封的故纸堆里翻找了出来，我们今天才得以见它全貌。信较长，但必须全文抄录，否则，无法了解冯小青其人。

元元顿首，沥血致启夫人台座下：

关头祖帐，迥隔人天。官舍良辰，当非寂度。驰情感往，瞻睇慈云，分燠嘘寒，如依膝下。糜身百体，未足云酬。姐姐姨姨无恙？

犹忆南楼元宵，看灯谐谑，姨指画屏中一凭栏女郎曰："是妖娆儿女倚风独倚，恍惚有思，当是阿青？"妾亦笑指一姬曰："此执拂狡鬟，偷近郎侧，毋乃似姐？"于是角采寻欢，缠绵彻曙；宁复知风流云散，复有今日乎！

往者仙槎北渡，断梗南楼，狺语哮声，日焉三至。渐乃微词含吐，亦如尊旨云云：窃揆鄙衷，未见其可。夫屠肆婆心，卧狸悲鼠，此直快其换马，不即辱以当垆。去则弱絮风中，住则幽兰霜里，兰因絮果，现业谁深？若使祝发空门，洗妆浣虑，而艳思绮语，触诸纷来，正恐莲性虽胎，荷丝难杀：又未易言此也。

乃至远笛哀秋，孤灯听雨，雨残笛歇，唧唧蛩声。罗衣压肌，镜无干影，朝泪镜潮，夕泪镜汐。

今兹鸡骨，殆复难支，痰灼肺然，见粒而呕；错情易意，悦憎不驯。老母姐弟，天涯问绝。呜呼！未知生乐，焉知死悲？憾促欢淹，毋乃非达？至其沦忽，亦非自今。结缡以来，有宵靡旦，夜台滋味，谅不如斯；何必紫玉成烟，白花飞蝶，乃谓之哉！

或轩车南旋，驻节维扬，老母惠存，如妾所受；阿秦可念，幸终垂悯。畴昔珍赠，悉令见殉；瑶钿绣衣，福心所赐，可以超轮小劫耳。小六娘先期相俟，不忧无伴。附呈一绝，亦是鸟死鸣哀。其拙集小像，托陈妪好藏，觅便驰寄；身不自保，何有于零膏冷翠乎？他时放船堤畔，探梅山中，开我西阁门，坐我绿阴床，彷生平之响像，见空帏之寂飏，是耶非耶，其人斯在！

嗟乎夫人，明冥异路，从此永辞！玉腕珠颜，行就尘土；兴言及此，恸也何如！

元元叩首叩首上

从这封诀别信中，我们感觉到了冯小青活得了无生趣，孤寂像一条冰凉的蛇，无时无刻不紧紧缠绕着她，她对生活丧失了最起码的信心。事实上冯小青也是在写了《与杨夫人永诀书》后的翌日，就香消玉殒，一缕芳魂奔奈何桥去了。

冯小青死时才十八岁。

是谁造成了冯小青的悲剧？她的丈夫冯云将！

说起来冯云将也该是个有才学有情趣的人，否则，就不会有西湖上的名士汪然明、大戏曲家李渔与他往来，交朋友。他的父亲冯具区，万历五年会试第一，官至南京国子监祭酒。国子监是封建时代的国立大学，学生称“国子”，《汉书·礼乐志》：“国子者，卿大夫之子弟也。”能进入国子监的学生，都是贵族子弟。国子监祭酒，从三品，相当于现在的国立大学校长，副部级干部。以这样的身份，谅必冯老爷子给了冯云将很好的家渊熏陶，也留下了不小的一笔家产，孤山别业就是其中一处。别业也称别墅，古时所指别墅，不同于现在的概念，现在独吊吊一幢二三层几百平方米的房子就冠以别墅之称了，古时的别墅起码是一个院落，甚至是一个园林。冯氏别业里藏有名贵的《快雪时晴帖》，故被命名为“快雪堂”。

《快雪时晴帖》是“书圣”王羲之写的一封书札，四行，二十八字，内容是作者写他在大雪初晴时的愉快心情及对亲人的问候。此帖或行或楷，或流而止，或止而流，形成特有的节奏韵律。笔法圆劲古雅，无一笔掉以轻心，无一字不表现出意致的悠闲逸豫。赵孟頫、刘赓、护都答儿、刘承禧、王稚登、文震亨、吴廷、梁诗正等人的跋语，都表示惊羡和赞叹。清乾隆帝赞为“天下无双，古今鲜对”，把此帖和王珣《伯远帖》、王献之《中秋帖》，一同收藏于养心殿西暖阁，并名其堂为“三希堂”，视为稀世瑰宝。在归于乾隆帝之前，《快雪时晴帖》曾一度属冯具区、冯云将父子，可见冯氏的财富和学养皆非同寻常。

杭州名流常被冯云将邀来饮酒赏梅，所以“快雪堂”经常出现在名流的诗作里，朋友们都说“快雪堂”的公子真是个好客的儒雅的有情趣的人。可是，冯云将对于冯小青而言，丝毫情趣也谈不上，有的只是冷漠和自私。

冯小青是冯云将花钱从扬州买回来的。冯小青出身于娼门，鸨母为了把她培养成一棵摇钱树，靠她多赚些钱，从小就授以琴棋书画，将她调教得非常出色。冯云将到扬州游玩，一眼就看中了冯小青，出了大价钱将她买到了手。冯小青以为老天爷可怜她，赐了个白马王子给她，从此可以告别卖笑生涯，过好人家日子了。谁知，她被他带回杭州，等待她的是无穷无尽的凄凉和屈辱。

冯小青一到杭州，就被关进了孤山别业，冯云将再也没有来亲近她，似乎她已给遗忘了，不存在了。这是怎么一回事呢？

冯云将对外宣称，他是受妒妇所掣，不得不尔。所谓妒妇，自然指的是他的正室，也就是大老婆。大老婆不能容忍小老婆，小老婆只能委屈些，这在那个时代是天经地义，不可混淆的事。冯云将把责任一股脑儿推开了，把自己装扮成一个怕老婆的男人，朋友们还得同情他呢。自从孤山别业住了个冯小青进去，冯云将就不邀朋友前往“快雪堂”了，他说，他只要踏上孤山，妒妇必然咬定他是去和小狐狸精会面，河东狮吼就免不了，家就会给闹得祖宗牌位也不得安宁，只好对不起诸位了，抱歉，抱歉，实在抱歉。朋友们一听，也赶紧说：算了吧，算了吧，家和万事兴，这才是最要紧的，我们不叨扰了。于是，孤山别业更冷清了。

冯云将怕老婆也是事实，但是，有个问题要弄清楚：他为什么怕老婆？是他生性懦弱？是他对大老婆爱到极点，爱而生畏？显然都不是，否则，他就不会买个小老婆回来。冯云将摆出惧内的姿态，九九归一只能归结到假道学上。道学家骨子里追求声色犬马，表面却不肯撕下正人君子的一张皮，这种人的正室如果厉害一点，往往抓住他的这个“软肋”，以撕他伪君子脸皮为要挟，迫他在家俯首称臣，拱手让出家庭的首席位子，正室的地位就得到了巩固。因此，说到底，冯小青的不幸，仍在于冯云将是这么一种货色。

冯云将买冯小青，如同买一件古瓷器，只要属于自己的了，放着不用无所谓。所以冯小青之于冯云将，是他增添了一件私有财产。《快雪时晴帖》藏在库房里，蒙了厚厚的灰尘，并不失去它的价值，冯小青也一样，金屋藏娇，不拿出来展览，朋友们仍旧羡慕的，都知道他有两样宝贝，一是名帖，一是才貌双全小青女，常人得其一，就快活死了，他冯某两者兼得，鱼和熊掌都在他兜里装着，不亦乐乎！

这是一种畸形的心理。自南宋以来，假道学越来越泛滥，以道学家面目出现的读书人有许多，不过冯云将接受假道学更彻底罢了。他把怕老婆的架势做得十足，潜意识里却滋生起了以禁锢小妾为乐的嗜好，他要养成小青甘守空房、心如止水的“妇德”，处心积虑杜绝外界对她的一切诱惑，除了侍候她的一个小丫鬟、一个老妈子，朋友是一概不往孤山别业邀，书也不让她读。冯小青为了打发寂寞，曾让老妈子捎口讯给他，求他送些书上山，供她消遣时日，他却让大老婆出面，把老妈子狠狠训斥了一顿，自己连个回答也未叫老妈子带回山上去。冯云将在对冯小青实行精神上的坚壁清野。

在他的畸形心理压迫下，她的心理也难免不畸形。冯小青在孤山别业待了才一年多，就变得有些怪怪的了，最突出的表现就是临池照影。

幸亏有个杨夫人给冯小青的生活增添了一点亮色。杨夫人的丈夫杨廷槐与冯家沾亲带故，杨廷槐又是进士出身，前途不可限量，冯家夫妇倒也不好怎样得罪杨家夫妇，何况杨夫人女流之辈，冯云将寻思，杨夫人要去看望他的小妾，去亦无大碍，拒之却是不恭，就让她去吧。这样，冯小青在生命之火奄奄一息的岁月，总算有了个短暂的闺蜜。

杨夫人见到的冯小青，已病病恹恹，一天到晚往池塘边跑，对着池水中的影子自言自语。杨夫人在冯小青枕边看到一首诗，是冯小青作品，一读，鼻子就酸酸的。小青诗曰：

新妆竟与画图争，知在昭阳第几名？
瘦影自临春水照，卿须怜我我怜卿！

杨夫人懂了，冯小青除了自己的影子，再也找不到交流的对象了。杨夫人暗暗叹口气，想：让我来试试，看看能否疏导她。

杨夫人于是一有空就往孤山别业跑，陪伴可怜的冯小青。杨夫人读过许多书，很有知识，很有见地，心又善，乐于助人，冯小青和她很快就投机了，把她看作可信赖的人，以姨妈相呼，从她那里获得了亲情。冯小青想看书，杨夫人就拣自己喜欢的书悄悄带来，其中有部汤显祖的《牡丹亭》，冯小青读了倍感伤心，写了这样一首诗：

冷雨幽窗不可听，挑灯闲看《牡丹亭》；
人间亦有痴于我，不独伤心是小青。

她说“不独伤心是小青”，杨夫人却觉得这句话是反说。拿冯小青与《牡丹亭》的女主角杜丽娘相比，后者虽也日夜为相思所苦，乃至伤情而死，但汤显祖毕竟安排杜丽娘的鬼魂与情人柳梦梅相会，让她死后复生，二人结为夫妻。冯小青呢，论才论貌皆强于杜丽娘，却没有心爱之人来爱她，更不可能如汤显祖《牡丹亭·题词》所说的梦中有个情人，为情而死，“复能溟莫中求得其所梦者而生”。杨夫人真想帮助小青，一个大胆的念头产生了，她要鼓动小青出走，勇敢地去追求自由和爱情。

可是，晚了，孤山别业一年有余的窒息对人的摧残，未曾身受的人是无法想象的，冯小青已心如槁灰，连挣扎的企图也不剩了，再说，她也不愿连累杨夫人。冯小青谢绝了杨夫人的好意。冯小青拒绝的是生的希冀。

杨夫人随夫远去了，冯小青陷入了彻底的空寂孤独，她不准备再这样活着，她的病迅速加重，请来郎中，给她开了药，郎中一走，她就把药扔了；她很少再吃饭，每天只喝一点梨汁。冯小青在加速让自己走向死亡。她很快就病得起不了床，到池塘边的几步路也走不动了，她要了一面青铜镜来，天天躺在床上对镜照影，向镜中人悄声说她那说不完的话，边说边落泪。《与杨夫人永诀书》中的“罗衣压肌，镜无干影；朝泪镜潮，夕泪镜汐”，当是最真实的记录。

有学者分析说这是影恋，是自我恋的进一步病态发展。冯小青的影恋，在她临终之前发展到了登峰造极的地步，一个将死之人，身上披件薄薄的衣裳也感觉不堪重负了，还非要梳妆打扮，把自己整得异常靓丽，然后，请了个画师来，让画师给她画张像。画师花工夫画成一张，冯小青照着镜子，让画师看那镜中人，说：“得吾形矣，未得吾神也。”画师干脆以镜中人为模特，用心重画了一张，冯小青把这张画像放在镜边，与镜中人反复比对，说："神似矣，丰采未流动也。"画师束手无策了，冯小青笑笑，叫他不要着急，坐下来观察。也不知冯小青哪里陡然来的力气，竟就轻疾地下了病榻，唤丫鬟搬了茶炉进来，她拿一把扇子轻轻地扇炉火，直到把一壶茶煮开。见画师仍没十分把握的样子，她又翻捡图书，整理衣衫，甚至代调丹碧诸色，以种种动作供画师领会。画师终于画出了第三张像，冯小青看了，笑着点点头，说："可矣。"

这番折腾把冯小青残剩的一点儿体力消耗殆尽，她知道自己的脉息维持不了一二日了，便伏在床上，一边喘息，一边挥泪写下了《与杨夫人永诀书》。封好书信，交给老妈子，嘱托了几句，然而把画像靠放在床头，吩咐小丫鬟取来线香和梨汁，她亲自点燃了线香，插在画像前，一盅梨汁摆在小香炉旁。冯小青抚着画像哭了一会儿，喃喃道："小青，小青，世间有你所要的一份情缘吗？"说话时，泪更是喷薄而下，说罢最后一个字，一口鲜血迸溅出来，半匹罗帐都染红了，老妈子和小丫鬟慌忙看时，冯小青早已仄伏在床上，鼻端一丝儿浮气也没有了。

或许，冯小青留下那张画像，是想留下对于男权世界永不言休的拷问？

从晚明到民国，兴起了一波波的"冯小青"热，以冯小青为题材的戏曲大量出现，有明代徐士俊《春波影》、来集之《挑灯剧》、陈季方《情生文》、胡士奇《小青传》、朱京藩《风流院》、吴炳《疗妒羹》、薛旦《醉月缘》、秦楼外史《题曲记》、无名氏《薄命小青词》，清代顾元标《情梦侠》、郎玉甫《万华亭》、钱文伟《薄命花》、张道《梅花梦》、无名氏《西湖雪》、佚名《孤山梦》、日本人冢森槐南《补春天》，近代柳亚子《小青遗事》、京剧《冯小青》、越剧《冯小青》等。

除了戏曲，学界也起到了推波助澜的作用，不少知名学者都介入了冯小青研究和考辨，其中就有钱谦益、潘光旦、陈寅恪。有些研究者发掘出了冯小青和林黛玉的关系，指出她们具有许多共同点。

冯小青与林黛玉都生于扬州，都被尼僧预言短命，都是父母双亡后寄人篱下，都外形娇弱，但风姿卓绝。而且，她们两人都受到过《牡丹亭》的感染。冯小青读《牡丹亭》赋诗，林黛玉呢？《红楼梦》第二十三回，写林黛玉听到梨香院内笛韵悠扬，歌声婉转，当听到“则为你如花美眷，似水流年”，不觉心动神摇。又听到“你在幽闺自怜”等句，越发如醉如痴，站立不住，坐在一块山石上，细嚼唱词的滋味，不由心痛神驰，眼中落泪。

冯小青与林黛玉又都是性格忧郁，染了肺病。肺病在抗生素出现前，被认为患者内心抑郁太多，感情得不到释放，才导致的疾病。冯小青给杨夫人的信里写道：“今兹鸡骨，殆复难支，痰灼肺然，见粒而呕。”《红楼梦》第五十七回写黛玉生病：“抖肠搜肺、炙胃扇肝的哑声大嗽了几阵，一时面红发乱，目肿筋浮，喘的抬不起头来。”这症状无疑是肺结核。

冯小青与林黛玉都经常照镜自怜。《红楼梦》第八十九回，“那黛玉对着镜子，只管呆呆的自看。看了一回，那泪珠儿断断连连，早已湿透了罗帕。真是：瘦影自临春水照，卿须怜我我怜卿。”这两句诗，直接的照搬了冯小青。

最后，冯小青与林黛玉的诗稿，都遭火焚，不过林黛玉是自焚诗稿，冯小青的大部分诗稿，是冯云将的大老婆焚毁的。《红楼梦》第九十七回写林黛玉，“回手又把那诗稿拿起来，瞧了瞧又搁下了。紫鹃怕她也要烧，连忙将身倚住黛玉，腾出手来拿时，黛玉早又拾起，搁在火上。此时紫鹃却够不着，干急。雪雁正拿进桌子来，见黛玉一搁，不知何物，赶忙抢时，那纸沾火就着，如何能够少待，早已烘烘的着了。雪雁也顾不得烧手，从火里抓起来搁在地下乱踩，却已烧得所余无几了。”晚明张岱《西湖梦寻·小青佛舍》告诉我们：“大妇闻其死，立至佛舍，索其图并诗焚之。”

综上几点，研究冯小青的专家认为，曹雪芹在创作《红楼梦》时，林黛玉的原形应是冯小青，至少，也是借鉴多多。

其实，冯小青是无须借助林黛玉来博取同情的，她的形象，是古往今来一个独特的文化符号、情感标识，那就是一个字：孤。

我们真的很难再找出第二个女子来承担这个“孤”字。

此案不关风月事

一百四十多年前的浙江余杭镇上，有一个姑娘名叫毕秀姑，虽不算大美人，却也长得水灵灵的，身材又窈窕，因常穿绿衣白裙，街坊唤她“小白菜”。如果不被牵扯进一桩冤案，她将和成千上万平民女子一样，随着岁月的推移，从小白菜渐渐变成中白菜，再变成老白菜，在这个过程中，嫁人，生儿育女，默默无闻走完她的一生。可是，命运弄人，小白菜做梦也不曾想到，自己会成为大冤案的女主角，搞得她的名字天下人尽知。晚清有著名的四大奇案，“杨乃武与小白菜案”“张文祥刺马案”“杨月楼诱拐卷逃案”和“顺天乡试科场舞弊案”，小白菜卷入的是最轰动舆情、涉及面最广的一桩案件。

这桩冤案的男主角是杨乃武，余杭人氏，居住余杭镇县前街澄清巷口。清同治十二年（1873）八月，杨乃武中了举人。杨乃武的高兴劲尚未过去，仅隔六十余天，清同治十二年十月，莫大罪名凭空落到他的头上，余杭知县刘锡彤以“谋夫夺妇”罪拘押了他。刘知县指控杨乃武诱奸小白菜，谋杀了小白菜的丈夫葛品连。这么一来，本来是两股道上跑车的杨乃武和小白菜的人生轨迹，被硬生生地交集到了一起。

让我们来梳理一下杨乃武、小白菜原本的人生道路。

杨乃武祖辈以蚕桑为业，家道殷实，到了他父亲这一代，希望改换门庭，出个读书人，得个功名，光宗耀祖。父亲寄希望于杨乃武，将他送进塾馆，要求他一心攻读，其他营生都不必操心。杨乃武成亲后，生活起居由妻子詹彩凤打理，父母过世后，家中产业由出嫁后丧夫、寡居娘家的姐姐杨淑英经营，总之，他的任务只是读书、赶考，别的事情都不需要他劳神分心。杨乃武自小聪明，加上勤奋，学业大增，二十岁中秀才，三十三岁中举人，前程十分看好。

小白菜自幼丧父，母亲又改嫁，家境贫寒。十七岁那年嫁给了葛品连，葛品连是豆腐店打工的，收入菲薄，小白菜嫁了过去，过的仍是勉强温饱的日子。葛家和杨家虽是近邻，但素无往来，两家人开门碰见，点个头而已，并无什么关系可言。葛家的房屋破烂不堪，遭遇连日大雨，快要坍塌，因无钱修缮，葛母便去央求杨家，想要租屋栖身。杨家房屋多，杨家人又心善，便将空关的两间后屋借给了葛家，房租非常低廉，一月租金仅几斤青菜萝卜钱，等于让他们白住。从这时起，杨乃武和小白菜才算是认识了。

杨、葛二家同住在一个院子里，开始倒也和睦相处，相安无事。然而好景不长，几个月下来，就像俗话说的那样，“喇叭腔”了。起因在小白菜身上。小白菜出于对杨家的感激，经常抽空去替杨家做些杂活，杨乃武看她温柔和顺，举止大方，不由就对她有了好感，碰到了闲聊几句，也是有的。葛母冷眼观之，心里就起了疑。这个老太婆，自从小白菜进门，就唯恐儿子拴不住老婆，时时提防颇有姿色的儿媳妇被人勾走。现在见小白菜与杨乃武走得比较近了，更是疑神猜鬼。葛母将自己的担心说与儿子，葛品连又是一个小肚鸡肠的人，虽无半点真凭实据，他却立即认定杨乃武在勾引他的老婆，廉价租房的好处也不要了，带着妻、母搬出杨家，移住太平弄口。有一天葛品连和豆腐作坊伙计喝酒，多灌了几杯黄汤，当伙计问他为什么放弃杨家的便宜屋，他嘟嘟哝哝说道：“这种便宜占不得，占了要戴绿帽子的。”此话传开，街坊中好事之徒便编出了“羊（杨）吃小白菜”这种段子。尽管葛家搬离后，杨乃武与小白菜再无联系，但两人关系暧昧的流言却越传越盛，说得有鼻子有眼，就差说是捉奸在床了。

同治十一年（1873）十月初七，葛品连突发寒热，膝上红肿，小白菜劝他在家休息，葛品连舍不得工钱，仍去豆腐店帮工。小白菜便去药铺抓了几帖草药，给丈夫煎服。葛品连喝了两天汤药，初九早晨开始畏寒发抖，喉中痰响，口吐白沫，挨到傍晚，一命呜呼。至初十，尸身发变，口鼻有淡血水流出。葛母认为儿子的死有疑点，联想到儿媳和杨乃武的“不清不白”，一口咬定儿子是被小白菜用砒霜害死的。葛母将小白菜告上县衙，恳求县太爷一定要为她做主。知县刘锡彤闻告后，亲率衙役、仵作前往验尸。仵作沈祥见尸身皮色淡青，肚腹有浮皮疹疱，口鼻内存血水流入眼耳，认作“七窍流血”，用银针探入死者咽喉，针尖有青黑物，断为“服毒致死”。

刘锡彤看了“尸格”（验尸单），心中窃喜，觉得可以攀扯上杨乃武了。刘锡彤原就想整治杨乃武，正愁没有理由，现在葛母一纸诉状告小白菜谋害亲夫，坊间又有“羊吃小白菜”的流言，他自然顺水推舟，先派出衙役，一条铁链将小白菜锁进县署，准备拿到口供后，便传讯杨乃武，把他打入大牢，置他于死地。

刘锡彤与杨乃武有仇，已非一日。杨乃武为人正直，爱打抱不平，常常为乡亲们出头打官司，成了鱼肉百姓的刘锡彤的对头星。刘锡彤曾对杨乃武好言好语好脸色，企图笼络，毫无作用，也曾予以威胁，甚至恐吓，要杨乃武收敛，仍是无效。杨乃武软硬不吃，刘锡彤拿他毫无办法，担心长此下去，会影响到自己头上的官帽子，因此一直在苦思冥想如何方能消除这个隐患。现在刘锡彤手中有了葛品连命案这张牌，怎会不下狠棋，拔掉杨乃武这根肉中刺，除掉这颗眼中钉？

刘锡彤先对小白菜"过堂"，三两句话问过，便给她上了拶刑。这是一种酷刑，多用于女犯人，在木棍中穿洞并用线连之，将受刑人的双手放入棍中间，在两边用力收紧绳子，挤夹其十指。都道是"十指连心"，受刑的女犯手指疼得钻心，没几个挺得住的。可怜小白菜虽生于贫寒，却也长得细皮嫩肉，自出娘胎哪里受过这么大的苦，被一连拶了三回，早已汗如雨下，披头散发，昏死过去。经冷水喷醒，号啕大哭，两旁衙役齐声呼喝："威武！"尾音拖得长长的，把小白菜的哭泣吓了回去。刘锡彤发话道："犯妇！你招与不招？这刑罚还是轻的，你若再不招供，自有更厉害的刑具等着你！"小白菜浑身战栗，脸无人色，只求不再受刑，躲过一时是一时，慌忙答道："愿招，愿招。"于是，刘锡彤要她招什么，她就招什么，承认了与杨乃武私通，用奸夫授与的砒霜，毒杀了亲夫葛品连。

刘锡彤即传杨乃武对质，杨乃武毫无思想准备，面对兜头泼来的这盆脏水，起初难免发愣，但他很快冷静下来，深知兹事体大，与名誉、性命有关，必须澄清。杨乃武诘问刘锡彤：“你听了一面之词，便给我按上因奸害命的罪名，我且问你，除了女事主口供，还有其他旁证否？砒霜来源何在？我授毒于女事主，可有何人见证？我与女事主何时勾搭成奸？苟且几回？在何场所？可有野眼窥见？…… ”杨乃武之辩，条条在理，刘锡彤根本两耳不进，冷笑道：“你纵有铁嘴，也救不得你！过几日不怕你不如实招来。”吩咐将杨乃武收监待审，安排刑名师爷书写公文，连同“尸格”、葛母诉状、小白菜口供，一并呈报杭州府。

因杨乃武是新科举人，按律不可动刑，故而刘锡彤要求上司将其功名开革，以便严审。县官有权革掉犯案秀才的功名，革斥举人则属于府台或省学政的职权，所以，刘锡彤要向杭州府提出请求。杭州知府陈鲁尸位素餐惯了，阅毕余杭县公文，懒得多动脑筋，事关人命也只是走个过程，大笔一挥，准其所请。杨乃武丧失了举人资格，刘锡彤再无顾忌，升堂审定，滥施酷刑，将杨乃武拷打得一佛出世，二佛涅槃，求生不得，求死不能，眼看就要丧命刑杖之下，杨乃武心想，与其受尽痛楚毙命，莫若先招认下来，待日后上宪复审，或许还有翻供机会。主意打定，杨乃武供说自己是初三日以毒鼠为名，在钱宝生爱仁堂药铺买红砒四十文，交小白菜下的毒。

刘锡彤为了坐实杨乃武口供，传来爱仁堂掌柜，掌柜回称自己名叫钱坦，从未用过钱宝生这个名字，爱仁堂是个小药铺，没有卖过砒霜。刘锡彤对钱坦威胁利诱，又让居住在爱仁堂旁边的县衙训导章浚劝说钱坦，说只要你大胆承认，绝不会受连累，如不承认，有杨乃武供词为凭，定将加重治罪。钱坦被迫作了伪证，出具了售卖砒霜的文书。

余杭县把这结果报到杭州府，知府陈鲁见三证已齐，便呈报浙江巡抚杨昌睿。杨昌睿认为案情确实，依原拟“谋夫夺妇”罪断结，按《大清律》判杨乃武“斩立决”，小白菜凌迟，上报刑部批复。

杨乃武把洗刷冤屈的希望押在上级官府的复审，但他在狱中伸长头颈盼望，左盼不来，右盼不见，知道府、省官员相信了县里的结论，恐怕自己捱到京师详文批转，秋后便会被押赴刑场。杨乃武不甘坐以待毙，在狱中写下申诉状，由胞姐杨淑英探监时带出。杨淑英和弟媳詹彩凤商量后，决定上京向都察院代递申诉状。都察院，明清时期官署名，由前代的御史台发展而来，主掌监察、弹劾及建议。两位妇人吃尽辛苦，跋涉到北京，谁知诉状递都察院，并未被受理，都察院斥为越级上告，扰乱官秩，此风不可长，派公差将她们押送回浙。

杨淑英、詹彩凤被踢回余杭，又忿又急又绝望，天天相对而泣。杨淑英忽然想起，杨乃武少年时期杭州求学，塾馆里有个同学吴以同，两人很要好，吴同学曾来杨家玩过几次，和她也熟。杨淑英像溺水的人抓到了一根稻草，便去找这位吴同学，请他想想办法，搭救她的弟弟。杨淑英这一找，找对人了，吴以同此时在胡雪岩家任西席，很受东翁赏识，跟胡雪岩说得上话。吴以同听杨淑英讲了杨乃武蒙冤情况，立即答应帮忙。他去向胡雪岩求助，胡雪岩也答应设法。胡雪岩是大名鼎鼎的“红顶商人”，朝廷赐他二品官衔，赏穿黄马褂，他肯过问此案，不会毫无作用。正巧兵部右侍郎夏同善丁忧期满返京，途经杭州，胡雪岩为他饯行。席间，示意吴以同说及杨乃武冤案，夏同善答应回到朝挺，相机进言。

吴以同将这消息告诉了杨淑英，并给她出主意，让她紧随进京，当面恳求夏侍郎。杨淑英在詹彩凤陪同下，二上北京，凭吴以同一封亲笔书信，受到了夏同善接待。夏同善听了二位妇人的泣诉，大动恻隐之心，介绍她们遍叩浙籍在京官员三十余人，又帮助她们向刑部投递了冤状。夏同善还联络军机大臣翁同龢，把杨乃武案内情面陈两宫太后，争取到了朝廷下谕，委派礼部侍郎兼浙江学政胡瑞澜为钦差，在杭州复审。浙江巡抚杨昌睿调宁波知府边葆诚、嘉兴知县罗子森、候补知县顾德恒、龚心潼随同审理。

事情发展到这一步，杨乃武案应该是有转机了。不想胡瑞澜是个道学家，一向痛恨苟且偷情之徒，尚未开审，便有成见，他暗自寻思：为什么不冤枉张三，不冤枉李四，偏偏冤枉杨乃武？无风不起浪，苍蝇不叮无缝的蛋，你杨乃武倘若行为端正，恪守礼教，人家怎会将这种风流勾当摊到你头上？胡瑞澜询问陪审官员意见，这些官员都受到了巡抚暗示，要他们竭尽全力影响钦差，把复审的走向往原判方面扭，以保住浙江官场的脸面。故而，陪审官员提出的复审方案是，杨乃武与小白菜若是翻供，即用大刑，如果他们确是冤枉，必然为保命而扛住皮肉之苦，这叫作大刑之下辨真假，没有其他手段比这更灵验的了。胡瑞澜觉得此议可行，复审时对杨乃武动用夹棍，对小白菜又上拶刑，二人开始还强忍呼冤，等到杨乃武右腿夹断，小白菜十指拶烂，就再也扛不下去了，只得再度诬服。

复审如此荒唐，激怒了浙江士绅，吴以同、汪树屏等三十余人联名上告，请求将人犯解京审讯，以释群疑。夏同善等京官多次在慈禧太后前为此案说话，慈禧下达懿旨，责令杨昌睿将此案所有卷宗、人犯、证人、连同葛品连尸棺押运到京，刘锡彤解任同行。爱仁堂掌柜钱坦不久前病故，就让药铺伙计替代。

光绪二年（1876）十二月，刑部、都察院、大理寺三堂会审，杨乃武剖辩案发经过，否认通奸谋毒之事。因不再用刑，小白菜胆也大了，照实直说。会审官又审问尸亲葛母及左邻右舍一干证人，提审余杭县衙训导章浚、仵作沈祥、爱仁堂药铺伙计等人，都供出了真情。接着，开棺验尸，确属病死，并非中毒。蒙冤三年四个月的案件，终于真相大白。

光绪三年二月十六日，清廷下谕，革去刘锡彤余杭县知县职务，发往黑龙江赎罪。杭州知府陈鲁、宁波知府边葆诚、嘉兴知县罗子森、候补知县顾德恒、龚心潼草率定案，予以革职。侍郎胡瑞澜、巡抚杨昌睿玩忽人命，也予以革职. 其他人员也都拟罪，仵作沈祥杖八十，徒二年。章浚革去训导之职。葛母杖一百，徒四年。钱坦病故，免去刑罚。上述处分，虽说偏轻，也还算还公道于人心。但是，对于冤案男女主角的处理，就莫名其妙了，小白菜“不避嫌疑，致招物议”，杖八十；杨乃武“不遵礼教，言行狂悖”，革去举人。

杨乃武获释后，心灰意懒，对四书五经再无兴趣，继承家业以养蚕种桑为生。他始终无法忘却那段刻骨铭心的牢狱经历，写了一本自传《虎口余生》。民国三年（1914），杨乃武因病去世，终年七十四岁，墓在余杭镇西门外安山村。小白菜出狱后，举目无亲，加上不再留恋人世间的一切，便削发为尼，法名慧定，在南门外石门塘准提庵与青灯木鱼相伴。民国十九年（1930），小白菜圆寂，终年七十五岁，坟塔在余杭县东门外文昌阁旁边。

如果没有慈禧太后的懿旨，杨乃武、小白菜案是很难平反昭雪的。这个案子引起最高统治者的关注，有特定的历史背景。当时浙江的一干官员，从县到府到省，全都是湘系出身。曾国藩率领湘军镇压了太平天国，功高震主，为避免慈禧猜忌，曾国藩主动裁减湘军。曾国藩可以这么考虑，他手下的将领却不愿放弃浴血拼战得来的权力和地盘，掌控东南各省的各级湘军的军阀，相互扶持，相互维护，明里暗里与朝廷抗衡，成了慈禧的一块心病。慈禧早就想找到一个契机来弹压湘军的势力，杨乃武、小白菜案给慈禧提供了这样一个契机，所以才会进行干预，以此案为抓手，重挫强藩，削弱湘系。出于这一目的，除直接审理杨乃武、小白菜案的几名官员外，又将一百多位官员牵连进来，摘掉顶戴花翎，永不续用。

杨乃武、小白菜案历时三年多，案情曲折，轰动朝野。案子审结了，人们的关注度仍未减退，于是有人据此素材编成戏剧，搬上舞台，大获成功，沪剧《杨乃武与小白菜》久演不衰，成为了看家经典剧目。既是戏剧，少不了艺术虚构，《杨乃武与小白菜》将小白菜设计为葛家童养媳，曾在杨家帮佣，与杨乃武早有情愫，碍于礼制名份，难成眷属，只得各自婚娶。并且在杨乃武和小白菜爱情纠葛这条主线之外，又增添了一条副线：余杭县知县刘锡彤之子刘子和，仗势奸污了美貌的小白菜，为达到长期霸占之目的，趁其丈夫患病之际，下毒谋害。案发后，刘家父子与师爷钱某合谋诱骗小白菜，嫁祸于杨乃武。

戏剧的结尾也复杂多了，光绪帝生父醇亲王痛恨浙江巡抚蔑视朝廷，又怕各省督抚仿效，决意替杨乃武翻案，以示警饬。但是，案犯提到刑部之后，小白菜受骗不肯吐实，刑部置密室让临刑前的杨、毕相会，窃听得二人互诉衷情，方使案情大白，三载冤狱得以昭雪。

和“密室相会”一样脍炙人口的情节还有“滚钉板告状”。这是全剧中间部分的小高潮：杨乃武在酷刑下屈打成招，众乡绅不服，联名上告，浙江巡抚受贿枉断，杨淑英入监取得杨乃武亲笔诉状，冒死进京告御状。告御状实际上是向刑部衙门递诉状，平民如果不是有天大冤情，不会直接上告到刑部。那么，怎么证明你有冤呢？清代的办法是让你赤膊滚钉板。当然，女的可以穿一件薄衫。薄薄的衣衫怎挡得住密密的钉尖，从一块布满钉子的门板上滚过去，定会皮开肉绽。非大冤而申诉无门者一般是没有勇气和决心去做的，所以只有滚过钉板后，刑部才会接状受理。杨淑英滚钉板告状，足以将观众同情的眼球牢牢吸引住。

人们现在提到杨乃武与小白菜，印象大致来自戏剧。戏剧这么编，自有它的道理，我们不妄加评论。我们要指出的是，由于将冤案的男女主角变作了一对情侣，不免冲淡了社会黑暗对人民的伤害。封建时代，官吏草菅人命太普遍了，杨乃武与小白菜的遭遇，仅是冰山一角。他们二人最后能保住性命，实在侥幸，不知有多少冤魂根本就无人理睬，掩埋在了历史厚厚的土层下，连呻吟都传递不出来。我们今天回顾这桩冤案，需要考虑的是，怎样才能保障人民的基本权利，彻底根除造成类似伤害的制度弊病。

杨乃武与小白菜并非情侣，编剧将一段情爱塞给了他们，似乎事关男女，不撒点儿风月的调味品，一台戏就唱不起来。就像一枚硬币有两面一样，风月也很容易走向两个极端，一个极端是泛滥，一个极端是禁绝。曾经有一个阶段，男女情爱是文学创作的禁区，戏剧舞台的忌讳。在那样一个时期，《杨乃武与小白菜》这类戏剧成了“大毒草”，就连民间也是谈情色变，风月蜕化成了“生活作风问题”，说更严重些，就是“男女关系问题”了，那就有大麻烦了。

真是：

“此案不关风月事，却为风月添愁思。风月本该无污垢，构陷因何常沾兹？”

辑四

良缘再续

凄美极致是厉鬼

南宋王朝从宋高宗建炎元年（1127）算起，至宋卫王昺，八岁懵懵懂懂被拥戴为帝，仅十余月，就给元军追得走投无路，由陆秀夫背着跳进了南海。赵昺是宋度宗第三子，南宋最后一位皇帝，和他的两个哥哥恭帝赵显、端宗赵昰共称“宋末三帝”。1274年，宋度宗因酒色过度而死，其嫡子四岁的赵显即位，刚满两年，元军兵临临安，南宋朝廷求和不成，只好向元军投降。恭帝被俘后，宋度宗的庶长子、宋恭帝的兄长、七岁的赵昰在福州被南宋残部拥立，勉强支撑了两年多，元军追来，端宗避往海上，遇台风落水，救起后惊吓过度而亡，于是赵昺被推上了帝位。赵昺在位三百三十三天，1279年3月19日晚，风雨交加，宋、元两军在珠江口西面的崖山（今广东新会县）海面上进行最后的决战，南宋的最后力量全军覆没，近二十万军民或战死、或投海，南宋灭亡。

苟延残喘了一百五十二年的南宋，给后人留下的最深刻印象，恐怕就是奸臣当政了。历朝历代，奸臣都是死不尽的，但数南宋最为突出。南宋一立国，就有秦桧，南宋将亡，又出了个贾似道，一头一尾，权奸相伴，这个王朝也真够呛。

南宋的皇帝，一个比一个昏庸。宋高宗已经够蹩脚了，为了偏安一隅，厚颜无耻接受了金国的册封，承认自己是儿皇帝。他的儿子孝宗坐了三十年宝座，马马虎虎，孝宗第三个儿子接了班，就是宋光宗。这个宋光宗太没出息，受制于老婆李后，有一天光宗赞一宫女手白，第二天李后派人送来一只饭盒，揭开一看，那宫女一双手血淋淋地跳入了光宗眼帘，把这个皇帝吓出一场病来。光宗不能入朝理事了，传位给儿子嘉王，是为宁宗。宋宁宗一朝，与金兵打过一仗，以失败而签订屈辱的和议告终。宁宗没有儿子，宗室子弟贵诚被选为接班人，即是宋理宗。贵诚之所以能问鼎金銮，原是宫廷阴谋、权力争斗的结果，他注定成不了英明的君主。这样的皇帝，信任的只能是裙带关系，贾似道就此应运而生。

贾似道，字秋壑，浙江台州人，从小是个无赖，因姐姐贾妃被宋理宗宠爱，皇帝老倌就给了他个官做，让他执掌大权。理宗寿尽，度宗即位，念贾似道册立有功，官至“同中书门下平章事”（相当于宰相），还嫌不够，特授太师，封魏国公。贾似道从此更是独霸朝纲，把个南宋王朝搞得越发的乌烟瘴气，气数迅疾告尽。

贾似道这个人，人品很糟糕，首先是贪婪，《宋史》说他：“人有物，求不予，辄得罪。”凡是他看中的东西，不弄到手不罢休，有个同僚有条玉带，他早就眼馋，同僚生前没送给他，待同僚死后，他竟掘墓取之，令朝中大臣无不瞠目结舌。

贾似道的好色好玩也是出名的，府中搜罗了众多美姬，还觉得不能满足淫欲，竟日访艳姝，无论官宦女眷、良家妇女、歌楼娼妓、庵院女尼，甚至后宫女官，只要被他看中，都要强召入府，充作小星。贾似道对艺术珍品有格外嗜好，张岱评价道：贾似道“其于山水书画骨董，凡经其鉴赏，无不精妙”。当然，贾似道的鉴赏，目的在于掠夺。贾似道又特爱斗蟋蟀，将几十年的体会撰成《蟋蟀经》一部，还独创了蟋蟀能安然过冬的紫砂泥猪肝木屑厚底蟋蟀罐。贾似道把斗蟋蟀看得比国家重要，襄樊失守，元军长驱直入，十万火急警报传到他这儿，他压住不奏，依旧兴趣不减地观看自己的蟋蟀撕咬对方的蟋蟀。他的一个食客抚着他的背，开玩笑问：“此平章军国重事耶？”他一点不生气，反而哈哈大笑。当时民谣气愤地记下了这件事：“满头青，都是假（贾），这回来，不作耍。”

这么一个东西，宋理宗却眷顾有加，有一天宋理宗看到西湖上一片灯火，笑着对贾妃说："肯定是你的弟弟在寻欢作乐，湖上秋夜，不要招了凉。"立即令太监送几匹绫罗绸缎过去，表示关怀。度宗对贾似道更是一味依赖，眷宠备至，唯恐他的府邸尚不奢豪，把西湖葛岭一带地方赐给了他，让他鸠工庀材，大起楼阁亭榭，半闲堂、养心阁、光禄阁、多宝阁、嘉生堂、春雨观，这些建筑"前挹孤山，后据葛岭，两桥映带，一水横穿"，其富丽堂皇、华遂精妙，皇宫也给它比得输三分。

贾似道平时很少在朝堂露面，要么在西湖上花天酒地，要么在葛岭召一辈狐群狗党，日夜赌博，男女杂集，浪狎谑戏。但是，不要以为贾似道只知纵乐，懈怠了擅权，贾似道"当国日，卧治湖山，作堂曰'半闲'，又治圃曰'养乐'，名为就养，其实怙权固位，欲罢不能也"（明代冯梦龙《古今小说》卷二十二）。大权集中到他手里，生杀予夺凭他一句话，贾氏半闲堂替代赵氏的金銮宝殿，"大小朝政就决馆中，宰执充位而已。当时为之语曰：'朝中无宰相，湖上有平章。'"（《西湖游览志馀》卷五《佞幸盘荒》）同书还有这么一段文字：

度宗时，襄阳受围者三年矣。帝一日问曰："襄阳久困，奈何？"似道对曰："北兵已退，陛下安得此言？”帝曰:“适闻女嫔言之。”似道询得其人，诬以他事赐死。自是无人敢言及边事者。

从这段文字，我们可以看到，贾似道一手遮天、残忍暴虐到了何等地步。对皇帝身边的一个“宫中人”尚且这般，与他意见不合的外官，他要打击报复，要杀要剐，不是更不当回事了么！贾似道之所以能够如此为所欲为、狂妄售欺，根本原因是理、度二帝，皆与他同道中人，都不把社稷放在心上，都只管今日有酒今日醉，都耽于酒色，所不同者，仅是贾似道还需要挖空心思弄权而已。

待到度宗也死了，其子赵显四岁嗣位，改元德祐。贾似道欺宋恭宗是个黄口小儿，更加有恃无恐玩他那套老把戏，开始很玩得转，不料最后玩砸了锅，《西湖游览志馀》有较详记载：

德祐元年正月，诏似道统军行边。先是，似道屡请出师，阴嗾台臣留己，以为:“师臣一出，顾襄未必及淮，顾淮未必能及襄，不若居中，以运天下。”于是帝谓似道曰:“师相岂可一日离左右耶！”吕问焕逐以襄阳降元，似道言于帝曰:“臣始发请行边，陛下不之许，向使早听臣出，当不至此！”至是，上表出师，次鲁港。元兵蔽江而下，夏贵、孙虎臣咸无斗志，阿朮遣人掠宋舟，大呼曰："宋军败矣！"虎臣遽过其舟，众见之，曰："步帅遁矣！"宋师大乱，舳舻簸荡，乍分乍合，溺死者不可胜数。似道仓惶，召夏贵计事。顷之，虎臣至，抚膺哭曰："吾兵无一人用命！"贵微笑曰："吾尝血战当之！"似道曰："计将安出？"贵曰："诸军已胆落，吾何以战？师相惟有入扬州，招溃兵，迎驾海上，吾当以死守淮西耳！"言毕，贵即解舟去。夜四鼓，似道与虎臣击锣退师，诸军皆溃。似道与虎臣单舸奔还扬州。堂吏翁应龙以都督府印奔还临安。明日，溃兵蔽江而下，似道使人登岸扬旗招之，莫有应者，或肆恶语漫骂之。似道乃檄文列郡如海上迎驾。已后姜才收兵至扬州，元师乘胜东下矣。

贾似道恶贯满盈，他的路走到头了。俗云："善有善报，恶有恶报。不是不报，时候未到。"现在，是贾似道遭报应的时候了。《宋稗类钞》录下了贾似道的下场：

似道既败，事闻，台臣交章攻之。诏曰："大臣具四海之瞻，罪莫大于误国；都督专阃外之寄，律尤重于丧师。告九庙以奉辞，诏群工而听命。具官似道，小才无取，大道未闻。昔相穆陵，徒以边将而自诡；逮事先帝，又以国事而自专。谓宜开诚布公，以扶皇极；兼谋合智，以尽舆情。乃恣行胸臆不恤人言。以吏道沮格人材，以兵术剸裁机务。括田之令行，而农不得耕于野；榷利之法变，而旅不愿出其途。矧当任阃之驱驰，不度戎事之缓急。战功旷岁而不举，兵事愒日而不修。纤悉于文法之搜求，阔略于边政之急切。遂令饮马，倏度长江。乃者抗表出师，请身戡难。人方期以孔明之志，朕亦望以裴度之功。谓当缨冠而疾趋，何为奉头而鼠窜？遂致三军解体，百将离心。彼披甲之谓何，乃闻声而奔溃！孟子曰：‘吾何畏彼？’左氏云：‘我不成夫！’社稷之势缀旒，是谁之过？缙绅之言切齿，最安得辞？姑示薄罚。俾尔奉祠。於戏！膺戎狄，惩荆舒，无复周公之望；放欢兜，殛伯鲧，尚宽虞典之诛。可罢平章军国重事，都督诸路军马。”顷之，谪高州团练使。

这是总算账了，新账老账一起算。你贾似道是个什么东西，从大处说，你对圣人的教诲一窍不通，从小处说，只懂斗蟋蟀这种雕虫小技，其他就没多少特长了，你这样的人也配当宰相？你坐上这个位子，是你蒙蔽了先帝。你把国家军政大事通通揽到自己手中，别的大臣一点插不上嘴，所以，时势坏到这个地步，通通要你负责！你干的全是坏事，夺了民田又卖出去，搞得民怨鼎沸。你还对士子科举设种种障碍，搞得读书人与朝廷也有了隔阂。你搞得将士畏战，一上阵就溃逃，而且是你带头抱头鼠窜，真正丢尽了堂堂大宋的脸！皇上对你寄予多大的期望呵，望你是再世的孔明，复活的裴度，要你充当当今的贤臣良将，要你扭转乾坤，你倒好，把朝廷一点儿老本全丢光了，似你这样误国的罪人，不惩罚还得了！滚吧，从一人之下、万人之上的位子上滚下来，从京城杭州滚出去，滚到小小的高州去做个小小的团练使吧，这还是皇恩浩荡，留一口饭给你，你谢恩吧！

贾似道是应该受到惩罚的，我们只是奇怪，代小儿皇帝宋恭宗写这个诏书的笔杆子，怎么会有这么好的胃口，国家马上就要灭亡了，他们还兴致不减地在掉书袋，引经据典，把文章做得像赴考一样工整得体。朝廷多的是这类腐臣，加上坐龙庭的角色如俗语所说："一蟹不如一蟹"，即使没有贾似道，南宋也是要亡的。在灭亡的关头，朝中大大小小的臣工，不是认认真真总结教训，看看还有没有亡羊补牢的可能，而是同仇敌忾地在鞭笞奸臣。中国的奸臣当然一无是处，但有一个最大的好处，就是充当字纸篓、垃圾筒，必要的时候，需要有人替最高统治者承担罪过的时候，不得不向人民有个交代的时候，就拣个奸臣出来，把所有罪恶都让他认去，于是，君主依旧圣明，其他当官的都成了受奸臣压制的人物，不必再负任何责任了。这道诏书，是中国古往今来锁定政治替罪羊的代表作。

贾似道被发配到高州，押送官是郑虎臣。郑虎臣（1219—1276），苏州人，官会稽（今浙江绍兴）县尉。郑家很富裕，号称“郑半州”，所以郑虎臣不在乎那点儿俸禄，没去赴任，在家逍遥度日。他有的是空闲，以撰述打发时间，所撰《集珍日用》《元夕闺灯实录》，都是以器玩、饮馔、衣饰以及吴郡元宵赏灯盛事等为内容的通俗文化著作，由此可知郑虎臣是个能武会文，很有文化素养，很有闲情雅致，并且很会享受生活的人。郑虎臣本来可以一直这么舒舒服服过下去，但出于国仇家恨，他主动讨来了押送贾似道的差使。

国仇就不用说了，贾似道祸国殃民，天下共知。至于家仇，郑虎臣之父郑埙，宋理宗时任越州同知，遭贾似道陷害流放至死，郑虎臣受株连充军边疆，后遇赦放归。由郑虎臣押送贾似道，贾似道的克星降临了。

贾似道带着侍妾数十人，本想沿途能有服侍，却给郑虎臣一个不留赶掉；贾似道坐的轿子，郑虎臣把轿顶掀去，让他日晒雨淋；郑虎臣吩咐轿夫唱杭州民谣，内容全是羞辱贾似道的；吃饭的时候，郑虎臣把贾似道逐到角落里，甚至用狗食钵给他盛饭。郑虎臣以为如此这般的侮辱，总能刺激得贾似道自寻短见了吧，不想贾似道脸皮厚过城墙，坚持将“好死不如赖活”的信条奉行到底，郑虎臣只能来硬的了。

这一日，行至漳州木绵庵，郑虎臣说："老贼，你自杀吧，免得我动手。"贾似道哀求道："先帝曾亲口许我遇罪减刑，死罪免死，假如你夺了我的性命，你不怕违反圣意而受追究吗？"郑虎臣说："我为天下人杀似道，虽死无憾！"说完，拉着贾似道往庵外走，打算把他溺死在小河里。郑虎臣的力气很大，一拉就把贾似道的手臂拉折了，贾似道痛得哇哇叫，知道躲不过去了，忙说："我自杀，我自杀。"郑虎臣就让他吞药，贾似道吞了毒药，仍不立毙，在地上打滚号叫，郑虎臣烦了，拿了一个铁锤，朝他脑袋上狠狠砸了几下，贾似道这才一命呜呼。

关于贾似道，史志稗乘告诉我们的便是这些，至于百姓听说历史上有贾似道这个人，大多是因为京剧《李慧娘》的缘故。

剧情如下：

南宋末年，良家女李慧娘因战乱流离，不幸被奸相贾似道掳于贾府，充当歌姬。一日，歌姬们随贾似道游西湖时，李慧娘听到太学生裴舜卿怒斥贾似道祸国殃民的慷慨陈词，不禁油然产生敬慕之情，脱口赞了一声，竟招来杀身之祸。回归府中，任凭李慧娘如何哀告求恕，贾似道还是用剑刺进了她的胸膛。李慧娘被杀后，死不瞑目，一腔怨怒凝结不散，化作了厉鬼，唱出了"千古正气冲霄汉，俺不信死慧娘，斗不过活平章”这样的复仇宣言。执仗正义的明镜判官对李慧娘的悲惨遭遇深表同情，准其暂回人间，搭救裴舜卿，惩处贾似道。

杀死李慧娘后，贾似道又生恶计，将裴舜卿诓进府中，囚于红梅阁内准备杀害。李慧娘幽魂来到红梅阁，变成生前模样进入室内，通过对话，解除了裴舜卿的疑虑，同时，他们之间也萌发了爱情。

正当生前受尽折磨和冷遇的李慧娘沉浸在幸福之中时，三更鼓响，她猛然惊觉：自己是来救他的，怎的卿卿我我忘了时辰！李慧娘要裴舜卿跟她走，裴舜卿考虑到相府戒备森严，很难脱身，生怕连累李慧娘，不愿冒险同逃。李慧娘为救他脱险，不得不说明真情，裴舜卿得知眼前的慧娘是个鬼魂后，当即吓死过去。

李慧娘把裴舜卿救活后，他终于被慧娘善良正直的人品、高尚的情操、反压迫的坚强意志所感动，决心撞死在红梅阁内，与她到阴间结为夫妻。李慧娘晓以国家大义，劝裴舜卿切勿轻生，希望他日后科考登榜，脱颖而出，做个好官，除奸救民。裴舜卿接受了李慧娘的劝告，在她帮助下，逃出了相府。

贾似道派出家将追杀裴舜卿，李慧娘口喷烈焰，吓退了家将。将裴舜卿送到安全之地后，李慧娘幽魂返回贾府，索奸贼之命。贾似道瑟瑟发抖，面无人色，仗剑做最后挣扎，结果呢，当然是以贾似道给李慧娘索了命去，舞台上落下了大幕。

李慧娘这个艺术形象一出现，就受到了广大观众的欢呼，被誉为“一朵鲜艳的‘红梅’”(1961年12月28日《人民日报》)。认为李慧娘是“表现古代妇女受封建压迫致死，死后鬼魂仍向封建势力积极反抗，使封建统治者的典型人物虽不能在事实上，却在人们的幻想中受到打击，甚至被征服的卓越创造”(1964年第5期《文艺报》)。

京剧《李慧娘》移植自孟超的昆剧同名剧，昆剧《李慧娘》改变自传奇《红梅记》。《红梅记》出自明代剧作家周朝俊之手，有袁宏道删订本和徐肃颖改订本。戏剧《红梅记》的素材来源是明代瞿佑《剪灯新话》中的《绿衣人传》。

《绿衣人传》说元代有个书生赵源，游学至钱塘，侨居西湖葛岭，晚间有个绿衣女郎来与他幽会，次数多了，两人越来越相互信任了。绿衣女告诉他，自己原是宋代贾似道侍女，你呢，是贾府煮茶的童儿，我们两个私下里相互爱慕，被贾似道发现了，将我俩投在断桥下面西湖里淹死了。如今，你转世为人了，我却还未投胎，因前缘未了，判官爷开恩，放我来与你完成这段姻缘。赵源听了将信将疑，为了激发他对前世往事的追忆，绿衣女给他讲了许多当年贾府发生的事情，其中一个美姬因一语被杀这件事最为触目惊心。

这件事《西湖游览志馀》亦有载：

> 似道居湖上，一日倚楼闲眺，诸姬皆从，有二人道装羽扇，乘小舟游湖登岸。一姬曰："美哉二少年！"似道曰："汝愿事之，当留纳聘。"姬笑而不言。逾时，令人捧一合，唤诸姬至前，曰："适才为某姬受聘。"启示之，乃姬之首也。诸姬股栗。

此种血腥，怎不叫人毛骨悚然。就凭这一条，贾似道该杀。

贾似道之流死了，化作粪土，遭人唾骂。李慧娘死了，化作厉鬼，享受赞誉。这个厉鬼是美的化身，是一种极致的美，是极致之美的艺术叙述。李慧娘也追求爱情，但她的追求已超越了一般意义上的男欢女爱，触及了爱的本质，那就是爱"人"。从《绿衣人传》到《李慧娘》，李慧娘完成了她的升华，于是，一个人见人爱的厉鬼游荡在了中华文化的版图上，演绎着不死的爱。

苏东坡的红颜知己

继白居易之后，西湖又迎来了一位对它有大贡献的人，宋代大文豪苏东坡。

苏东坡（1037—1101），名轼，字子瞻，又字和仲，号东坡居士。眉州（今四川眉山市）人。苏东坡两次担任杭州的地方官，一次是他三十六岁那年，他被派到杭州来当通判，通判算个行政副手。虽只是个副职，但苏东坡秉性使然，仍以关心百姓疾苦为己任。他看到杭州人守着西湖，吃水却很不方便，城里的水井废坏了，市民大桶小盆的到西湖取水，实在费事。苏东坡自告奋勇，挑起了治理杭州水井的担子。原来早在唐德宗建中二年（781），李泌到杭州当刺史，为解城内用水之苦，引西湖水进城，形成六个大水池，杭州人称为“六井”。但大池子常被壅没，白居易就曾疏通过六井。现在，轮到苏东坡来治井了。苏东坡找了四个精通此道的和尚，花了半年时间，把分布城内各处的六井通通修好，井刚修好，恰逢江南大旱，其他城市水井尽枯，以至于相互间馈赠礼物，最珍贵的竟是用酒瓶装的一瓶子清水。而杭州，苏东坡治理好的六井源源不断接来西湖的甘水，杭州百姓因此免受干渴之苦。

十五年后，苏东坡又来到杭州任知州，就是地方最高长官。权大了，他就有办法治理西湖了。这时的西湖由于年久失浚，已小了一半。已故浙江大学校长竺可桢在他的《杭州西湖生成的原因》中，令人信服地指出：西湖若没有人工的浚掘，定会受到天然的淘汰。苏东坡当然是不忍看到西湖消失的，北宋元祐五年（1090），这位大文豪写了《乞开杭州西湖状》，以五条有利于皇上威望、国计民生的理由，也以“杭州之有西湖，如人之有眉目，盖不可废也”这样美妙的譬喻，打动了宋哲宗，批准了这项工程。但是，却没有多少资金拨下来，只给了他一百道僧人的度牒，也就是和尚尼姑的身份证，苏东坡拿它们换了一万七千贯钱。资金缺口大，苏东坡便将他的亲笔书画拿去义卖，带头掀起了规模浩大的募捐活动。资金解决了，苏东坡动用了二十万民工，从夏到秋，西湖疏浚工程方告竣工。挖出来的淤泥怎么处理呢？苏东坡的目光落到白堤上：有了，再筑一道长堤，岂不妙哉！

于是，西湖上就有了一道与白堤遥遥相对、相映成趣的苏堤。

我们今天看到的白堤，东西方向，全长两里，堤上一路有桥：断桥、锦带桥，直到西泠桥。有树，一枝柳条一株桃，绿烟红雾，花乱迷眼。南北方向的苏堤将近六里，筑桥六座：映波桥、锁澜桥、望山桥、压堤桥、东浦桥和跨虹桥。遍植桃柳、芙蓉、蔷薇，烟柳淡妆素裹，花红繁茂似锦，美得让人感动，让人陶醉。难怪前人评说苏东坡之于西湖，“乐天之后，一人而已”。

这道苏堤，给西湖增添了两处景色，一为“苏堤春晓”，一为“六桥烟柳”，这两处景色并列为“西湖十景之首”。苏堤的柳是最有韵味的，尤以春赏最佳，且晴雨明晦，各有情趣，人行堤上，近看花红柳绿，远看湖光山色，移步换景，寸寸是画。清康熙帝在苏堤上就着了迷，欣然题字，现在这块康熙御笔“苏堤春晓”碑还竖立在望山桥南一座碑亭内。康熙之前，早在宋代就有画家对苏堤春晓有过品题，元代文人墨客有意出新，更突出苏堤上的柳，指出“柳性宜水，其色如烟，烟水空蒙，摇漾于赤栏桥畔”，唯此最绝，故而提出了“六桥烟柳”，另立一个景观。这样的标新立异也确有道理，所以被人们普遍认同，游人徜徉在苏堤，天色晴和看柳，丝条低垂轻拂湖面；湖上来风看柳，万枝婀娜，舒卷娇柔；雨中看柳，柳丝杂入雨丝，如烟似雾；薄晓微云之时，水被云吞，柳披纱幔，莫辨云色、水色、柳色，更令人坠入物我两忘境界。这种境界，是苏东坡赐予的。

西湖另有一处著名景色，也是拜东坡所赐，但东坡先生本人并不知情。苏东坡疏浚了西湖，筑起了长堤，接着就鼓励农民利用湖面种菱角，增加收入。可是，菱角不能乱种，要有个范围，否则，菱角把西湖全占了，一是杭州的饮用水源会被污染，二是风光不再，那样的话，他岂不是好心办了坏事？于是，苏东坡规定，种菱角只能在靠岸的湖面。怎么确定这个界限呢？他让工匠砌了一排小石塔作为界标，塔与岸之间可以种，逾界不能种。随着时光的流逝，小石塔一座座塌废，最后还留存三座，就是大家到西湖必游的“三潭映月”。

跟白居易一样，苏东坡在西湖潋滟的湖面上，也写过许多诗词，如：“朝晞迎客艳重冈，晚雨留人入醉乡。此意自佳君不会，一杯当属水仙王。”（《饮湖上初晴后雨》）“伟人谋议不求多，事定纷芸自难阿，尽放龟鱼还绿净，肯容萧苇障前坡。一朝美事难能继，百尺苍崖尚可磨，天上列星当亦喜，月明时下浴金波。”（《开西湖诗》）“我识南屏金鲫鱼，重来拊槛散斋余。还从旧社得心印，似省前生觅手书。葑合平湖久芜蔓，人经丰岁尚凋疏。谁怜寂寞高常侍，老去狂歌忆孟诸。”（《去杭十五年复游西湖》）“携手江村，梅雪飘裙，情何限，处处销魂。故人不见，旧曲重闻，向望湖楼、孤山、涌金门。寻常行处，题诗千首，绣罗衫，与拂红尘。别来相忆，知是何人？有湖中月、江边柳、陇头云。”（《行香子·丹阳寄述古》）其中有一首《饮湖上初晴而雨》，实乃写西湖的总领之作：

水光潋滟晴方好，山色空蒙雨亦奇。
若把西湖比西子，淡妆浓抹总相宜。

自有这首诗，西湖又有了个神韵无限的名字：西子湖。西施是中国人心目中最美的大美女，那么，还有什么其他湖能比得上西湖呢？

又是跟白居易一样，苏东坡在兢兢业业为杭州百姓做好事的同时，也不忘在公余娱乐游玩，“每遇休暇，必约客湖上，早食于山水佳处，饭毕每客一舟，令队长一人，各领数妓，任其所适。晡后，鸣锣集之，复会望湖楼或竹阁，极欢而罢。至一二鼓，夜市犹未散，列烛以归城中，士女夹道云集而观”。宋以后的笔记中，有许多这类文字。有趣的是，百姓并不反感，还以很欣赏的态度观看他们的府太爷扬扬自得地带着一帮歌妓招摇过市，这与苏东坡确实是个清官廉吏直臣大有关系。我们遍查志书野史，没有发现有一字记录或暗示苏东坡用于玩乐的钱，有一枚铜钱来自公款或赃款，所以，老百姓说：“他愿意做风流太守是他自己的事，只要把杭州治理好就行了，我们照样拥戴他。”

苏东坡与歌妓交往频繁，对歌妓很平等，很同情，后代笔记中有不少记载。

有一天，苏东坡在西湖招待客人，召了三名歌妓，两个很有名，一个刚出道，不免有些吃瘪，苏东坡便有意抬举她，说：“她们两个，一个叫张惜惜，一个叫李馨馨，合起来是‘惺惺惜惺惺’，你岂不是无人惜了么？只好我来怜惜了。”说罢，抓起笔来，在这个歌女的披肩上题了一首诗。苏东坡可是个大人物呀，经他披肩题诗，这个没有什么名气的歌女第二天就成了当红明星了。

有一次苏东坡路经京口，一位林太守设宴款待他，召来作陪的两名歌妓，一个叫郑容，一个叫高莹，要求落籍从良，林太守不大愿意答应，推托说：客人为尊，你们求苏大人吧。苏东坡怎能反客为主，但他又很想帮她们，便说：我写首词吧，主人看了觉得好，我就卖给他，买得的钱送给你们当赎金。苏东坡拿起笔来，稍加思索，“唰唰唰”就把一首《减字花木兰》写成了：“郑庄好客，容我尊前时堕帻。落笔生风，籍成声名羡我公。高山白早，莹雪肌肤那耐老。从此南徐，良夜清风月满湖。”林太守看了，一笑，当即批准同意两名歌妓恢复自由之身，任其择良嫁人。这首词每句话开头的一个字连起来便是“郑容落籍、高莹从良”八个字，既照顾了主人的面子，又替两名歌妓说了情，含蓄风趣，林太守还能不做个顺水人情么？

有个营妓名叫秀兰，有一回应召迟到，又不曾好好梳妆，惹得府官很是生气。秀兰解释道，自己一天赶了几个场子，实在累极了，洗澡时洗着洗着就睡着了，醒来才发觉延误了这儿的时间，慌慌张张赶过来，请长官宽恕。府官坚持不肯原谅她，定要惩罚她，秀兰急得眼泪直流。苏东坡在一旁动了恻隐之心，以此情景，三下两下写了一首《贺新郎·夏景》，交给秀兰，说：你唱你唱，就算是我替你求情了。词曰："乳燕飞华屋。悄无人，槐阴转午，晚凉新浴。手弄生绡白团扇，扇手一时似玉。渐困倚、孤眠清熟。帘外谁来推绣户，枉教人，梦断瑶台曲。又却是，风敲竹。石榴半吐红巾蹙。待浮花浪蕊都尽，伴君幽独。浓艳一支细看取，芳心千重似束。又恐被、秋风惊绿。若待得君来，向此花前，对酒不忍触。共纷泪，两蔌蔌。"秀兰的嗓子本来就好，加上这首词令她感从中来，唱起来怎还不加倍地声情并茂，动人心魄，一向不懂得怜香惜玉的府官也听得动了情，再也硬不起心肠来了，"惩罚"两字休提，还赏了秀兰一段衣料。

苏东坡的挟妓游乐是出了名的，纵观他的一生，对歌妓酒筵的喜爱从未消减。苏东坡自己对此也从不讳言，在词中说："回首长安佳丽地。三十年前，我是风流帅。为向青楼寻旧事，花枝缺处余名字。"需要指出的是，苏东坡流连于酒筵歌舞，欢喜与妙龄美女谈笑交际，但从未迷醉在烟花柳巷，也没有真正迷恋过声色犬马。“东坡生平不耽女色，而亦与妓游。凡待过客，非其人，则盛女妓丝竹之声，终日不辍，有数日不接一谈，而过客私谓待己之厚。有佳客至，则屏妓衔杯，坐谈累日。”（清代阮葵生《茶余客话》）原来如此，苏东坡与一般朋友才那样呼妓携姬放浪湖山的。有歌妓在一起热闹，苏东坡就不需要多寒暄，“言多必失”，他既防了这一点，又不致冷落了人家。苏东坡曾被人诬陷为“以诗谤讪朝廷”，下狱惨遭逼供诟辱，这便是历史上有名的“乌台诗案”。他想出这么一种保护自己的办法，也就不奇怪了。不过，前来拜访他的真是挚友，他就不用歌妓了，只喝酒谈心，一连好几日，什么话都敢敞开心扉来谈，这位大文豪毕竟不曾让仕途的险恶打磨成世故圆滑的官僚。

说苏东坡不耽女色，并非溢美之词，他对婚姻的态度是严肃的，一生不爱拈花惹草。苏东坡十九岁时娶妻王弗，夫妻感情甚笃。王弗很贤惠，经常提醒丈夫远离曲意迎奉的小人。可惜王弗二十六岁就病故了，苏东坡写的一首《江城子》，是怀念亡妻之作，凄婉动人，可见他对她的一往情深：

十年生死两茫茫，不思量，自难忘。千里孤坟，无处话凄凉。纵使相逢应不识，尘满面，鬓如霜。

夜来幽梦忽还乡，小轩窗，正梳妆。相顾无言，惟有泪千行。料得年年肠断处，明月夜，短松冈。

苏东坡续弦的是王弗的堂妹王润之，小他十一岁。王润之秉性柔顺，心境淡泊，很合苏东坡胃口，夫妻俩十分投契。公元1071年苏东坡到杭州任通判，带来的家眷就是这位润之夫人。王润之在杭州买了个营妓朝云，做自己的贴身丫鬟。朝云被买来时才十二岁，待她长大，由润之夫人做主，让苏东坡收她为妾。在此之前，苏东坡并未像他的同僚那样纳妾藏娇，这在他那个时代可算是凤毛麟角的了。

后人的诗词笔记戏剧提到苏东坡的这位如夫人，都说她原是杭州城里色艺俱佳的名妓。这么说的依据是什么呢？大约是苏东坡对朝云的赞美之词。苏东坡称朝云是维摩诘室中散花的天女，难怪后代文人会那么想象朝云的容貌和才艺。实际上朝云到苏家时，还是个发育未完全的黄毛丫头，润之夫人同情她，不想让她长大后做个风尘女子，又看她忠厚老实，心地善良，才花钱把她赎了出来，留在身边做个伴儿。朝云也姓王，“五百年前是一家”，润之夫人心里是把她当妹妹对待的。朝云“初不识字，既事子瞻，遂学书，粗有楷法”(《西湖游览志馀》)，可见朝云的一点墨水，是苏东坡手把手教出来的。不过，朝云天生聪慧也是事实，特别是她最能理解苏东坡，恐怕是王弗、王润之两位夫人也得望其项背的。

一天饭后，苏东坡在厅上踱方步，以助消化。他一边踱，一边和家里人闲聊，说说笑话，讲讲趣闻。忽然，他用手扪着自己发福的肚皮，问："大腹便便，你们知道这里面都装了些什么？"有个家人说："一肚墨水。"苏东坡摇摇头。又一个家人说："满腹文章。"苏东坡又摇摇头。还有一个家人说："全是肚量。"苏东坡仍是摇摇头。朝云说："照我看来，你是一肚子的不合时宜。"苏东坡哈哈大笑，连声说："对对对，对极了！知音，知音！你真是我的知音！"

从历史资料检索，我们知道苏东坡确实是个不合时宜的人。苏东坡入仕之时，王安石当政，强制推行"青苗法""市易法""均输法"，凡持异议的官员都被他视为敌人，都要被清除。苏东坡偏偏不买他的账，不肯附和他，不断上书跟他辩论，所以，不断遭到贬官、罢黜、流放，甚至被逮捕，差点儿被问成死罪。给砍头，苏东坡也是怕的，但怕归怕，他不能丧失骨气，不能不正直，有话还是要讲，不愿装聋作哑明哲保身。所以，苏东坡在王安石炙手可热的时候，吃了不少苦头。王安石失势后，章淳为相，苏东坡的日子将好过一点了吧？恰恰相反，更加难过了。章淳年轻时也是苏东坡的朋友，那时苏东坡就发现他身上有迫害狂的苗头，曾半开玩笑地说过他："你这家伙，将来是个杀人不眨眼的恶魔！"谁知竟不幸而言中，章淳一揽到大权，首先向苏东坡开刀，在苏东坡头上栽了几十条罪名，把他谪往岭南，用心很明显，要让苏东坡死在那儿，骨骸也回不了繁华富庶之邦。

苏东坡异常悲愤，写了一首《赠子孙》诗，曰：

人皆养子望聪明，我被聪明误一生。
惟愿孩儿愚且鲁，无灾无难到公卿。

这首诗他写了也就藏了起来，不敢给家里人看到，担心妻妾儿女见了会更惊慌。藏起了这首诗，同时也藏起了自己内心的忧伤和悲哀，表面上还得装作不在乎大风大浪的样子，让家里人觉得他这根大梁塌不了。苏东坡在表面从容的状态下，着手安排后事了。

宜兴有他置下的几亩田，原打算致仕后到那儿颐养晚年，现在，这个梦打破了，看来他要老死在蛮荒之地了，那几亩田就用来安置家属吧，让他们不必随他远奔岭南，去受那瘴瘼之苦了。但是，朝云死死活活也要跟他一同踏上贬谪之路。带不带她去呢？苏东坡颇迟疑。

苏东坡写了一首《朝云诗（并引）》，引文是：“世谓乐天有骆马放杨柳枝词，嘉其主老病不忍去也。然梦得有诗云：春尽絮飞留不得，随风好去落谁家。乐天亦云：病与乐天相伴住，春随樊子一时归。则是樊素竟去也。予家有数妾，四五年相继辞去，独朝云者随予南迁。因读乐天集，戏作此诗。”话说得明明白白，朝云最终还是遂了愿，跟他到了遥远偏僻的惠州。

《朝云诗》曰：

不似杨枝别乐天，恰如通德伴伶玄。
阿奴络秀不同老，天女维摩总解愁。

经卷药炉新活计，舞衫歌扇旧因缘。
丹成逐我三山去，不作阳台云雨仙。

另有一首词《殢人娇》，也是苏东坡写来表示感激朝云的不慕世俗荣利、不辞万里跟随他到瘴风蛮雨的岭南：

白发苍颜，正是维摩境界。空方丈、散花何碍。
朱唇箸点，更髻鬟生彩。这些个，千生万生只在。
好事心肠，著人情态。闲窗下、敛云凝黛。明
朝端午，待学纫兰为佩。寻一首好诗，要书裙带。

从这些写在惠州的诗词，我们可以知道幸亏有个朝云伴随着东坡先生，他那段艰辛的岁月方能寄托佛禅，获得精神上的解脱和心灵上的宁静。苏东坡终于熬过了岭南之灾，回到了江南，但是，朝云却不能伴他踏上北返之旅了。我们只能泫然读到这样一段文字了："东坡先生侍妾，曰朝云，字子霞，姓王氏，钱塘人。敏而好义，事先生二十有三年，忠敬若一。绍圣三年七月壬辰，卒于惠州，年三十四。"（苏东坡撰《朝云墓志铭》）

还是在惠州的相濡以沫的岁月里，初秋的一天，苏东坡写了一首《蝶恋花》，词曰：

花褪残红青杏小。燕子飞时，绿水人家绕。枝上柳绵吹又少，天涯何处无芳草。

墙里秋千墙外道。墙外行人，墙里佳人笑。笑渐不闻声渐悄，多情却被无情恼。

朝云试唱此曲，唱到“枝上柳绵吹又少”句，哽咽不能成声，显然是触景生情，联想到了先生的处境，悲从中来。从此，苏东坡就不再让朝云唱此曲。这首词不胫而走，传遍各地，苏东坡后来有没有听别人唱过他的这首词呢？“朝云抱疾而亡，子瞻终身不复听此词。”(《林下词谈》)

因为，苏东坡忍受不了勾起伤悼红颜知己之痛。

苏东坡为杭州做了不少好事，得到的回报是一个朝云，回报可谓厚乎？

人生有一知己足矣，更何况红颜知己！

我未成名卿未嫁

春秋时期出了个大美人西施，接着就有了西施亡吴一说，第一个站出来反对这种“女人祸水论”的人是晚唐的罗隐，罗隐写了一首诗，诗名就叫《西施》，诗曰：

家国兴亡自有时，吴人何苦怨西施。
西施若解倾吴国，越国亡来又是谁。

罗隐说得很有道理。从这首诗中，我们还能看到罗隐对女性的怜惜和尊重，这在那个时代，是非常难能可贵的。罗隐对女性的态度，与他的一段感情有关。

这段感情产生于罗隐和李云英之间。李云英的母亲原是长安宜春院的歌妓，因为北方兵燹祸连，就带女儿到钟陵县（今江西进贤县）较为安稳的地方定居。母女俩在钟陵无亲无眷，生计无着，带来的一点积蓄很快花光了，母亲只得重操旧业，卖笑挣钱。母亲年岁大了，吃不成这碗饭了，女儿已是娉娉婷婷一少女，就由云英顶了班，当了营妓。历史学家黄现璠《唐代社会概略》解说营妓："越绝书云：独妇山者，勾践将伐吴，徒寡妇致独山上，以为死士，示得专一也，去县四十里，后说之者，盖勾践所以游军士也。此为营妓之滥觞。至汉武帝时，正式成立，汉武帝外传云：汉武帝始置营妓，以待军士之无妻息者。其说未知真假，然而唐之营妓，实既官妓之别称，故为官僚往来，必有营妓奉迎。"云英的母亲相信，凭女儿的姿色和才艺，一定能吸引达官贵人和名流学士，若被某个有钱有势的男人看中，就可借此改变命运。谁知云英天生傲骨，不媚权贵，自洁其身，所以，并不急于从良，默默地等待着她的"白马王子"。云英心目中的"白马王子"，一不是财主，二不是权贵，唯一的标准是才学，她的终身，打算托付给一名大才子。

于是，罗隐走进了她的生活。

罗隐（833—909），原名横，字昭谏，号江东生，杭州新城（今浙江桐庐）人。罗隐才气出众，早年就诗名籍甚，为时人所推崇。魏博节度使罗绍威，诗写得也很好，因仰慕罗隐，将自己的诗集谦虚地题为《偷江东集》。罗隐有个朋友中了进士，他写诗祝贺，朋友的父亲说："儿子及第我高兴，但更高兴的是得到罗公诗文一篇。"通过这些例子，可见罗隐的名气之大。事实上，罗隐的诗确也很有境界，对人生的认识很深刻，如《孟浩然墓》："数步荒榛接旧蹊，寒郊漠漠草萋萋。鹿门黄土无多少，恰到书生冢便低。"以坟墓的高低显示了人死后礼遇的高低，别出心裁，批判了当时社会对文人的冷遇。又如《雪》："尽道丰年瑞，丰年事若何？长安有贫者，为瑞不宜多！"瑞雪兆丰年，但对缺衣少食的贫民来说，却成了灾难，说来何其沉痛。罗隐诗中常有佳句，"时来天地皆同力，运去英雄不自由""家财不为子孙谋""今朝有酒今朝醉""任是无情也动人""采得百花成蜜后，为谁辛苦为谁甜"等等，这些精警通俗的诗句流传人口，都成了经典名言。

除了诗赋，罗隐的讽刺散文成就也很高，堪称古代小品文的奇葩。罗隐写这类文章的宗旨是"警当世而戒将来"，如《说天鸡》《汉武山呼》《三间大夫意》《叙二狂生》《梅先生碑》等篇，皆是嬉笑怒骂，涉笔成趣。元代诗人、诗论家方回说罗隐之文乃"愤懑不平之言，不遇于当世而无所以泄其怒之所作"。鲁迅在《小品文的危机》一文中，对晚唐小品文在唐代文学史上的地位，有非常精辟的见解。他说："唐末诗风衰落，而小品放了光辉。罗隐的《谗书》，几乎全部是抗争和愤激之谈……正是一塌糊涂的泥塘里的光彩和锋芒。”

这样一个才子，给李云英遇到了，怎会不赢得她的芳心？说是遇到，毋宁说他是自己送上门来的。这年罗隐二十岁，赴京应进士试，路经钟陵，听闻云英颇有才艺，便来妓营拜访。二人一交谈，云英便被罗隐才气折服，罗隐也被云英才艺倾倒，双双发出了相见恨晚的感叹。一个不舍走，一个有心留，接下来就是摆酒对饮，开怀畅谈。酒到半酣，罗隐给云英讲了一个笑话。

一个关于他自己的笑话。

宰相郑畋的女儿酷爱罗隐的诗文，是罗隐的铁杆粉丝，郑畋甚至一度怀疑女儿已爱上罗隐。一天郑小姐央求父亲把罗隐带到家里，她躲在帘子后偷看，结果大失所望，唉！这个让她朝思暮想的人，怎么长得这么丑呀？郑小姐没了看下去的胃口，怏怏地退回闺房，从此再也不读他的诗文了。

罗隐说罢，哈哈大笑。云英这才注意端详他的相貌，虽不像他夸张地说得那么吓人，却也确实令人不敢恭维，五官的搭配差了点功夫。云英心想，一个人能这样揶揄自己，可见他有充分的自信，他的自信来自满腹经纶。云英含笑道：“宋玉换了张脸，仍是宋玉；宋玉写不出《神女赋》，还是宋玉吗？我真替这位相府千金可惜，她读过你一些诗，白读了！”

宋玉，战国晚期楚鄢郢（今湖北宜城）人，屈原的弟子，著名楚辞赋大家。古代四大美男之一，美貌名流千古，并且以美貌以及楚辞，获得天下第一风流才子的称号。宋玉传世作品有《九辩》《招魂》《风赋》《高唐赋》《神女赋》《登徒子好色赋》《对楚王问》等。云英的意思是，才貌双全固然最好，但她认为与才比，宋玉的貌是次要的。相府千金重外表，不重内在，本末倒置了。

罗隐讲那个笑话，本意是试探云英，听了云英这么几句话，不由暗叫："惭愧！我还在以俗试她，她却是脱俗女子！"罗隐心中，陡添了几分对云英的敬重。

二人越谈越投机，越来越惺惺相惜。这一夜，只嫌夜短。这一夜，二人都醉了。次日，相约待他金榜题名，再度聚首。罗隐潇潇洒洒，踏上了进京的路程。

在罗隐想来，凭他之才，功名探囊可取，入仕题中之义，扶朝纲安黎民肩上之职。可是，他没有料到，此去长安，竟然名落孙山，折翅铩羽。怎么会是这样呢？

有人说，罗隐科场失利，归咎于他的恃才傲物。也有人说，主要是他狂妄悖逆，诋毁朝廷，容他不得。

这两种说法，是不是空穴来风？有没有依据？

自安史之乱后，唐王朝逐渐没落。中晚唐时期，皇帝在经济、政治、军事上已无实权，致使藩镇割据局面形成，朝政为宦官把持，边陲有吐蕃、回鹘等外族不断构成威胁。唐王朝内忧外患，痼疾重重，政局混乱，民生凋敝。罗隐忧国忧民，笔端常带忿狷，行文辛辣，以舒块垒。他曾说：“尧时有神羊，角是直的，见不直辨是非之徒用角触之。原来的羊正直，现在正直之风已经败坏了，人堕落了，羊也变了，所以现在的羊角歪了，曲了。”他还写了一首《黄河》，诗曰：“莫把阿胶向此倾，此中天意固难明。解通银汉应须曲，才出昆仑便不清。”阿胶有澄清浊水的功能，但用阿胶澄清黄河是徒劳的，因为黄河水在源头就已浑浊不堪。此诗表面说黄河，实指朝政不清。

罗隐平时敢于傲视权贵，得罪了不少人，关键时刻，痛恨他的人就把这些言论、诗作搜集起来，送到主考官手中，并大进谗言，罗隐答卷做得再好，也是枉然了。

罗隐从家乡出来时，意气风发，豪情干云，扬言区区一个进士，信手拈来，毫无悬念，他的志向是廓清吏治，为天下苍生造福。可是，考场折戟，连入仕的门券都未拿到，所有雄心壮志都沦为了笑谈，他还有什么脸面去见江东父老？罗隐咽不下这口气，决定留在京城，待下一次再考。

他这一留，留了足足十二年！

这十二年里，罗隐又进了几次考场，各种资料记载不一，有的说是十次，有的说是六次，版本不同，但有一点相同，那就是次数很多，而且，都是落第。罗隐因为被公卿大臣看不惯，甚至厌恶，每次应试都有有势者施加予他不利的影响力，使他屡屡不能中试。唐昭宗即位后，听说罗隐的才气过人，打算特批个功名给他，立即就有大臣戳壁脚，拿出一首罗隐的诗，说：“罗虽有才，然多轻薄，明皇圣德，犹横遭讥，将相臣僚，岂能免乎凌轹？”罗隐这首诗曰：“楼殿层层佳气多，开元时节妃笙歌。也知道德胜尧舜，怎奈杨妃解笑何？”唐昭宗读了，也有点不快，罗隐从此就别再指望从朝廷获得一官半职了。

罗隐愤慨难抑，将自己的小品文集题名《谗书》，在此书序言中罗隐自嘲了一通，大意是：“我来到京城，逗留这么多年，处处碰壁，饥寒交迫，穷困潦倒，无以发泄。我拿这本书来自己骂自己：他人用书得荣誉，你却拿它自取其辱；他人用书取富贵，你却因此得贫困。所以，我的书不过是自己谗媚自己罢了，就叫谗书吧。”由此可见他处境之窘迫，心情之悲凉。

就在他陷入黑咕隆咚死胡同的时候，一支橄榄枝向他伸了过来。递给罗隐橄榄枝的人是朱温。朱温，母亲是女佣，他替人放牛，从小就仇富。唐末黄巢起义，他投身进去，因杀人厉害被视为豪勇，不断提升，官至同州（今陕西大荔）防御使。有了资本后，朱温降唐，唐僖宗赐名全忠，委任为宣武军（今河南开封）节度使，加东北面都招讨使。朱温在镇压黄巢起义军的同时，扩大自己的势力，花了十余年时间，逐步吞并割据中原和河北地区的藩镇，掌控了朝廷，晋爵为梁王。此时的朱温，权倾朝野，皇帝都成了他手中的傀偪，官位在他手里更是想给谁就给谁，想给多大的官就给多大的官。朱温给罗隐的是右谏议大夫的官职。

这是个正四品官，年俸六百石。我们都听说过“四品黄堂”，苏、杭这样富庶城市的最高长官刺史也才四品。朱温正在做篡位的准备工作，急需网罗人才，因久闻罗隐盛名，便抛出了如此大的诱饵。换了别人，真是天上掉下了大馅饼，非给砸晕了头不可。罗隐如果接受了朱温的召用，那就是昨天穷书生，今日紫袍身，荣华有了，富贵也有了。可是，罗隐毫不犹豫，坚决回绝了。

朱温狡诈残忍，杀人如麻，罗隐不愿为他所用，他怎容得？罗隐深知危险，三十六计走为上，溜出了长安，打算回家乡浙江。朱温的势力还达不到南方，罗隐在那里可得保全。他十二年为躲讥笑而不回乡，现在要改一下了，与性命相比，面子问题就不重要了。因为想法变了，罗隐特地重走来时的路线，经江西钟陵，前去探望云英。

罗隐和云英分手时，流露过功名志在必得的意思，因此十二年来羞于传递雁书。现在他已不在乎云英怎么看了，说他牛皮吹破天也好，说他志大才疏，其实只是个绣花枕头也罢，他都照单全收，他只想让她知道，自己并未忘了她。十二年了，云英早已嫁人了吧？这不怪她，应该责怪的人是他，谁叫他时运不济，落拓到这步田地的呢！

罗隐怀着复杂的心情，走进了钟陵妓营。他估计云英应该脱籍，不在此处谋生了，他是去打听云英如今的下落的。罗隐踏进营门，见一幢楼上，有个女子在倚窗眺望。这幢楼他熟悉，当年他和云英彻夜欢饮，就在这楼上。倚窗倩影怎么也这么熟悉啊？难道……罗隐的心猛烈地跳动起来。

一个声音飘进了罗隐耳中，幽怨掺着欣慰："你总算来了，这十二年，我没有白等！"说这话的，是倚窗的女子，云英。

罗隐的两眼湿润了，三步并作两步飞奔上楼。

罗隐问："怎么这么巧，我进来，你正在窗前？"

云英说："什么巧不巧的，我是一有空就在窗前望你。我相信你一定会出现的，你不是薄情寡义人。"

罗隐又问："你就这样望了我十二年？"

云英点点头。

稍停，罗隐问："你还是单身？"

云英说："你不还是布衣么？"

罗隐的寒酸打扮，揭示了他的身份，所以她无须问，就清楚了。

罗隐又问："你怎不嫁人？"

云英说："我心已许人，怎会别嫁？"

罗隐说："我没给你带来荣华富贵。"

云英说："我原就未曾指望你给我这些东西。"

罗隐说："我怕委屈了你，我……"

云英伸出纤手，掩了他的嘴，说："久别重逢，莫说这些没滋没味的话。我们喝酒，像当年一样，喝个通宵，喝个大醉，庆贺你的重来。"

酒到半酣，云英说："你不是喜欢看我歌舞么，我为你跳一曲。"

仿佛风送莲花，云英飘飘袅袅，轻移绣鞋，款捻身腰，宽甩罗裙，婆娑回旋，进退逡巡，随着舞步越来越轻盈，她的身腰越捻越快，罗裙越甩越疾，最后，连人形也看不清了，罗隐眼前只有一片云，若隐若现，扑朔迷离。在那片飞旋的云中间，云英的脸乍露又隐，对着罗隐回眸一笑，罗隐只觉得眼前那一片云突然熠熠发光，变成了金色的。云英的歌喉，在不断变幻旋转着的金色的云后面响了起来，犹如玉液琼浆涓流不息地注入金樽，清香醇甜，令人心醉。

罗隐和云英，在甜蜜中度过了重逢的夜晚。

罗隐写了一首《赠妓云英》纪念这个夜晚，诗云：

钟陵醉别十余春，重见云英掌上身。
我未成名卿未嫁，可能俱是不如人。

罗隐才高八斗，云英色艺兼美，如何是不如人呢？诗之所说，反话罢了。但"掌上身"三字则是写实，典出汉代赵飞燕。赵飞燕是汉成帝刘骜的第二任皇后，身轻能作掌上舞，后人多用“掌上身”来形容女子体态轻盈美妙。罗隐第一次看云英跳舞她还是二八青春，如今十余年光阴消逝，按当时标准，已属半老徐娘，犹有“掌上身”的风采，不难想象她是何等的美丽出众了。

第二天，云英拿出她的全部积蓄，交与囊中羞涩的罗隐，为她办了脱籍手续。罗隐带着云英回到杭州，二人恩爱到老。

罗隐和云英在杭州过了几年清贫而平静的生活，迎来了转机。吴越王钱镠礼请罗隐出山，英雄终于有了用武之地。

钱镠十六岁开始以贩私盐为生，从杭州、越州（今绍兴）等地的盐场廉价买来私盐，走偏僻的山路，挑到安徽宣城、歙县去卖，一次要挑两百多斤，练出了他强壮的身体，过人的膂力。而且，还练出了他的胆识和机敏。二十一岁，钱镠从军，披甲七年，身经百战，从一名普通军士升至节度使，统辖两浙。风雨飘摇的唐王朝企图借重这位乱世雄杰，于公元902年封他为越王，904年又封为吴王，907年，两个头衔加在一起，封为吴越王。也就是说，朝廷承认中国最富庶的一块地方姓钱，是他钱氏的“家园”了。后来唐王朝灭亡，钱镠当仁不让，在属于他的地盘上，于公元923年建立了吴越国，做了一国之君。

钱镠将吴越国的都城定在杭州，在凤凰山上建了王城，再向外扩建，建了一个罗城。杭州十座城门就是在这次建城中基本定位的。建了陆城门还不够，还建了几座水城门。

钱镠耗费了大量人力物力建城，百姓感到负担很重，有意见了，有人偷偷在城墙上写了一条标语："没了期，没了期，修城才了又开池。"钱镠看了这条标语，一不究查，二不发怒，拿笔把标语改了改，改成："没了期，没了期，春衣才罢又冬衣。"意思是你们有牢骚尽管发，这个城我还是要坚持建下去的。

钱镠继续按他的意图建杭城，后来杭州人尝到了甜头，淮地军阀杨行密垂涎杭州，派遣僧人祖肩潜入杭州侦探，祖肩回去后对杨行密说："杭州城固若金汤，很难攻破。"杨行密只好放弃了这个念头。淮兵出名凶残，前几年苏州就吃足了淮兵的苦头，被他们攻破城池入内大肆抢掠，临撤还放了一把火，差点将也有"天堂"美称的苏州变成一片废墟。杭州避免重蹈姐妹城的覆辙，多亏了钱镠的远见。

这个"标语事件"让罗隐看到了吴越王的气量很大，所以愿意受他之聘，为他所用，但不知他是不是个真伯乐，便先写封信去探探虚实。钱镠这个人自小没读什么书，但通过自学也很能吟诗填词了，他看到罗隐信中有诗言道："一个弥衡容不得，思量黄祖漫英雄。"便提起笔来，回了罗隐一封信，信中有语："仲宣远托刘荆州，都缘乱世；夫子辟为鲁司寇，只为故乡。"把罗隐比作王粲、孔子，怎不叫罗隐受宠若惊，立誓余生只为报答钱王知遇之恩呢！

钱镠委任罗隐为钱塘县令，罗隐第一次进见吴越王，就建议钱镠讨伐朱温。朱温杀了唐昭宗，立其子李柷，然后废李柷，自己称帝，迁都开封，国号梁，史称后梁。罗隐鼓动钱镠道：“大王您曾是大唐之臣，发兵北伐义不容辞，纵然不能灭朱贼，也能以不忘故主、重情重义留名青史。”钱镠原以为罗隐被唐朝权贵长期压制，会怨恨唐朝，不料他并不计较个人得失，而是以道义为重，要替唐朝讨伐篡国逆贼，不禁肃然起敬。钱镠对罗隐的人品很是钦佩，虽然出于力量对比的考虑，没有听从他的建议北伐，但对他更器重了。

有人拍马屁，建议钱镠填了西湖，在这块风水宝地上盖王宫，可保钱氏后裔千年王运。钱镠说，我有国百年就足够了，自秦以来，天下哪有千年不换人主的？何况百姓是靠西湖水灌田的，无水便无民，无民哪里还有国君！你们以后少给我出这种馊主意。

钱镠不填西湖，西湖的渔民感激他，同时对他又有不满。钱镠嗜鱼，西湖渔民每天要向钱王府交纳鲜鱼，名曰“使宅鱼”。渔民的怨言传到钱塘县令罗隐耳中，借一次钱镠命他题画诗的机会，拟句讽谏道：“吕望当年展庙谟，直钩钓国更谁知？若叫生在西湖上，也是须供使宅鱼。”钱镠看了，笑了笑，第二天就废了“使宅鱼”，西湖渔民不再受其扰了。罗隐妙谏，使钱镠进一步看到了他的正直爱民，看到了他的才气智慧，不久，就将他擢为掌书记，相当于今天的秘书长。

罗隐坐在这个重要位子上，发挥的最大作用是给钱镠“敲木鱼”和协助钱镠制订国策。

钱镠当上节度使之后，生活豪华，在故乡临安盖起了宏大的宅第。罗隐担心他因奢而怠，便去找钱镠的父亲钱宽，与钱宽商量了一个计谋。钱镠回临安老家，来去都坐车、骑马，有卫兵簇拥。有一阵子，钱镠每次回去，钱宽总是避而不见。钱镠很困惑，问罗隐，罗隐说：“大概老人家不喜欢你的排场吧。”钱镠于是单身步行回乡，找到了父亲请问原因。钱宽说：“我家世代打鱼种庄稼，没有出过有财有势的人。如今你成了一方之主，却是南有闽国，西、北有吴国，三面受敌，你能自保就不易了，如果还要去与别人争夺城池，我怕你总有一天会兵败，连累全家，所以不愿见你。”钱镠听了这番话，大为震动，流着泪表示一定要记住父亲的教诲。建立吴越国之后，钱镠用小圆木制成枕头，熟睡时头稍微一动就落枕惊醒，称为“警枕”，以此提醒自己不忘吴越处境危险，应时刻保持高度的警觉。

吴越国的版图北至苏州，南抵福州，囊括两浙。据有这个膏腴之邦，换了五代十国期间的其他任何一个君主，都会凭仗这里丰富的出产、雄厚的财力，更加穷兵黩武攻城掠地扩大势力范围，钱镠却不那么贪得无厌，他制订了一条基本国策，四个字：保境安民。钱镠八十一岁高龄去世，临终前叮嘱继承人：我们钱家的子孙后代务必记住，自己只是替中央看守一块地方罢了，现在中原还不曾出现一个强大的中央政权，但迟早会出现的，到了那时候，你们就将吴越十四州奉还给中央。

钱镠有这样清醒的头脑，离不开罗隐暗中使的一把劲。

灵隐寺有一位高僧贯休，这个和尚精佛理，通儒道，对世外凡俗均有精辟的见解，人称“梵相”。钱镠很尊重贯休，常去请教，贯休的话钱镠很听得进。贯休和罗隐又是无话不谈的朋友，罗隐便利用这层关系，把自己对吴越国的设想向贯休做了详细阐述。罗隐认为，能使两浙少动干戈，远离战火，便是吴越境内百姓最大的福份。贯休完全赞同罗隐的看法，同意伺机敦促钱镠。

贯休擅画善诗，他赠了一首诗给钱镠，诗中有“满堂花醉三千客，一剑霜寒十四州”之句。钱镠看了，沉吟半晌，用商量的口吻说：“大法师，能不能改成‘一剑霜寒四十州’呢？”钱镠是在试探贯休，意思是：我这个吴越王已经掌握了两浙十四州的地盘，你对世事那么洞察，那么，请你测测，我今后的前景如何？换句话说，就是有没有可能一统天下？贯休回答道：“州亦难添，诗亦难改。”简明扼要两句话，八个字，对于钱镠不啻醍醐灌顶，从此，他打消了扩张的念头，坚定了只管治理两浙的方针。

罗隐著述甚丰，但散佚严重，今存诗歌约五百首，有诗集《甲乙集》，散文名著《谗书》五卷六十篇（残缺二篇），哲学名著《两同书》两卷（十篇），小说《广陵妖乱志》《中元传》等传世，另有书启碑记等杂著约四十篇。

月在天上看着你

相见亦无事，别后常忆君。
春风纵有情，桃花难再寻。

这是清初厉鹗的赠友诗。赠给谁的呢？朱满娘。

厉鹗（1692—1752），字太鸿，号樊榭。先世居浙江慈溪，后迁至钱塘（今杭州）。厉鹗的祖父厉大俊，父亲厉奇才，兄长厉士泰，胞弟厉子山，都是农民，而且在他还在少年时，父亲就已去世，因此家境极其贫寒。厉鹗念了几年私塾后，就再也上不起学了，他靠自学成才，康熙五十九年（1720）考中举人，后来成为一代著名文学家，浙西词派中坚人物。

朱满娘，湖州人，从小过继给无嗣的伯父母，在亲生父母、养母先后过世后，与养父相依为命。她贤惠端庄，孝敬长辈，是街坊邻里口中的好姑娘。满娘喜欢梅花，闲来常画梅，从六七岁画到十五六岁，她画的梅已经很有些功力了。这一天，朱满娘坐在城南定安街知稼桥西一栋楼上，一边欣赏河对岸的一片梅林。一边临窗描摹梅花，一阵风吹来，把她的画稿吹出了窗外，飘到了石板街上。

也是巧了，正好厉鹗到湖州访友，早不路过，晚不路过，恰恰这时刻路过安定街，画稿飘飘曳曳，落在了他的脚前。厉鹗捡起画稿瞥了一眼，见上面画着三五枝梅花，虽然称不上画艺高超，却也有几分“疏影横斜水清浅”的韵味。厉鹗抬头一望，望见小楼上一个青春年少女子，从楼窗后露出半个脸庞，正在瞧他手上的画稿。

厉鹗问：“敢问小姐，这是你画的么？”

女子点点头。

厉鹗说：“我把它放在这里，等会儿你下来取回去吧。”弯下腰，欲将画稿放在地上，一想不妥，直起身子说：“街上人来人往，踩脏了甚是可惜。”打量了一下，见这栋楼的楼门闭着，但两扇门板间有隙缝。厉鹗上前几步，将画稿插在门缝中，走了。

不知怎么搞的，厉鹗回到客栈，脑际不时浮上那女子的面容，挥之不去，搞得他心乱如麻。捱到第二天，厉鹗管不住自己的两只脚了，不由自主就朝安定街上走。可是，那扇楼窗关着，他在知稼桥的桥栏上白白坐了一个多时辰，也未见窗启。

厉鹗未免失落，快快地回了客栈。客栈伙计告诉他："厉先生，沈先生来拜访过你了，留下话来，请你明天这个时辰在小店等他。"厉鹗随口答了声："知道了。"便进了自己房间，关上门，呆坐发愣。

第三天，厉鹗早已忘了朋友要来，又身不由己前往了安定街。似乎冥冥中有谁要捉弄他，他迫切希望开启的那扇楼窗依旧紧闭，一点也不理会他莫名的焦灼。厉鹗坐在知稼桥的桥栏上，百无聊赖，忽然想起唐代崔护的《题都城南庄》："去年今日此门中，人面桃花相映红。人面不知何处去，桃花依旧笑春风。"不过，崔护是事隔一年才写的这首诗，自己才过了两天，就这般心心念念，是否太可笑了？何况，自己对那女子并无奢望，仅是因为隐隐觉得她似有什么气质，令他还想见见罢了。既然接连两天白跑，大概他与她连这点缘分都没有，那也只能算了，回去，回去，忘了她，忘了她！

厉鹗嘴上说"忘了她"，心里却还不能完全丢开，回转客栈做的第一件事，便是写下了本文开头的那首诗。

诗才写毕，沈幼牧来了。沈幼牧是厉鹗的挚友，厉鹗这次从钱塘来湖州看望几位朋友，主要是来和他晤面。厉鹗在湖州的日子，沈幼牧天天来相陪，他昨天来客栈，厉鹗外出了，今天来又扑了个空，回家后想想不放心，不知厉鹗碰到了什么事，竟然两天不知去向，所以又跑客栈来看看究竟怎么个情况。进了客房，看到厉鹗刚写的一首诗，拿起来读了一遍，笑了，说："怪不得呢，一连两天失踪，原来去做再世崔郎了。你我至交，你在湖州藏着这样一宗秘密，连我也瞒着，不应该，不应该。"

厉鹗说："我在湖州就是你们这三四位朋友，余下就是人生地疏了，哪有你说的那种秘密？"

沈幼牧指着诗稿，说："春风有情，桃花难寻，白纸黑字，不是交了桃花运又作何解释？"

厉鹗说："我和她仅在前天偶识一面，连她姓甚名谁都不知道，有何运可言？"

沈幼牧说："到底什么故事，说来听听。"

厉鹗没什么可隐瞒的，就将捡到画稿的前前后后过程，给沈幼牧说了一通。沈幼牧听罢，一拍大腿，连连说道："巧了，巧了！世上竟有这么巧的事，真是巧了！"

厉鹗问："什么巧了？巧些什么？"

沈幼牧眼珠一转，说："你先不必多问，你给这首刚出炉的诗添个'赠某女'的题目，再将以前的诗作誊写几首出来，我有用处。"

原来，安定街上画梅女子，乃沈幼牧表妹。沈幼牧知道，厉鹗的婚姻不大美满，其妻蒋氏，娘家是个小财主，初嫁他时，倒也并不嫌他家贫，而是看中了他的才气，认为凭他的才，定有出人头地的一天，她也能跟着过上夫贵妻荣的日子。康熙五十九年（1720），厉鹗参加乡试，考官是内阁学士李绂。李绂阅了厉鹗的试卷，击节而叹：“此人有大才！”立即录取了他。喜报传至，蒋氏异常兴奋，到娘家筹措了旅资，供厉鹗登舟北上参加会试。此时，厉鹗年纪还不到三十，在人们眼里，他百分百的前程看好，一路锦绣。蒋氏让丈夫早早赴京，是要他有充裕的准备时间，心无旁骛地温习功课。然而，厉鹗沿途观光的兴趣浓于会试中试，他一路游山玩水，游一处写一首诗，这一路写了十多首诗，其中有一首《广陵寓楼雪中感怀》，他写道：“沉湎居翥主，浩荡游子意。平生淡泊怀，荣利非所嗜。”厉鹗把时间都花在风光胜景上了，赶到京城，已是临考前夕，他的心还未收回来，考不好是意料中的，发榜时果然没有他的名字。

厉鹗虽落榜，但他的名声仍大得很，汤右曾就十分赏识他。汤右曾也是杭州人，康熙二十七年（1688）进士，官吏部侍郎。以逸笔写山水，着墨无多，舒展自如；工行楷，字似苏轼；诗与一代词宗朱彝尊齐名。厉鹗春闱失意，汤右曾仍专门办了一桌酒，派老管家去请这位同乡，又在府中腾出一间房，设了卧榻，打算让厉鹗小住几日，以便切磋诗文。厉鹗接到请柬，却不辞而别。换了别人，这是非常不礼貌的行为，但放在厉鹗身上，并无人责怪，反而成了美谈，“说者服侍郎之下士，而亦贤樊榭之不因人熟”（清代全祖望《鲒埼亭集外编》)。因为，厉鹗是才子，才子有些不合俗，可以原谅。

不过，人家能够对厉鹗宽以相待，蒋氏不能。丈夫没将进士捞到手，蒋氏大失所望。她逼着厉鹗悬梁刺股，下一场会试定要金榜题名。可是，从北京返回家乡后的厉鹗更加热衷于出游吟诗，更加淡薄了追求功名之心，干脆连八股文也不钻研了。蒋氏气得天天和丈夫呕气斗嘴，厉鹗给她吵得烦了，外出游览就越发频繁。蒋氏终于彻底灰心了，跑回了娘家，声言再也不想看见这个“抹不上墙的烂泥”“扶不起的刘阿斗”。厉鹗夫妻处于长期分居状态，他身边缺个知冷知暖的人，朋友们都劝他再找一个，他怕找了一个又和自己想不到一处，到头来又是蒋氏第二，所以一直没动这个脑筋。现在沈幼牧觉得，表妹朱满娘或许适合厉鹗，他打算牵线搭桥，促成一桩姻缘。

沈幼牧怀揣厉鹗亲手誊写的几首诗，兴冲冲来到了安定街朱家。朱满娘看了诗稿，说：“这首《晓至湖上》，是厉鹗厉先生的大作吧？”

沈幼牧惊讶地问：“表妹，你怎么猜到的？”

朱满娘转身进了闺房，不一会儿，拿了个本子回到客厅，说：“表兄，厉先生的诗作传遍浙北，我也很爱读，从小姐妹处抄了一些来，你看看是否都是厉先生的诗，有没有别人的混在这里？”

沈幼牧接过本子翻了翻，大概有三十余首，还真都是厉鹗的作品。他心里窃喜，暗暗寻思：“有这本子垫底，我这个冰人十有八九做得成。”沈幼牧说：“厉先生每有诗作，都会寄给我欣赏，我看你抄来的这些诗，确是厉先生所作。我倒要考考你，厉先生的诗你读出了什么味道来。喏，就拿这首《晓至湖上》来考你吧。”

诗是这样的：

出郭晓色微，临水人意静。
水上寒雾生，弥漫与天永。
折苇动有声，遥山淡无影。
稍见初日开，三两列舴艋。
安得学野凫，泛泛逐清影。

朱满娘稍微整理了一下自己的思路，说：“这首诗里，有清凉的晨雾，清淡的远山，清澈的湖水，清灵的野凫，我想厉先生构置这么一幅清新宜人的晓湖之景，应该是表现他平静闲适的心态。表兄，你认识厉先生，你印象中的厉先生，是不是个喜爱幽静的人？”

沈幼牧赞许道：“你说得不错，厉先生不求功名，甘守清寂，以畅游湖山为人生乐事，心态平和，荣辱不予计较，怨愤与他无涉。在朋友们眼里，他是一个高士。表妹，你希望认识厉先生么？”

朱满娘说：“当然希望啊，不过，厉先生愿意认识我这个默默无闻小女子么？”

沈幼牧把《赠某女》展开，说：“你读了这首诗就知道了。”

朱满娘把这首诗默读了一遍，羡慕地说：“这也是厉先生写的？是赠给他的红颜知己的吧？这个某女好福气！”

沈幼牧问：“如果这诗是赠与你的，你收不收？”

朱满娘一时未听懂这句话，睁大迷惑的双眼，瞅着表兄发愣。沈幼牧又问：“三天前，有位先生在街上拾到你画的一幅梅，此事你未忘记吧？”

朱满娘似乎品出些意思来了，脸上不由就泛起了红潮。

沈幼牧说：“厉先生这两天都到你窗下转悠，你的窗却一直关着……”

朱满娘抢过话头，着急地解释道：“我跟爹爹下乡走亲戚去了，今天才回来，并非有意躲开。”话出口，方觉害羞，脸红得更厉害了，火辣辣的，头都不敢抬了。

沈幼牧见火候差不多了，便直奔主题道：“表妹，厉先生心中有了你，你若也情愿，愚兄就要向你们两个讨杯喜酒喝了。”

朱满娘两手捂着脸，逃进了房里。

沈幼牧追问道：“你到底怎么想的？给我个答复，我也可以去和厉先生说。”

朱满娘回道：“你去问爹爹。”说罢，轻轻关上了房门。沈幼牧微笑着正要离开，朱满娘的声音从房里传出来：“表兄，诗留下。”有了表妹这句话，沈幼牧心中有了底。

沈幼牧趁热打铁，径奔客栈。厉鹗见他来了去，去了来，来来回回，步履匆匆，不知他在忙什么，便问：“沈兄，你跑来跑去，像个陀螺似的，所为何事？”

沈幼牧说：“为厉兄的《赠某女》找归宿去了。”

厉鹗不解地问：“这又怎说？”

沈幼牧说：“回答你这个问题前，我要先让你知道一个人。”接着，沈幼牧把朱满娘的情况，详详细细讲了一番。

厉鹗听到朱满娘画梅完全是无师自通，这才对自己因何念念不忘这位仅一瞥之缘的年轻女子，有了答案。厉鹗精于绘事，他在安定街上捡起那幅梅花图时，扫了一眼，发现此画虽有相当水准，但明显出自未曾受过严格训练之手，也就是说，基本可以断定，此画作者没有得到过名师指点，谈不上有所师承。随后，他看到了半露于楼窗的青春脸庞，那脸庞透出的灵气秀韵，令他怦然心动，他不禁就想道：“倘若由我来教她，凭她的灵秀，不消多久，说不定便是当朝管道升了。”厉鹗本人是自学成才的，因此对无师自通的她，潜意识里有着“惺惺相惜”之情。他连续两天坐在知稼桥上等待，其实是想找机会和她聊聊，证实一下自己的揣度，看看能否托湖州的朋友，为她介绍一位好老师。

厉鹗说："沈兄，这就是你的不是了，既然那画梅之人是你表妹，你就该替她请个老师，免得荒废了这个可造之材。"

沈幼牧说："要不是你厉兄捡到了那张画，我还不知道这位表妹喜欢画梅呢。至于替她找个老师嘛，我看不用另外设法了，你就是现成的老师。"

厉鹗摆摆手："我到湖州做客，小住几日而已，又不能经常见到令妹，何从教起？"

沈幼牧说："她一旦归你，不就再无别长聚短之弊了么？"

厉鹗意识到了什么，忙正色道："方才沈兄说'为《赠某女》找归宿'，原来是这个意思啊！你莫开玩笑了，我并无纳妾之念。"

沈幼牧说："你虽未剃度，过的却是和尚的日子，我做朋友的早就于心不忍了。这件事我替你做主，满娘最适合你，你休错过了。"

沈幼牧见厉鹗并不坚拒，料想他已心动，便紧鼓密锣张罗起来。沈幼牧找朱满娘的养父谈，承诺老人的养老送终由他负责。沈氏乃湖州名门望族，素重信誉，他一言既出，板上钉钉，老人当然相信，满口答应了这门婚事。这一关过了，接下来的事情就顺利了，雍正十三年（1735）的中秋之夜，四十四岁的厉鹗与十七岁的朱满娘热热闹闹地举办了婚礼，婚礼是由沈幼牧一手操办的，来宾都是厉鹗在湖州的朋友。

婚后，朱满娘随厉鹗回了杭州。厉鹗虽以贫士自诩，但温饱仍是不愁的，平时他坐馆授徒，束脩也还不薄。雍正九年（1731），浙江总督李卫奉敕修《浙江通志》。厉鹗、杭世骏等二十八人受聘担任分修。在厉鹗、杭世骏等人的努力下，《浙江通志》“越二年始削稿，又一年剞劂蒇事”。李卫为答谢各位分修，给每位奉上了丰厚的报酬，厉鹗因此也有了一些积蓄。扬州盐商马曰琯、马曰璐兄弟贾而好儒，“以古书、朋友、山水为癖”，家中藏书极富。文人名士纷纷来游，厉鹗也年年相访，成为马家的常客。马氏昆仲十分敬重厉鹗，一年里总要送厉鹗几回节礼，对厉鹗的生活不无小补。总之，厉鹗在日常开销之外，还有些余钱用作冶游。

自从和朱满娘结为伉俪，他的游兴就更足了，西湖上三天两头能见到厉鹗和朱满娘的身影。有时兴致太浓，白昼游犹嫌不够，晚上还并肩坐在堤边观湖上夜景。春风徐徐，湖水荡漾。杨柳轻拂湖面，月儿穿云破雾。蛙声此起彼伏，山影时高时低。不知不觉，雨丝悄悄撒下来了，疏疏春雨，轻轻地滴落在湖畔船篷上，默默地滋润着堤上花木，西湖笼罩在迷蒙清幽之中。两人还留恋着美景不愿离开，享受着看月兼听雨，鱼与熊掌俱得的乐趣。雨过之后，湖光洁白如霰。西湖的变幻之美，真是令人陶醉，令人惊奇。厉鹗将这样的情景写在了他的《春湖夜泛歌》里：

> 晴湖不如游雨湖，雨湖不如游月湖。同时看月兼听雨，二事难得鱼熊俱。
>
> 沙外登舟棹徐发，天融山暖云初活。水月楼边水月昏，烟水矶头烟水阔。
>
> 尊前绿暗万垂柳，月痕似酒浮鹅黄。一片蛙声遥鼓吹，四围山影争低昂。
>
> 此时坐上各无语，流云走月相吞吐。欲润冥冥堤上花，故洒疏疏篷背雨。
>
> 合成芳夜销金锅，繁华千古随逝波。谁把长桥短桥月，谱入吴娘暮雨歌。
>
> 雨止依然月不见，空里湖光白如霰。归向龙宫枕手眠，粥鱼初唤流莺啭。

诗中有画，画中有人。人是满娘，因为满娘，厉鹗觉得西湖的水更美了，湖上的月更是美到无以复加，于是，厉鹗为她取了个小名："月上"。

除了西湖，厉鹗带着朱满娘，踏遍了杭城的山山水水，到一处咏一处。厉鹗吟咏杭州山水的诗篇，本来就数量多，范围广。现在有了满娘陪伴，杭州的山山水水，一花一木，在他眼里就更迷人，更有韵了，都成了他描绘的对象，他的咏杭城诗也就大大地膨胀了。有心人发现，很多前人未曾注意的景物，在厉鹗的诗中露出了容颜；很多前人已经题咏过的景物，在厉鹗的诗中展现了新彩。在历代吟咏杭州风景的无数山水诗人中，厉鹗的成就最引人瞩目。说厉鹗是个杭城歌咏“专业户”，或杭州山水“专栏诗人”，并不为过。

厉鹗和朱满娘在一起的日子，是他生命中最愉快的岁月。对于朱满娘而言，同样如此，夫唱妇随、琴瑟甚笃。在厉鹗指导下，朱满娘的画艺大进，梅之外兼及其余题材，曾和厉鹗合绘《碧湖双桨图》，一时题者甚众。碧浪同舟，瑶情玉色，佳侣仙俦，桨声唱和，这是一幅多么令人羡慕、令人难忘的画面呵！以至于直到厉鹗和满娘双双去世后，还有朋友念及此画，如全祖望为厉鹗写的《墓碣铭》，铭文中便有这几句话：“冲恬如白傅兮，尚有不能忘情之吟人。情所不能割兮，贤哲固亦难禁。只寻碧湖之故桨兮，与握手以援琴。”意思是当年这对夫妇碧浪泛舟，传为佳话，可见厉鹗虽性情冲恬，襟怀孤淡，亦深于情者。厉鹗有灵，一定会到湖上寻找满娘，重温鸳梦的。

真所谓“年寿不永”，清乾隆六年（1741），朱满娘患病，病因不明，病势汹汹，厉鹗每日服侍在她身边，亲喂汤药。朱满娘沉榻半载，终至不治，不幸在乾隆七年正月三日溘然去世。这半年时间里，厉鹗花光了所有积蓄，只得典质以偿药资。他的《典衣》一诗，反映了当时的经济状况和苦闷心情：“青镜流年始觉衰，今年避债更无台。可知子敬家中物，新付长生库里来。半为闺人偿药券，不愁老子乏诗材。敝裘无恙还留在，好待春温腊底回。”

对满娘之逝，厉鹗极其悲痛，写了《悼亡姬》，以寄托自己的哀思，诗曰：

无端风信到梅边，谁道蛾眉不复全。
双桨来时人似玉，一奁空去月如烟。
第三自比青溪妹，最小相逢白石仙。
十二碧阑重倚遍，那堪肠断数华年。

以后，每年满娘忌日，厉鹗都要写一首悼亡诗，写了十年。十年后，厉鹗也离开了人世。在离开人世的前一天，厉鹗又写了一首悼亡诗。这样，厉鹗留在世上悼念心上人朱满娘的诗共十二首，合为一组。最后一首悼亡诗，厉鹗写道：

旧隐南湖渌水旁，稳双栖处转思量。
收灯门巷忺微雨，汲井帘栊泥早凉。
故扇也应尘漠漠，遗钿何在月苍苍。
当时见惯惊鸿影，才隔重泉便渺茫。

这组悼亡诗，缠绵宛转，情真意切，感人肺腑。尤其最后一首的最后一句，读来心酸，却又似乎有些欣慰。阴阳相隔，生死两茫茫，现在好了，厉鹗也要踏上黄泉路了，和他的月上相会去了，不用再独自忍受思念的煎熬了。

厉鹗的最后十年，身体孱弱，不断地受着肺病、足疾、齿痛等疾的折磨。在此期间，他的生活靠朋友们馈赠、补助，勉强维持。然而，厉鹗尽管贫病交加，著书立说却达到高潮。他有感于《辽史》的简略，采摭三百多种书籍，写出《辽史拾遗》二十四卷。厉鹗还利用经眼的大量宋人文集，并博引诗话、说部、山经、海志等书，撰写了《宋诗纪事》一百卷。《四库全书总目》评价道："(《辽史拾遗》) 拾辽史之遗，有注有补，均摘录旧文为纲，而参考他书条列于下。凡有异同，悉分析考证，缀以按语。采辑散佚，足备考证。""(《宋诗纪事》) 全书网罗赅备，自序称阅书三千八百一十二家。今江南浙江所采遗书中，经其签题自某处钞至某处，以及经其点勘题识者，往往而是。则其用力亦云勤矣。考有宋一代之诗话者，终以是书为渊海，非胡仔诸家所能比较长短也。"

《辽史拾遗》和《宋诗纪事》这两部力作，能够完成，朱满娘也功不可没。朱满娘临终，厉鹗握着她的手，动情地说："月上，你在那边等我，我还要与你荡桨碧湖。"朱满娘微微摇头，说："先生，你不要急着来，你不是一直有个心愿，想把辽史、宋诗重新说一说么？月儿升起时，就是我在天上看着你，我要看你写完这两部书。"朱满娘的这几句临终遗言，支撑着厉鹗走完了生命的最后十年，而且，赶在生命结束之前，撰写完了他要留给世人的两部重要著作。

聊将彩笔写良缘

清代中叶，坊间流传两部手抄本，一部《石头记》，一部《再生缘》。《石头记》又名《红楼梦》，作者曹雪芹，大家都知道。那么，撰写《再生缘》的是谁呢？

是才女陈端生。

在景色秀丽的杭州西子湖畔，如今河坊街556号基址上，原先有一处石砌高墙的院子，院门上题写着“勾山樵舍”四个大字，院子里有一座小山，高数十级，上有一井一泉，主人称为“勾山”，小院也以此为名。清乾隆十六年（1751），一个女孩在勾山樵舍呱呱坠地，这就是陈端生。

陈端生的祖父陈兆仑，雍正进士，“桐城派”古文家方苞的入室弟子，曾任顺天府尹、太仆寺卿，《续文献通考》

纂修官、总裁。陈端生之父陈玉敦，乾隆时举人，曾任山东登州府同知、云南临安府同知。母亲汪氏为云南大理知府汪上堉的女儿，是个知书达理的大家闺秀。陈端生生于这样的家庭，被浓厚的文化氛围浸泡着，耳濡目染，再加上她聪颖好学，从小就擅长诗文，文采斐然。清人俞蛟《梦厂杂著》称她："云贞（端生字）淑而多才，擅长笔札，工吟咏"，其诗"宛丽清和，真扫眉才子所不如者"。

乾隆三十四年（1769）九月，陈端生虚岁十八，忽然想到了要写一部书。写书的动机很简单，为了消遣。这有她的诗为证：

闺帷无事小窗前，秋夜初寒转未眠。
灯影斜摇书案侧，雨声频滴曲栏边。
闲拈新思难成句，略捡微词可作篇。
今夜安闲权自适，聊将彩笔写良缘。

那时陈兆仑在当京官，全家都迁居北京。陈端生住在北京外廊营，空闲得很，有大把大把的时间需要打发。那个时代的女孩子，没商场可逛，没明星可追，更没有手机可以泡，怎么办呢？当然，读书是个好办法，陈家有许多藏书供她读。可是，一天到晚读书也有读烦了的时候，所以她要另外想点新鲜花样出来。陈端生想到的是自己动笔，写一部从未读到过的书。

陈端生要写一部女子胜过男儿，至少也不比男儿差的书。

这种书，在家里盈箱满橱的藏书中是找不到的，那就自己来写。

十八岁是充满幻想的年纪，陈端生幻想些什么呢？她幻想女子也能独撑一面，也能拥有一番惊天伟业，和男子平分秋色。在现实中，这样逃脱世俗羁绊的女子是不存在的，所以说陈端生是幻想。既然不存在，陈端生就要凭借自己的文学才华，塑造出一个来。

陈端生塑造了一个孟丽君。她将自己所撰写的书，题了个《再生缘》的书名。再生缘啊，再生缘！此生无缘胜男儿，来世呢？陈端生在书名上是否寄予了对于或许会有的这一天的憧憬呢？

我们不知道。我们只知道《再生缘》讲了这样的一个故事：大学士孟士元有女孟丽君，才貌无双，许配云南总督皇甫敬之子皇甫少华。国丈刘捷之子刘奎璧欲娶丽君不成，遂百般构陷孟氏、皇甫两家。孟丽君女扮男装潜逃，后更名捐监应考，连中三元，官拜兵部尚书，因荐武艺高强的皇甫少华抵御外寇，大获全胜，皇甫少华封王，孟丽君也位及三台。父兄翁婿同殿为臣，丽君却拒绝相认，终因酒醉暴露身份。

这是《再生缘》第一卷至第十六卷的情节概略。陈端生花了两年时间，写下洋洋洒洒十六卷，六十四回，五十余万字。这两年里，陈端生写作十分勤奋，常常挑灯夜战，在寒冷的冬天仍笔耕不止。陈端生有诗纪录她的创作状态：

仲冬天气已严寒，猎猎西风万木残。
短昼不堪勤绣作，仍为相续《再生缘》。

书中虽是清和月，世上须知岁暮天。
临窗爱趁朝阳暖，握管愁当夜气寒。

这两年里，陈端生《再生缘》的忠实读者，是她的母亲。而且，母亲还是这部稿子的唯一读者，也是《再生缘》第一位知音。陈端生写完一回。母亲就看一回，看完一回，等她写下一回。母亲对《再生缘》，有着浓厚的兴趣，女儿写下的这部弹词作品，给了她极大的阅读愉悦。即使在病中，她也坚持阅读，读《再生缘》能让她暂时忘了病痛。后来母亲病重了，起不了床，还丢不开《再生缘》，为了不妨碍大女儿继续写下去，她让小女儿读给她听。陈端生写这部书，开始纯粹是消遣，渐渐地，她是为母亲而写。母亲病逝后，失去了母亲的陈端生非常伤心，以至每当摊开稿笺，眼前就会浮起母亲阅读时的音容笑貌，令她悲恸难抑，于是，她搁笔了。

这一年，陈端生二十岁。

二十二岁上，陈端生做了新娘，嫁入范家。丈夫范菼，范璨之子。范璨也是雍正进士，和陈端生的祖父同科，曾任湖北巡抚、安徽巡抚、资政大夫、工部侍郎等官。范氏世居秀水（今浙江嘉兴），与陈端生母亲是同乡。两家联姻，门当户对，又有乡谊，在世人眼里相当合适。陈端生心中却很忐忑，不知从未谋面的夫婿人品怎样，性情如何。但这事由不得她，纵然她才情横溢，仍须和其他姑娘一样，终身大事靠运气，父母为你选个狗，你就得嫁狗，狗脾气是好是坏，看你造化。陈端庄生真是算幸运的，范菼温文尔雅，懂得疼人，婚后两人情投意合，琴瑟相和。公婆待她也好，范家上下对她都很尊重。她身在婆家，觉得很是幸福美满。婚后一年，陈端生生一女，后数年产一子，一双儿女给她的生活增添了更多甜蜜。陈端生如此描述婚后数载的生活：

幸赖翁姑怜弱质，更忻夫婿是儒冠。
挑灯伴读茶汤废，刻烛催诗笑语联。
锦瑟喜同心好合，明珠蚤向掌中悬。

遗憾的是，这顺心惬意的日子，并未持久，厄运突然降临到了她的头上。

范荽是个秀才，目标自然是举人、进士。可是，他科场不利，连乡试一关也迈不过去，遑论会试。范荽对此耿耿于怀，提起此事经常长吁短叹，愁眉不展。陈端生倒是不在乎夫君有无功名，曾写诗宛转地劝慰他："亨衢顺境殊安乐，利锁名缰却挂牵"，意思很明白，希望他安心过好日子，不必弄个名利枷锁把自己套住。可是，范荽是劝不醒的，父亲身为封疆大吏、朝廷重臣，他这个当儿子的，连个举人都未考上，不被人笑话么？范荽抱定了宗旨，不管有多难，也要榜上有名，光宗耀祖。乾隆四十五年（1780）九月，顺天（今北京）乡试中发生舞弊行为，主考官抓获几个夹带字条的考生，陈七是主犯。陈七被抓后为了立功减轻处罚，胡乱攀诬，把认识的考生统统供作同犯，范荽与他有一面之交，也被他罗列进来。乾隆龙颜大怒，下旨严惩，陈七被判绞监候（死刑缓期执行），其他人则被发配新疆伊犁。范荽卷入了科场弊案，充军边陲，陈端生的境况从此改变。这位才女的后半生，和前半生的落差于是就非常巨大了。

陈端生的前半生，生活舒适、安逸，心情舒畅、轻快。有一段时间，父亲在登州（今山东蓬莱）当最高长官，她去那里待了七个月，写了不少诗，其中有一首曰：

地临东海潮来近，人在蓬山快欲仙。
空中楼阁千层现，岛外帆樯数点悬。

这首诗，不光是展现了优美的风景，更主要的是，让我们窥见了她的精神世界。那个阶段的陈端生，生活里花团锦簇，什么都不缺，独却一个“愁”字，以及一个“苦”字。她可以心高气傲，也可以春风得意。她活得滋滋润润，过得顺风顺水。总之，算得上是个命运的宠儿。

现在完全不一样了，丈夫既是发配边疆的罪犯，陈端生就连带着背上了耻辱的十字架。原有的优越感消失殆尽，她成了人家指指点点、讥讽嘲笑的对象，舆论的压力使她抬不起头来。范氏是秀水大族，范菼为嫡支，父亲又做着高官，他们这一家在族中地位高于旁支，族中许多人平时羡慕嫉妒恨，只是不敢表示出来，表面上还得装作奉承的样子。等到范菼落难，这些族人怎还会不嚼舌头根子，对陈端生事事刁难，处处排挤。对于随时都会抛来的白眼，喷来的口水，陈端生能忍，但她不愿让一双儿女跟着受委屈。陈端生做了个决定：回杭州老家。

今天我们从嘉兴到杭州，走高速公路，一个小时的车程。陈端生从秀水到杭州，就没有这么便捷了，一路舟车劳顿，白天赶路，夜晚宿店，花了整整三日，又要照料两个小孩，令娇弱的陈端生很是辛苦。经此一番颠簸之苦，平安抵达西湖勾山樵舍，陈端生迎来了她又一轮相对安定的岁月。

再度生活在杭州之后，陈端生才知道，她的《再生缘》已在杭城女眷中传遍。这是她的妹妹陈长生带回来的。陈玉敦和汪氏没有儿子，只有三个女儿，端生为长，庆生为次，长生最幼。庆生早夭，端生和长生姐妹都文采斐然。端生自不待言，有《再生缘》为证。长生也不逊色，是当时文豪袁枚的女弟子，嫁与曾任翰林院编修的叶绍楏。叶家女性都富于才思和诗艺，其水平之高，令时人称奇。袁枚就曾评论说："吾乡多闺秀，而莫盛于叶方伯佩荪家。其前后两夫人，两女公子，一儿妇（指长生），皆诗坛飞将军也。"（《随园诗话补遗》）陈长生对姐姐端生创作的弹词十分喜爱，抄了一份，给叔伯姐妹传阅，凡阅者皆爱不释手，又转给闺友阅读。就这样一传二，二传三，不断地传阅，不断地抄写，这些年过去，杭州但凡识些字的女子，闺房中都有了一部手抄的《再生缘》。陈端生知道这个情况后，甚是欣慰。

《再生缘》的故事情节一环扣一环，惊险连着惊险，一阅之下再难放下，杭城淑女这些年来竞读《再生缘》，一点也不奇怪。但是，《再生缘》只有十六卷，孟丽君以后还会遇到什么事，是大家关心的。现在陈端生回杭州了，女读者们纷纷催促她继续写下去，让大家看到最后的结局。陈端生深受鼓舞，觉得有义务续完这部书，她的一首诗录下了当时的心情：

惟是此书知者久，浙江一省偏相传。
龆年戏笔殊觉笑，反胜那，沦落文章不值钱。

闺阁知音频赏玩，庭帏尊长尽开颜。

谆谆更嘱全始终，必欲使，凤友鸾交续旧弦。

陈端生还有一首诗，记的也是这件事：

知音爱我休催促，在下闲时定续成。

白芍霏霏将送腊，红梅灼灼欲迎春。

向阳为趁三竿日，入夜频挑一盏灯。

仆本愁人愁不已，殊非是，拈毫弄墨旧如心。

其中或有错讹处，就烦那，阅者时加斧削痕。

乾隆四十九年（1784），也就是《再生缘》创作中止十二年以后，陈端生重新提笔，续写了第十七回。可是，此一时彼一时，此时的生活环境以及由此而造成的写作心境都已经大变，正如她自己说的，“仆本愁人愁不已，殊非是，拈毫弄墨旧如心”，她的续写进度大不如前，在亲友的催促下用了将近一年的时间，她才写下第十七卷，就又一次搁笔了。陈端生很无奈，她有诗一首透露了自己的无奈：

起头时，芳草绿生才雨好，

收尾时，杏花红坠已春消。

良可叹，实堪嘲，

流水光阴暮复朝；

别绪闲情收拾去，
我且待，词登十七润新毫。

陈端生是准备在十七卷后再往下写的，但毕竟“杏花坠、暮复朝”，曾经沧海岂如当年无忧，她实在写不下去了，只能叹息一声，停下笔来，从此不复有作。

嘉庆元年（1796）正月，新帝登基，大赦天下。陈端生的夫君范菼发配新疆已经十五年，赶上此次大赦，终于可以回家了。陈端生并未等到夫妻团聚这一天，范菼还在赶回家来的路途中，她却离世仙逝了。这一年，陈端生四十五岁。

陈端生弃世时，年纪还轻，她是生病而亡，还是忧郁而死，查不到史料。这位才女，留存于史料的实在太少了，以至于现在有人写有关陈端生的文章，会用这个标题：“不该湮没的一代才女”。但是，我们相信，她是期待着与丈夫团聚的，因为她有这么一首诗留在世间：

未曾蘸墨意先痴，一字刚成血几丝。
泪纵能干犹有迹，语多难寄反无词。
十年别绪春蚕老，万里羁愁塞雁迟。
封罢小窗人尽悄，断烟冷露阿谁知。

这首诗可以看作陈端生咏《再生缘》，《再生缘》的十六卷与十七卷相睽整整十年，诗中感叹全然适用。然而，我们也应注意“万里羁愁塞雁迟”这一句，谁与她相隔万里？丈夫范菼！陈端生对阔别一十五载的丈夫的思念，“阿谁知”？

陈端生将她的这份思念，纳入了自己的心血结晶《再生缘》。《再生缘》前十六卷，她仅用了两年时间，而十七卷，她耗时近一年。是陈端生的笔滞了，还是文思枯竭了？都不是，而是她在续写之前，对前十六卷做了修改，大半年工夫花在这上面了。这次修改，陈端生原打算加强主角孟丽君的爱情线索，但改来改去，越改越不满意，最后干脆把重写的段落一一删除，依旧恢复了原稿。为什么这样呢？因为她越是渲染孟丽君的爱情，就越是感伤于自己婚姻遭受的飞来横祸，实在无法说服自己将一个虚构的美满爱情故事硬塞给读者。

由此可见，陈端生夫妇被生分活拆于万里之遥，对她的打击到底有多大。

或许也正是这个原因，陈端生勉强写下了第十七卷，就再也写不下去了。

今天我们看到的二十卷全本《再生缘》，后三卷是杭州女诗人梁德绳所续。梁德绳是侍郎梁敦书之女，兵部主事许宗彦的妻室。工诗，能书，善琴，尤长篆刻。许宗彦五十一岁就去世了，这年梁德绳才四十八岁。守寡十余年后，梁德绳想起和自己做了三十年恩爱夫妻的许宗彦，心情难以平静。这时，梁德绳得到一部《再生缘》的手抄本，书名就引起了她的感慨，心想，自已和亡夫未能白头偕老，这份情缘留待来世再续吧！梁德绳翻阅书卷，一看就放不下了，看完全书，竟未完卷，不免感到不满足，顿起续写之念。梁德绳有诗谈她续写《再生缘》的缘起：

可怪某氏闲闺秀，笔下遗留未了缘。
后知薄命方成谶，中路分离各一天。
天涯归客期何晚，落叶惊悲再世缘。
我亦缘悭甘茹苦，悠悠卅载悟前缘。
有子承欢万事足，心无罣碍洗尘缘。
有感再生缘作者，半途而废了生前。
偶然涉笔闲消遣，巧续人间未了缘。

梁德绳在诗中坦露，她想以续《再生缘》来抒发对夫君的思念之情。由于有这种目的，梁德绳续的三回，写孟丽君女儿身暴露后，上本陈情，皇后、皇甫一家也替她向皇帝求情，太后将孟丽君认作螟蛉女，封为保和公主，三管齐下，皇帝终于赦免了犯下“欺君”大罪的孟丽君，并赐婚，让孟丽君与皇甫少华做了夫妻。

《再生缘》最后由女作家侯芝整理为八十回本。侯芝，南京人，乾隆进士、江西抚州府知府侯学诗之女，文学家梅曾亮之母。幼承家学，通经史，性好吟咏。自嘉庆十六年（1811）起，专改弹词，《再生缘》是她改写、整理的数种弹词中最成功的。因《再生缘》受到广泛欢迎，书商便将它刻印出售，有道光二年（1822）宝仁堂刊本、道光三十年（1850）三益堂刻本、咸丰二年（1852）文聚堂刊本、经畬堂重刻本、同治丹桂堂刊本、光绪辛卯（1891）学库山房刻本。到了民国年间，出现了石印本《再生缘》，有上海进步书局本、广益书局本、普新书局本等。上海沈鹏记书局还出版过十二卷六册一套的《绣像绘图龙凤配再生缘》，印刷十分精致。解放后，又出版了多种铅印本的《再生缘》。

《再生缘》问世后，赢得了“北红南缘”的赞誉。“红”，北京籍曹雪芹的《红楼梦》；“缘”，杭州籍陈端生的《再生缘》。《再生缘》故事情节曲折，文笔细腻，具有较高的文学艺术价值，自其诞生后即被多种艺术形式所移植。京剧、越剧、淮剧、豫剧、粤剧、锡剧、黄梅戏、湖南花鼓戏等剧种，都有这个题材的剧目，所以有人形容为“万家传唱孟丽君”。《再生缘》改编成苏州弹词，在书坛演唱至今。二十世纪，《再生缘》被多次改编成影视作品。另外，《再生缘》改编的小说、连环画也有多种版本。

陈端生曾画过一幅自己的肖像，还留了题画诗，诗中有“肯教螺髻换乌纱”一句，可看作她塑造《再生缘》主角孟丽君的“轴”。孟丽君才貌双全，具有超常的胆识、非凡的魄力，反抗权势，智避迫害，女扮男装，易名赴试，三元及第，官至丞相，化解难题，游刃有余，快意恩仇，爱憎分明。有论者评说：陈端生创造出堪称女性独立之典范的孟丽君，世上罕见，具有非同寻常意义。

孟丽君的形象，其实就是克隆了徜徉在梦幻世界的陈端生。考虑到现实生活中的陈端生是清乾隆时期的人，陈端生和她的《再生缘》确实意义非同寻常。这样一个奇女子，出于杭州，为什么？也是值得探究的。

一树梨花压海棠

这个标题是从苏东坡诗中借来的。苏东坡有位好友张先，字子野，乌程（今浙江湖州）人，擅词，与柳永齐名，宋代李颀《古今诗话》载："有客谓子野曰：'人皆谓公张三中，即心中事、眼中泪、意中人也。'子野曰：'何不曰之为张三影？'客不晓。公曰：'云破月来花弄影'、'娇柔懒起，帘幕卷花影'、'柳径无人，堕絮飞无影'，此余生平所得意也。"后来，人们就称呼他张三影。张先年届八旬，娶了个小妾，芳龄十八。朋友们免不得要去祝贺，奉上礼金，讨一杯喜酒喝。张先心里美滋滋的，多喝了几盅，让小妾给朋友们倒酒，并即兴赋诗一首："我年八十卿十八，卿是红颜我白发。与卿颠倒本同庚，只隔中间一花甲。"苏轼也即兴附上了一首："十八新娘八十郎，苍苍白发对红妆。鸳鸯被里成双夜，一树梨花压海棠。"以梨花指新郎的白发，海棠指红颜少妇，很形象，很生动，很诙谐，很俏皮，把新郎的满头白发和小妾的粉嫩面容都囊括了，摆到了放大镜下。文人圈里，好朋友相互打趣并无恶意，反是一种佳话。张先对"一树梨花压海棠"这一句特别欣赏，连说："妙，比喻得妙！相比之下，我的'卿是红颜我白发'太直白了。惭愧，惭愧！"张先请苏东坡把这首诗写下来，他装裱后挂在了新房壁上。

不过，我们这里要讲的不是张先，而是李渔。

李渔（1611—1680），号笠翁，江苏如皋人，晚年移居杭州西湖。他集文学家、戏剧家、戏剧理论家、美学家于一身，一生著述丰富，著有《笠翁十种曲》《笠翁一家言》《闲情偶寄》等五百多万字，还批阅《三国志》，改定《金瓶梅》，倡编《芥子园画谱》等，是中国文化史上不可多得的一位艺术天才。他还长期领导戏曲演出活动，有丰富的演出实践经验。所著《闲情偶寄》一书中的"填词部"和"演习部"，是他的戏曲理论。后人把这两部分单独抽出，称为《李笠翁曲话》，这是中国古代戏曲理论遗产中一部自成体系、见解深刻的重要著作。李渔被后世誉为"中国戏剧理论始祖""世界戏剧大师""东方莎士比亚""休闲文化倡导者""文化产业先行者"，被列为世界文化名人之一。

请注意李渔“长期领导戏曲演出活动，有丰富的演出实践经验”这一条，在这方面他之所以能胜出同时代其他戏曲家一筹，与两位女演员有直接关系。两位女演员一个姓乔，一个姓王，都是李渔家班的台柱，长大后，都成了李渔心爱之妾，人称乔姬、王姬。

李渔这个人，似乎命中注定无财，亦无官。李渔祖上经商，做的是药材生意，赚了不少钱，如果他愿意接过这个摊子，凭他的聪明和能力，他可以把家业扩大的。但是，他选择了一条读书出仕的路，却在入口处就屡屡碰壁，应了两次乡试，都是名落孙山。李渔一气之下，一心一意写他的剧本，反正祖上留下的颇多钱财，足以保障他做个没有稿酬的自由撰稿人。不料命运又不眷顾他了，明末清初是个大动乱的时代，先是崇祯末的浙东白头军起义，后是顺治初清军南下，李渔两次逃难，搞得元气大伤，只好卖掉了祖传的百亩田产和几幢住宅。明末黄鹤山农《玉搔头序》说李渔“家素饶，其园亭罗绮邑甲。久之中落，始挟策走吴越间，卖赋以糊口”。李渔后来的生活费用，全得仰仗手中一支笔了。

李渔穷了，但艳福不浅。“笠翁携家避地，穷途欲哭，余勉主馆桀，因得从伯通庑下窥伯鸾，见其妻妾和谐，虽长贫贱，无怨。不作《白头吟》，另具红拂眼，是两贤不但相怜，而直相与怜李郎也。”（虞巍《怜香伴》序）“笠翁妻妾和谐，虽贫贱，不作《白头吟》，另具红拂眼，亦可取也。”（李调元《雨村夜话》）从李渔同时代人和后人的大量资料中，我们经常能看到这些记载。

从今天一夫一妻制的视点看李渔的妻妾和谐，有人会认为不是个事儿，对于纳妾行径，理当痛斥。但是，“纳妾制度差不多与中国一样古老。纳妾制度背后的问题也与一夫一妻制同样古老。在东方，当男人们对婚姻不满时，他们就去找歌妓，或纳妾；在西方，人们则去找情人，或偶尔出出轨。社会方式不一样，而根本问题惊人地相同，对这种行为的社会态度，尤其是对妇女的态度，东西方也有差异。中国人狎妓纳妾是得到社会认可的，而西方人则顾及体面，不愿意谈这类事情”。（林语堂《吾国吾民》）林语堂所说，也有不确，西方人不大以情人炫耀吹嘘，主要是出于西方文明对于隐私的尊重，尤其是对于女性的尊重。不过，林语堂把纳妾放到中国社会传统背景下论述，是很有道理的。在李渔的社会，我们只能以他对妻妾的态度来评说他，他不是对婚姻不满才纳妾的，他对妻妾的一视同仁的呵护，创造了妻妾和平共处的必要条件，这就很不错了。

李渔的发妻徐氏，是个农家女，替丈夫生了一子一女。徐氏想来属于那种贤惠且大度的女人。李渔的第一个妾姓曹，是他避战乱客居金华，同知许彩檄出钱帮他娶的。曹氏任劳任怨协助徐氏料理家务，谅必也是个晓事理、不争风的女人。“另具红拂眼”专指乔姬和王姬，也是朋友送给李渔的。一妻三妾，和和睦睦生活在一起，不嫌李渔贫穷，只对他的才爱之惜之敬之怜之，李渔想来是前世敲穿三千木鱼，修来的今生此福。

乔姬是程质夫送的。

那一年李渔受陕西巡抚贾汉复、甘肃巡抚刘斗之邀，途经山西平阳（今临汾），住在一家客栈，看到客栈门前大街上有人卖女孩。女孩十二三岁，面容姣好，身材纤柔。李渔以行家的目光一瞥，就看出女孩若是一化妆，上得舞台便是好身段。李渔有个私人戏班，班子里几个女孩，材质上都不及这个小女孩。李渔上前询问，方知卖她的人不是什么人贩子，而是他的亲爹，实在是连年灾荒，娘饿死了无钱埋葬，不得已才出此下策的。也有人愿买她，她爹看那些人都不像善良之辈，没有答应，只想候到一位正人君子，哪怕价廉些，够他家买一口薄皮棺材和半年口粮，这交易也就成了。李渔倒是想买这女孩的，却因囊中羞涩，连那么点儿钱也付不起，只好摇头叹息，回客栈休息。一会儿平阳太守程质夫慕名微服来访，听李渔谈起方才一幕，便向跟班使了个眼色，跟班找个借口就退出去了。程质夫和李渔畅谈半天，尽兴而辞。程太守刚走，那跟班就进来了，后面随着一个女孩，正是李渔想买回家去习戏的乔姑娘。程太守有心替李渔出这笔钱，又顾他的面子，没有当着他的面解钱袋子，遂让跟班的悄悄去办理了此事。

李渔带着乔姑娘到了西安、兰州，程太守买姬赠笠翁的新闻也跟着到了西安、兰州，刘斗身为封疆大吏，对待大戏曲家总不能比一个太守小气吧？所以，早就买了几个女孩在等李渔挑选。其中有个姓王的女孩，李渔一眼看出，倘让她换穿男装，上台必定是个俊小生的架子。李渔尚未有所表示，乔姑娘已经跑到王姑娘身旁，拉着她的手横看竖看，笑嘻嘻问李渔："先生，你说我俩可配对？"李渔哈哈一笑，这一笑，王姑娘就属于他的了。

两位姑娘被李渔带回杭州后，刻苦学习演戏的本领，二人的悟性都极高，无论多难的曲子，教两三遍，她们就能独自演唱。授曲的老艺人说："我教了三十年曲子，教过数百女孩，学几十遍能微知大概的，就算出类拔萃的了，没想到李先生你的两位姑娘天分这么高，才学了一个月，我肚里的货色差不多都给她们学去了，再让我教一个月，恐怕我要反过来拜她们做老师了。"李渔唯恐老艺人夸张，决定对乔姬、王姬测试一下，他请了一批精通曲律的朋友，隔着屏风听两姬唱曲，直把朋友们听得摇头晃脑，赞不绝口。有位朋友更有趣，时隔三天，在街上碰到李渔，劈头就埋怨道："啊呀笠翁，你把我害苦了，你真把我害苦了！"李渔一惊，忙问："这话怎说？这话怎说？"朋友道："那天在你家听了曲，回家后一直余音绕耳，到现在耳边仿佛还隐隐响着呢，更要命的是，自从耳朵享受了一番，嘴巴有意见了，用肉喂它，它也嫌没味，怪我偏心，没用世上最美的东西招待它。”这位朋友虽是说笑话，但也是真心夸两个小女孩。听朋友这么一说，李渔对乔姬和王姬信心更足了。

乔姬容貌美艳，宜饰旦角，王姬的长相虽稍逊乔姬，但一旦易妆换服，却与美少年无异，令人惊叹，李渔便让王姬扮演生角。乔、王二姬对李渔剧本的理解也是其他演员难以企及的，“微授以意，不数言辄了；朝脱稿，暮登场，其舞台歌容，能使当日神情，活现氍毹之上”。(《闲情偶记·演习部》) 李渔亲自为她们讲解戏文，乔姬和王姬果然悟性超群，智慧超常，拿到剧本，只消李渔略加指点，便能心领神会，触类旁通，能够创造性地表演剧本内容。三个月过去，就已是李渔写剧本上午脱稿，乔、王二姬经过一下午消化、切磋，晚上登台，便能演得出神入化，博得满堂彩。任何剧目经她们一演，“人皆谓旷代奇观”。李渔带着由乔、王二姬为核心的家班“游燕、适楚、之秦、之晋、之闽，泛江之左右、浙之东西”，四处演出，造成了巨大影响，“天下妇人孺子无不知有湖上笠翁矣”。

乔、王二姬一年年长大，李渔对两个姑娘，尤其是对乔姬，感情不知不觉就产生了变化，由原来的主人和家姬的关系，变作了视为一家人。一天，李渔特地给了乔姬一个昵称：“雪儿”。姑娘是敏感的，乔姬感觉到了李渔的心思，王姬也感觉到了。一天深夜，王姬一觉醒来，发现乔姬坐在床上，双臂环膝，望着窗外一轮明月发呆。王姬问："怎的，失眠了？"

乔姬说："心里塞了团乱麻似的，睡不着。"

王姬问："因为李先生？"

乔姬点点头："你我虽非一母所生，却亲如姐妹，你替我拿个章程。"

或许是生来性格使然，也或许是戏台上扮演不同性别角色久了，受了影响，乔姬遇事少主张，王姬颇有几分男子汉大丈夫的豪爽果敢。王姬直通通说："我问你几个问题，你答了，章程自然就有了。我先问你，你心底藏有别的意中人么？"

乔姬叫屈道："别人不知，你还不清楚么？你我这些年来，天天在一起，我心里有没有人，能瞒过你？"

王姬问："那么，你嫌不嫌李先生岁数大了些？"

乔姬羞答答说："我敬他才学，其他并未多考虑。"

王姬问："你可担心跟了李先生，会过得不趁心？"

乔姬认真地说："先生为人，你我皆知，我忧从何来？"

王姬轻笑一声，说："这不就结了，你还心烦意乱些什么？是不是认为自己配不上李先生，故而犹豫？依我看来，李先生有李先生的长处，你也有你的优胜，你与他果真合做一人，倒也是天作良缘，我先祝贺你们。"

几句话，听得乔姬脸通红，但心里那点犹豫，也烟消云散了。所以，待李渔正式提出要娶她时，乔姬没有忸怩，大大方方接受了。

乔姬成了李渔的“如夫人”，觉得自己原来和王姬情同姐妹，平起平坐，现在身份不一样了，相处就有些别扭了，于是跟李渔提出，不如干脆将王姬也娶了吧。李渔自然乐意，王姬也成了他的房中人。

这一日，杭州的一帮朋友请李渔去浴鹄湾，说浴鹄湾的梨花开了，正是赏景观花、酌酒唱和的好时节。李渔兴致勃勃对乔姬说：“知道我为何赠你‘雪儿’这个小名么？‘恰如一夜春风来，千树万树梨花开’，前人咏雪，这两句写得最绝。我在百花中最爱梨花，‘欲知春消息，且待梨花讯’，早春三月，乍暖还寒，若遇连晴，昨日尚沉默着的梨树，今天人家门扉一启，便会惊喜地发现，雪一般洁白的梨花已经开满枝头了。看到梨花，人们知道春天真正来了，心底不由便有一股温暖涌起。我还曾这样论梨花：‘雪为天上之雪，此为人间之雪；雪之所少者香，此能兼擅其美。’雪儿，你既获此名，就不可错过观赏梨花的机会。”他这洋洋洒洒一大篇话，说得乔姬心也痒痒的，不顾春寒料峭，跟着李渔和一帮朋友来到了浴鹄湾。

浴鹄湾在于谦祠和乌龟潭之间，距五台梦迹、花港观鱼、苏堤春晓、雷峰夕照、南屏晚钟、吴山天风、柳浪闻莺都很近。湾内春水晴云，风光殊佳，经常可以听到渔樵唱答，一派悠闲景象。浴鹄湾梨树连成一片，梨花盛开时，更是吸引游人的好去处。

朋友中有一位汪然明，和李渔是莫逆之交，也是李渔家班的长期赞助人。今日观赏梨花，就是他发起的。汪然明生性豪爽，风趣谐谑，想在赏梨花时寻李渔开心，他从袖筒里摸出一笺，说："我这里有诗一首，欲烦嫂夫人唱一遍，以饱我们耳福，众位意下如何？"

众人一起叫好，乔姬不便推辞，接过词笺浏览一下，不由脸露些许尴尬，用眼觑着李渔，显然是要丈夫出面解围。李渔凑过脑袋去，把笺上的词瞄了一下，哈哈笑道："唱，唱。我比张先年轻，就已有了梨花海棠之美。雪儿，唱上一唱，羡煞汪老弟。"乔姬见丈夫如此大气，便展开歌喉，坦然唱了起来，唱的正是苏东坡调侃八十老新郎的那首诗。"一树梨花压海棠"，二度造成了佳话。

乔、王二姬非但是李渔事业上的左臂右膀，而且是他最知冷知暖、知心知肺的人，生活上她们对他无微不至地照料，精神上她们与他很是相通，李渔对她们也倍加赞赏，评乔姬"体贴文心，浣除优人积习有功词学，殆非浅鲜"，王姬"即不登场，使角巾相对，执尘尾而伴清谈"，两姬之于他，"不知者目为歌姬，实予之韵友也"。（李渔《一家言·乔复生王再来二姬合传》）

在李渔心目中，乔、王二姬是他最可珍惜的。所以，乔、王二姬先后病故后，李渔要给她们取名，一个"复生"，一个“再来”。李渔是不能忍受失去她们之痛呵！

乔、王二姬是因病亡故的，死的时候都还太年轻，都还只有十九岁。两人之死，相差仅一年。这对李渔的打击太大了，他一直不能原谅自己，不能用当时的医疗条件差来开脱自己，一直固执地认为乔、王二姬是因他而累死的。他穷，他要维持家班，他就不得不带着家班到处赶场子，多挣一点钱。如此繁重的演出任务，压得最喘不过气来的当然是担当男女主角的乔姬和王姬，何况，其他演员演出完了也就休息了，乔、王二姬却还要轮流侍候他的饮食起居，能不累吗？能不累出病来吗？

乔姬临终前，拉着李渔的手，断断续续说了她此生最后几句话：“先生，我这一生有幸待在你身边，就是死也没有什么遗憾了。如果一定要讲还有一点遗憾，那就是我未能多侍奉先生几年。但愿有来生，来生我仍要与先生续缘。”

王姬咽气前，也拉着李渔的手，艰难地吐出了她最后的一句话：“先生，良缘到今天结束了…… ”她还有话要说，但大限已到，恋恋不舍地凝视着李渔，停止了呼吸。王姬还想说的话未吐出来，没关系，李渔完全明白她的心迹，因为她到李家不久，就说过这样的话：“生卧李家床，死葬李家地，此头可断，此身不可去也！ ”

乔姬和王姬对李渔的感情之深，还用做更多的说明吗？

李渔眼前翻过这一幕幕情景，他怎还忍得住不老泪纵横！他在涕泪滂沱中，提笔写下了《乔复生王再来二姬合传》，又写下了《断肠诗二十首苦亡妾乔氏》和悼念王姬的《后断肠诗十首》。无论是文还是诗，读来都令人唏嘘伤感，这位大戏剧家的痛苦，几可触摸。

在此之前，李渔笔下从未流淌过这样悲凄的文字。李渔是个很乐观很豁达的人，影响到他的创作，从他笔下出来的剧作，大多是喜剧和闹剧，他用一首诗交代了自己的创作宗旨，诗曰：

传奇原为消愁说，费尽杖头歌一曲。
何事将钱买哭声，反令变喜成悲咽。
惟我填词不卖愁，一夫不笑是我忧。
举世尽成弥勒佛，度人秃笔始可投。

李渔说得非常明确，他希望以自己的创作来为人们添点欢乐，他不愿意看到世界始终被愁云笼罩。或许这和他的经历有关，他的经历很容易让人感到生活是愁苦的，他不想把一己之愁苦摊给众生尝，李渔作为一名著作等身的戏剧家，伟大处正在于兹。除了个人性格方面的因素，李渔这种创作宗旨，很大程度与乔、王二姬给予他的愉悦有着直接关联。

乔姬十三岁跟随李渔，那年李渔已五十六岁；王姬属于李渔，是后一年的事，当年王姬也是十三岁，李渔五十七岁了。以那个时代女子许嫁的年龄标准，乔、王二姬当在十六岁先后被李渔收房的。年少又善解人意的乔、王二姬，对于李渔堪为一剂回春妙丹，李渔显得年轻了十岁，说起话来中气足了不少，行动和小伙子一样敏捷，颇有点“老夫聊发少年狂”的味道。李渔从乔、王二姬那儿获得的，自然不止于生理上的愉悦，更主要的还是在精神上，用李渔自己的话说，有了她们两个，“愁处能令发笑，穷时亦觉财添”，他有了一般人所难求得的富足感，终日欢欢喜喜、开开心心的。精神上的富足，是人世间最大的富足。

可是，随着乔、王二姬的早亡，这一切都消失了。

李渔觉得生趣日减，凡事都打不起精神来。在无望的思念中，在思念的泪水中，他孤独地熬了几年，油干灯草尽，一颗衰竭的心脏停止了跳动，大戏曲家李渔到泉下追随他的乔、王二姬去了。

由于李渔对乔、王二姬如此的感情，我们不妨将“一树梨花压海棠”改为“一树梨花护海棠”或“一树梨花荫海棠”。

李渔死后，葬在方家峪九曜山南坡，墓碑乃钱塘县令梁允植所题：湖上笠翁之墓。

梁允植很懂李渔，所以在墓碑上题的是这么几个字。李渔生前自号湖上笠翁，这个湖就是西湖，这位大戏曲家与西湖结下了不解之缘，他作古了，还给西湖留下了事涉一段风月情缘的美好回味，关于他和乔、王二姬的。

图书在版编目（CIP）数据

杭城风月／卢群著．—上海：上海三联书店，2017.10

ISBN 978-7-5426-6029-9

Ⅰ.①杭… Ⅱ．①卢… Ⅲ．①随笔—作品集—中国—当代

Ⅳ．①I267.1

中国版本图书馆CIP数据核字（2017）第183765号

杭城风月

著　　者／卢　群
责任编辑／陈启甸　朱静蔚
特约编辑／李志卿　王卓娅
装帧设计／阿　龙　许艳秋　苗庆东
监　　制／姚　军
责任校对／王卓娅
出版发行／上海三联书店
(201199）中国上海市闵行区都市路4855号2座10楼
邮购电话／021-22895557
印　　刷／山东临沂新华印刷物流集团有限责任公司

版　　次／2017年10月第1版
印　　次／2017年10月第1次印刷
开　　本／787×1092　1/32
字　　数／186 千字
印　　张／10
书　　号／ISBN 978-7-5426-6029-9／I·1300
定　　价／48.00元

敬启读者，如发现本书有印装质量问题，请与印刷厂联系0539-2925680。